檸檬樹出版

檸檬樹出版

讀英語
學英單

檸檬樹出版社

本書特色 1 —— 閱讀熱門話題，熟記 7000 單字！

本書不以「背單字」為滿足，而以**「真正熟記、並熟練單字」**為目標。以教育部公布的「英文參考詞彙 6480 字」（即目前通稱的「英語 7000 單字」，分成 1～6 級，1 級為最基礎，6 級為最高級）為架構，由外籍老師以母語人士的角度，從中挑選外國人日常慣用的常用詞彙，並將這些詞彙融入你我生活中經常聽聞的熱門話題，撰寫成「有效提升英語及單字能力」的短篇文章。

文章內容切合你我的日常生活，**藉由這些熟悉的情境，有助於「身歷其境」掌握英語單字的意義及用法**，將「制式化的字義解釋」，變成「活生生的實際表達」。

15 篇多元學習主題，重要字詞逐字對譯，將必學的單字融入生活學以致用！

—— 01 【購屋趨勢】
市場（market）**逐漸**（gradually）**擺脫**（emerge）**不景氣**（recession），**捷運沿線**（along MRT lines）的**房地產**（real estate）**價格**（price）居高不下。

—— 02 【出生率】
台灣的**出生率**（birth rate）是**全球**（in the world）**最低**（lowest）之一，**年輕人**（young people）寧願養**寵物**（pet），也不願生**小孩**（child）。

—— 03 【NG 商品】
"NG 商品"的**品質**（quality）沒有**缺陷**（deficiency）但**外觀**（appearance）有**瑕疵**（flaw）。

—— 04 【八八風災】
僅僅四天，便**狂瀉**（unleash）**相當於**（worth）一整年的**雨量**（rainfall），並造成台灣 50 年來最嚴重的**水災**（flooding）及**土石流**（mudslide）。

—— 05 【一生難忘的 921 大地震】
還來不及**反應**（react）時，**地表**（earth）便開始**劇烈地**（violently）**天搖地動**（shake），**場面**（scene）十分**怵目驚心**（terrifying）。

—— 06 【電子書】
一台**電子書閱讀器**（electronic reader）能夠**儲存**（store）上百本**電子書**（e-books），電子書的售價約是**一般**（regular）書籍的一半。

—— 07 【節能減碳】
世界各國**積極地**（rush to）**宣導**（proclaim）**節能**（save energy）和**減碳**（cut carbon）的**重要性**（importance）。

—— 08 【生機飲食】
生機飲食**是指**（mean）食用**生的**（raw）**有機食物**（organic food）。

—— 09 【癌症】
雖然（though）無法**預防**（prevent），但**癌症**（cancer）並非絕對**致命**（fatal）。

—— 10 【臍帶血】
儲存（preserve）**臍帶血**（umbilical cord blood）**似乎**（appear to）蔚為**風潮**（fad）。

—— 11 【王建民熱潮】
王建民以洋基隊**先發投手**（starting pitcher）的身分在**鎂光燈**（limelight）下**嶄露頭角**（emerge）。

—— 12 【電視台選秀節目】
電視台的**選秀**（talent）**比賽**（competition）**爆紅**（hugely popular），捧紅了**參賽者**（contestant）與**主持人**（host）。

—— 13 【藝人吸毒】
當**檢驗**（test）**結果**（result）呈現**陽性反應**（positive），**粉絲們**（fans）**心碎**（heartbreak）。

—— 14 【海角七號】
『海角七號』**締造**（create）台幣五億三千萬的**票房**（box-office）**奇蹟**（miracle）。

—— 15 【哈利波特】
作者（author）開始寫作時，是一位**仰賴救濟金**（on welfare）的**單親媽媽**（single mother）。

本書特色 2 —— 基礎～進階，各級單字都完備！

任何一種「單字程度的分級標準」，都是為了提供「循序漸進的學習指引」，告訴你先學基礎，再深入進階。然而，**真實的英語樣貌，卻是各領域、各程度的單字融合使用，不會只偏重某一程度。**所以，要提升英語能力，就必須擴大自己對單字的認知，熟練更多元的詞彙。

本書的 15 篇文章，力求平均運用每一級數的單字，希望讀者透過這 15 篇生活中經常聽聞的熱門話題，因為內容經常聽聞，因為對事件印象深刻，在學習它的英文說法時，能夠拉近與單字的距離，感覺這些單字平易近人、容易記憶，打破心裡對於單字難易、程度、級數的無形限制，**同步熟練 1～6 級的單字**，而能全面提升英語能力！

—— 1 級單字（最基礎）

● hit（當紅的人事物）：從「NG 商品成為**搶手貨**」學到 hit　　　　　《NG商品》

● meat（肉類）：從「少吃**肉類**」學到 meat　　　　　　　　　《節能減碳》

● send（派遣）：從「政府**派遣**軍隊救援」學到 send　　　　　　《八八風災》

● touch（碰觸）：從「具有**觸**控螢幕」學到 touch　　　　　　　　《電子書》

● common（常見的）：從「台灣的十大**常見**死因」學到 common　　　《癌症》

—— 2 級單字

● record（破紀錄的）：從「選秀節目收視**創下佳績**」學到 record　《選秀節目》

● negative（負數的；小於零的）：從「人口**負**成長」學到 negative　《出生率》

● occur（發生）：從「地震**發生**在半夜」學到 occur　　　　　《921大地震》

● measure（測量）：從「**測得**地震 7.3 級」學到 measure　　　《921大地震》

● ordinary（一般的；正常的）：從「**正常**細胞的病變」學到 ordinary　《癌症》

● fever（熱潮）：從「2005 年引燃王建民**熱潮**」學到 fever　　《王建民熱潮》

—— 3 級單字

● gradually（逐漸）：從「景氣**逐漸**回溫」學到 gradually　　　《購屋趨勢》

● decade（十年）：從「台灣的人口只有**十年**前的一半」學到 decade　《出生率》

- tight（吃緊的）：從「消費預算**緊縮**」學到 tight 《NG 商品》
- valuable（珍貴的）：從「人類察覺這是**珍貴的**資源」學到 valuable 《臍帶血》
- scout（球探）：從「美國**球探**開始注意台灣球員」學到 scout 《王建民熱潮》
- glory（榮耀）：從「台灣**之光**」學到 glory 《王建民熱潮》

—— 4 級單字

- severe（十分嚴重的）：從「台灣最**嚴重的地震**」學到 severe 《921大地震》
- enlarge（放大）：從「電子書閱讀器能夠**放大**字級」學到 enlarge 《電子書》
- overnight（一夕之間）：從「相關商品**一夕之間**爆紅」學到 overnight 《海角七號》
- emerge（擺脫）：從「市場**擺脫**不景氣」學到 emerge 《購屋趨勢》
- concrete（具體的）：從「各國制定了**具體的**方針」學到 concrete 《節能減碳》
- appliance（家電）：從「**家電**隨手拔插頭」學到 appliance 《節能減碳》

—— 5 級單字

- widespread（廣泛的）：從「評分方式引發**廣泛**討論」學到 widespread 《選秀節目》
- pyramid（金字塔）：從「**金字塔**頂端的客層」學到 pyramid 《購屋趨勢》
- compel（迫使）：從「**迫使**人類正視環境問題」學到 compel 《節能減碳》
- fertilizer（肥料）：從「完全使用有機**肥料**」學到 fertilizer 《生機飲食》
- preservative（防腐劑）：從「不含**防腐劑**」學到 preservative 《生機飲食》

—— 6 級單字

- spacious（寬敞的）：從「**大坪數**的豪宅」學到 spacious 《購屋趨勢》
- revelation（揭露；揭發）：從「**揭露**藝人吸毒」學到 revelation 《藝人吸毒》
- aboriginal（原住民的）：從「**原住民**部落遭掩埋」學到 aboriginal 《八八風災》
- recession（不景氣）：從「普遍**不景氣**的聲浪中」學到 recession 《NG商品》
- excessively（過度地）：從「二氧化碳濃度**過**高」學到 excessively 《節能減碳》
- vaccine（疫苗）：從「治療癌症的**疫苗**」學到 vaccine 《癌症》

本書特色 3 —— 左右跨頁是一則學習內容，方便對照閱讀！

【左頁：短文】

主題名稱 ————

該主題的
各短篇順序 ————

根據❶❷…的標示
中英對照掌握重要字詞
❶房地產＝❶real estate

字數適中的英文短篇
加註句義解說及音標

多樣化的補充內容
例如：
最貼切的英語表達、
特別說明這個字…等

單字級數標示
如標示★則表示未納
入 7000 單字範疇，但
仍屬外國人常用字，
提醒你行有餘力再多
學！

適合學習的較慢速度 MP3
可逐字跟讀，
逐字掌握發音！

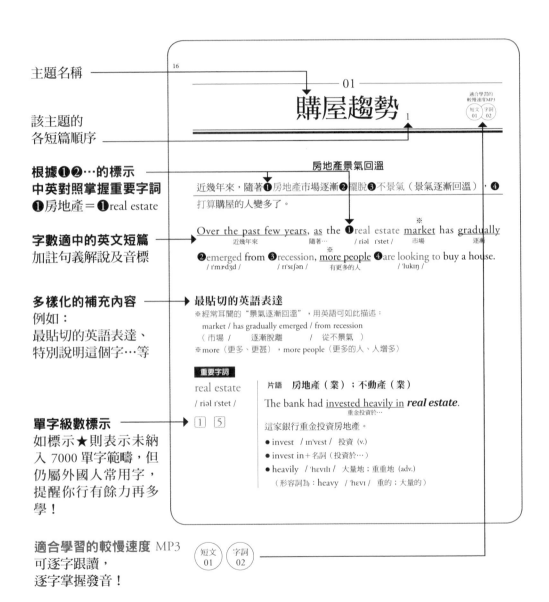

16

01
購屋趨勢

適合學習的
較慢速度MP3
短文 字詞
01　02

房地產景氣回溫

近幾年來，隨著❶房地產市場逐漸❷擺脫❸不景氣（景氣逐漸回溫），❹
打算購屋的人變多了。

Over the past few years, as the ❶real estate market has gradually
近幾年來　　　　　隨著…　/ rɪəl ɪˈstet /　市場　　　逐漸

❷emerged from ❸recession, more people ❹are looking to buy a house.
/ ɪˈmɝdʒd /　　/ rɪˈsɛʃən /　有更多的人　/ ˈlʊkɪŋ /

最貼切的英語表達
※經常耳聞的 "景氣逐漸回溫"，用英語可如此描述：
market / has gradually emerged / from recession
（市場　　逐漸脫離　　從不景氣）
※more（更多、更甚），more people（更多的人、人增多）

重要字詞
real estate
/ rɪəl ɪˈstet /

1　5

片語　房地產（業）；不動產（業）
The bank had invested heavily in **real estate**.
重金投資於…
這家銀行重金投資房地產。
● invest　/ ɪnˈvɛst /　投資 (v.)
● invest in＋名詞（投資於…）
● heavily　/ ˈhɛvɪlɪ /　大量地；重重地 (adv.)
（形容詞為：heavy　/ ˈhɛvɪ /　重的；大量的）

短文　字詞
01　02

【右頁：字詞＆例句】

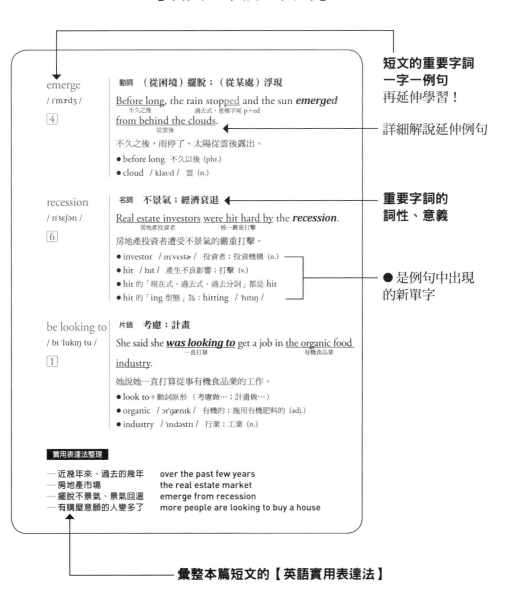

**短文的重要字詞
一字一例句
再延伸學習！**

詳細解說延伸例句

**重要字詞的
詞性、意義**

● **是例句中出現
的新單字**

彙整本篇短文的【英語實用表達法】

emerge
/ ɪˈmɝdʒ /
④

動詞　（從困境）擺脫；（從某處）浮現

Before long, the rain stopped and the sun *emerged*
　　不久之後　　　　　　　　過去式，重複字尾 p＋ed
from behind the clouds.
　　從雲後

不久之後，雨停了，太陽從雲後露出。
● before long　不久以後 (phr.)
● cloud　/ klaʊd /　雲 (n.)

recession
/ rɪˈsɛʃən /
⑥

名詞　不景氣；經濟衰退

Real estate investors were hit hard by the *recession*.
　　房地產投資者　　　被…嚴重打擊

房地產投資者遭受不景氣的嚴重打擊。
● investor　/ ɪnˈvɛstɚ /　投資者；投資機構 (n.)
● hit　/ hɪt /　產生不良影響；打擊 (v.)
● hit 的「現在式、過去式、過去分詞」都是 hit
● hit 的「ing 型態」為：hitting　/ ˈhɪtɪŋ /

be looking to
/ bɪ ˈlʊkɪŋ tu /
①

片語　考慮；計畫

She said she *was looking to* get a job in the organic food
　　　　　　　一直打算　　　　　　　　有機食品業
industry.

她說她一直打算從事有機食品業的工作。
● look to＋動詞原形（考慮做…；計畫做…）
● organic　/ ɔrˈgænɪk /　有機的；施用有機肥料的 (adj.)
● industry　/ ˈɪndəstrɪ /　行業；工業 (n.)

實用表達法整理

― 近幾年來、過去的幾年　　over the past few years
― 房地產市場　　　　　　the real estate market
― 擺脫不景氣、景氣回溫　　emerge from recession
― 有購屋意願的人變多了　　more people are looking to buy a house

本書特色 4 —— 增列【全英語閱讀 & 單字·片語索引】

【附錄 1：全英語閱讀】

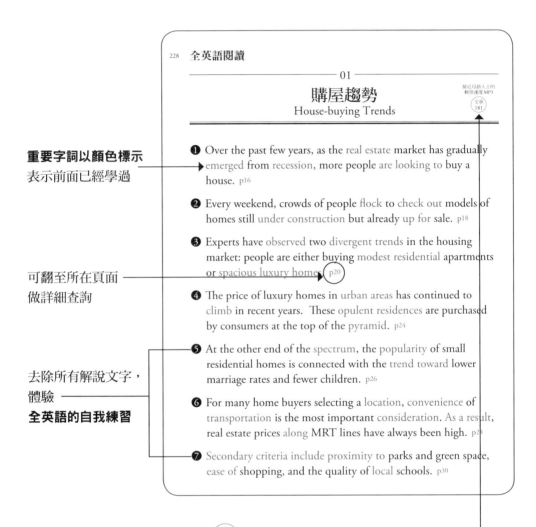

228　全英語閱讀

—— 01 ——
購屋趨勢
House-buying Trends

接近母語人士的
較快速度 MP3
文章
181

❶ Over the past few years, as the real estate market has gradually emerged from recession, more people are looking to buy a house. p16

❷ Every weekend, crowds of people flock to check out models of homes still under construction but already up for sale. p18

❸ Experts have observed two divergent trends in the housing market: people are either buying modest residential apartments or spacious luxury homes. p20

❹ The price of luxury homes in urban areas has continued to climb in recent years. These opulent residences are purchased by consumers at the top of the pyramid. p24

❺ At the other end of the spectrum, the popularity of small residential homes is connected with the trend toward lower marriage rates and fewer children. p26

❻ For many home buyers selecting a location, convenience of transportation is the most important consideration. As a result, real estate prices along MRT lines have always been high. p28

❼ Secondary criteria include proximity to parks and green space, ease of shopping, and the quality of local schools. p30

重要字詞以顏色標示
表示前面已經學過

可翻至所在頁面
做詳細查詢

去除所有解說文字，
體驗
全英語的自我練習

接近母語人士的較快速度 MP3
可感受自然的美語發音，
訓練聽力！

文章
181

【附錄 2：單字‧片語索引】

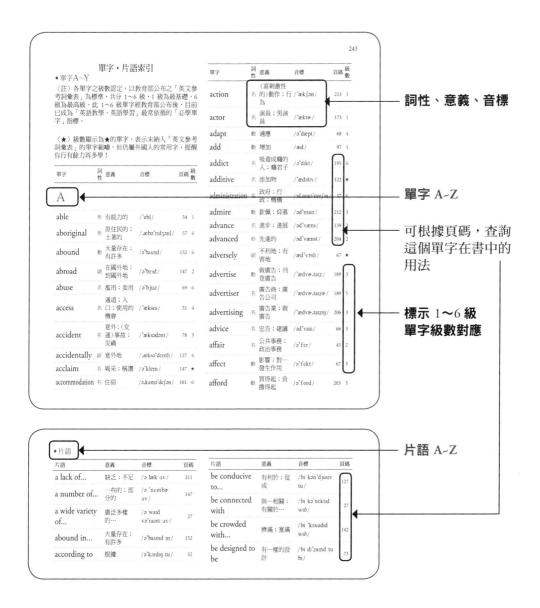

單字‧片語索引

243

● 單字 A~Y

〈註〉各單字之級數認定，以教育部公布之「英文參考詞彙表」為標準，共分 1~6 級，1 級為最基礎，6 級為最高級。此 1~6 級單字經教育部公布後，目前已成為「英語教學、英語學習」最常依循的「必學單字」指標。

〈★〉級數顯示為★的單字，表示未納入「英文參考詞彙表」的單字範疇，但仍屬外國人的常用字，提醒你行有餘力再多學！

單字	詞性	意義	音標	頁碼	級數

A

單字	詞性	意義	音標	頁碼	級數
able	形	有能力的	/ˈebl/	54	1
aboriginal	形	原住民的；土著的	/ˌæbəˈrɪdʒənl/	57	6
abound	動	大量存在；有許多	/əˈbaʊnd/	152	6
abroad	副	在國外地；到國外地	/əˈbrɔd/	147	2
abuse	名	濫用；妄用	/əˈbjuz/	69	6
access	名	通道；入口；使用的機會	/ˈækses/	31	4
accident	名	意外；(交通)事故；災禍	/ˈæksədnt/	78	3
accidentally	副	意外地	/ˌæksəˈdɛntlɪ/	127	4
acclaim	名	喝采；稱讚	/əˈklem/	147	★
accommodation	名	住宿	/əˌkɑməˈdeʃən/	161	6

單字	詞性	意義	音標	頁碼	級數
action	名	(富刺激性的)動作；行為	/ˈækʃən/	213	1
actor	名	演員；男演員	/ˈæktə/	173	1
adapt	動	適應	/əˈdæpt/	68	4
add	動	增加	/æd/	97	1
addict	名	吸毒成癮的人；癮君子	/ˈædɪkt/	195	6
additive	名	添加物	/ˈædətɪv/	122	★
administration	名	政府；行政；機構	/ədˌmɪnəˈstreʃən/	37	6
admire	動	欽佩；仰慕	/ədˈmaɪr/	212	3
advance	名	進步；進展	/ədˈvæns/	139	2
advanced	形	先進的	/ədˈvænst/	204	3
adversely	副	不利地；有害地	/ædˈvɜslɪ/	67	★
advertise	動	做廣告；刊登廣告	/ˈædvəˌtaɪz/	189	3
advertiser	名	廣告商；廣告公司	/ˈædvəˌtaɪzə/	189	5
advertising	名	廣告業；做廣告	/ˈædvəˌtaɪzɪŋ/	206	3
advice	名	忠告；建議	/ədˈvaɪs/	66	3
affair	名	公共事務；政治事務	/əˈfɛr/	45	2
affect	動	影響；對...發生作用	/əˈfɛkt/	67	3
afford	動	買得起；負擔得起	/əˈfɔrd/	203	3

詞性、意義、音標

單字 A~Z

可根據頁碼，查詢這個單字在書中的用法

標示 1~6 級單字級數對應

● 片語

片語	意義	音標	頁碼
a lack of...	缺乏；不足	/ə læk ʌv/	211
a number of...	一些的；部分的	/ə ˈnʌmbə ʌv/	147
a wide variety of...	廣泛多樣的...	/ə waɪd vəˈraɪətɪ ʌv/	27
abound in...	大量存在；有許多	/əˈbaʊnd ɪn/	152
according to	根據	/əˈkɔrdɪŋ tu/	32

片語	意義	音標	頁碼
be conducive to...	有利於；促成	/bi kənˈdjusɪv tu/	127
be connected with	與...相關；有關於...	/bi kəˈnɛktɪd wɪð/	27
be crowded with...	擠滿；塞滿	/bi ˈkraʊdɪd wɪð/	142
be designed to be	有一樣的設計	/bi dɪˈzaɪnd tu bi/	73

片語 A~Z

目錄

15 篇熱門話題，多元學習主題！

> 生活類

15 篇熱門話題，多元學習主題！

01

購屋趨勢 1

房地產景氣回溫

近幾年來，隨著❶房地產市場逐漸❷擺脫❸不景氣（景氣逐漸回溫），❹打算購屋的人變多了。

<u>Over the past few years,</u> <u>as</u> the ❶real estate <u>market</u> has <u>gradually</u>
近幾年來　　　　　　　　隨著…　　　　/ riəl ɪˈstet /　　市場　　　　　逐漸

❷emerged from ❸recession, <u>more people</u> ❹are looking to buy a house.
/ ɪˈmɝdʒd /　　　/ rɪˈsɛʃən /　有更多的人　　　　/ ˈlukɪŋ /

最貼切的英語表達

※經常耳聞的"景氣逐漸回溫"，用英語可如此描述：
　market / has gradually emerged / from recession
　（市場 /　　逐漸脫離　　/　　從不景氣　）
※more（更多、更甚），more people（更多的人、人增多）

重要字詞

real estate

/ riəl ɪˈstet /

1　5

片語　房地產（業）；不動產（業）

The bank had <u>invested heavily in</u> ***real estate***.
　　　　　　　重金投資於…

這家銀行重金投資房地產。

● invest　/ ɪnˈvɛst /　投資 (v.)
● invest in＋名詞（投資於…）
● heavily　/ ˈhɛvɪlɪ /　大量地；重重地 (adv.)
　（形容詞為：heavy　/ ˈhɛvɪ /　重的；大量的）

emerge

/ ɪˈmɝdʒ /

4

動詞 （從困境）擺脫；（從某處）浮現

Before long, the rain stopped and the sun **emerged**
　　不久之後　　　　　　　過去式，重複字尾 p＋ed
from behind the clouds.
　　　　　從雲後

不久之後，雨停了、太陽從雲後露出。

- before long　不久以後 (phr.)
- cloud　/ klaʊd /　雲 (n.)

recession

/ rɪˈsɛʃən /

6

名詞 不景氣；經濟衰退

Real estate investors were hit hard by the **recession**.
　　房地產投資者　　　　　　被…嚴重打擊

房地產投資者遭受不景氣的嚴重打擊。

- investor　/ ɪnˈvɛstɚ /　投資者；投資機構 (n.)
- hit　/ hɪt /　產生不良影響；打擊 (v.)
- hit 的「現在式、過去式、過去分詞」都是 hit
- hit 的「ing 型態」為：hitting　/ ˈhɪtɪŋ /

be looking to

/ bɪ ˈlʊkɪŋ tu /

1

片語 考慮；計畫

She said she **was looking to** get a job in the organic food
　　　　　　　　一直打算　　　　　　　有機食品業
industry.

她說她一直打算從事有機食品業的工作。

- look to＋動詞原形 （考慮做…；計畫做…）
- organic　/ ɔrˈgænɪk /　有機的；施用有機肥料的 (adj.)
- industry　/ ˈɪndəstrɪ /　行業；工業 (n.)

實用表達法整理

― 近幾年來、過去的幾年　　over the past few years
― 房地產市場　　　　　　　the real estate market
― 擺脫不景氣、景氣回溫　　emerge from recession
― 有購屋意願的人變多了　　more people are looking to buy a house

———— 01 ————

購屋趨勢 ₂

預售屋建案，湧入看屋人潮

每到周末，人潮❶湧入，前去❷看一看那些仍在❸施工中、但已經❹打算
進行銷售的房屋樣品模型（預售屋建案）。

※

Every weekend, crowds of people ❶flock to ❷check out models of
　　每到周末　　　　　　　　人潮　　　/ flɑk /　　　/ tʃɛk aʊt /　樣品屋、房屋樣品模型

homes still ❸under construction but already ❹up for sale.
　　　　　　　/ ˌʌndɚ kənˈstrʌkʃən /　　　　　　　　/ ʌp fɔr /

最貼切的英語表達

※「預售屋建案」一詞，在生活中經常耳聞，但英語中並沒有完全等同的詞彙。語意貼
　切、又自然的英語說法為：

models of homes / still under construction / but already up for sale
（　　樣品屋　　 /　　 仍在施工中　　 /但是已經打算進行銷售）

重要字詞

flock

/ flɑk /

3

動詞　湧入；聚集到

Thousands of young female fans **flocked** to see the
　數以千計　　　　年輕女性粉絲

Backstreet Boys' concert.
　　新好男孩

數以千計的年輕女粉絲湧入，欣賞新好男孩的演唱會。

● thousands of＋人或物（形容大量的人或物）(phr.)

● female　/ ˈfimel /　女性的 (adj.)

● fan　/ fæn /　狂熱愛好者、仰慕者 (n.)

● flock to＋動詞（成群地去做…）

● concert　/ ˈkɑnsɚt /　音樂會；演奏會 (n.)

check out / tʃɛk aʊt / [1]	**片語　查看；審視** Do you want to go ***check out*** the new restaurant that 　　　　　　　　　去看看 opened last week? 你想去看看上週開幕的新餐廳嗎？ ● check out＋人或物（查看、審視某人或某物） ● restaurant　/ ˈrɛstərənt /　餐廳（n.） ● open　/ ˈopən /　開業；開幕（v.）
under construction / ˌʌndə˞ kənˈstrʌkʃən / [1]　[4]	**片語　施工中；建造中** It seems like the roads here are perpetually ***under*** 　似乎　　　　　　　　　　　　　　　　永遠 ***construction.*** 這裡的馬路似乎永遠在施工中。 ● it seems like＋子句（看起來、似乎…）（phr.） ● perpetually　/ pə˞ˈpɛtʃʊəlɪ /　永遠（adv.）
up for… / ʌp fɔr / [1]	**片語　打算進行（銷售）；將展開（銷售）** A valuable collection of Indian art will be ***up for*** auction 一批價值連城的…收藏　　　　　　　　　　　進行拍賣 this weekend. 一批價值連城的印度藝術品將在這個週末進行拍賣。 ● valuable　/ ˈvæljuəbl̩ /　值錢的；貴重的（adj.） ● collection　/ kəˈlɛkʃən /　（常指同類的）收集物；收藏品（n.） ● auction　/ ˈɔkʃən /　拍賣（n.）

實用表達法整理

— 人潮湧入…　　　　　　　crowds of people flock to...
— 樣品屋、房屋模型　　　　models of homes
— 仍施工中，但已展開預售　under construction but already up for sale

01

購屋趨勢 ₃

適合學習的
較慢速度MP3
短文 05　字詞 06

購屋趨勢呈現兩極化

專家❶觀察發現，房屋市場呈現兩種❷分歧的❸趨勢：民眾不是購買❹一般的❺住宅公寓，便是購買❻寬敞（大坪數）的❼豪宅。

Experts have ❶observed two ❷divergent ❸trends <u>in the housing</u>
／ əb'zɜvd ／　　　　／ daɪ'vɜdʒnet ／　／ trɛndz ／　　在房屋市場

<u>market</u>: people are <u>either</u> buying ❹modest ❺residential apartments <u>or</u>
不是…　　　　　／ 'mɑdɪst ／　,rɛzə'dɛnʃəl　　　　便是…

❻spacious ❼luxury homes.
／ 'speʃəs ／　　／ 'lʌkʃərɪ ／

最貼切的英語表達

※ two divergent trends（兩種分歧的趨勢）更口語的說法是 "兩極化的趨勢"
※ "豪宅" 這個近幾年經常耳聞的詞，用英語可如此描述：spacious luxury homes（寬敞奢華的住宅）

重要字詞

observe

／ əb'zɜv ／

3

動詞　觀察到；注意到

The scientist spent three weeks ***observing*** baboons in
　　　　　　　　　　　　　　　　spent + 動詞 ing
Africa.

科學家花費三週的時間觀察非洲的狒狒。

- spent＋時間＋動詞 ing（花費了多少時間做…）
- （原形）spend；（過去式、過去分詞）spent
- scientist ／ 'saɪəntɪst ／　科學家 (n.)
- baboon ／ bæ'bun ／　狒狒 (n.)

divergent

/ daɪˈvɝˌdʒənt /

★

形容詞　分歧的；相異的；兩極的

We <u>had similar interests</u> in college, but <u>since then</u> our
　　　志同道合　　　　　　　　　　　之後
lives have followed very ***divergent*** paths.
　　　　　　　　　　　　　　　　不同的道路

大學時我們志同道合，但之後我們卻邁向不同的人生道路。

- similar　/ ˈsɪmələ /　相仿的；類似的 (adj.)
- interest　/ ˈɪntrəst /　興趣；關注 (n.)
- life　/ laɪf /　生活經歷，複數為 lives / laɪvz /　(n.)
- follow　/ ˈfɑlo /　沿着（道路、小徑等）(v.)
- path　/ pæθ /　路線；道路 (n.)

trend

/ trɛnd /

3

名詞　趨勢；潮流

<u>Increasing longevity</u> and <u>lower birth rates</u> are ***trends*** that
　　壽命延長　　　　　　　　出生率降低
can be observed <u>throughout the rich world</u>.
　　被發現　　　　　　遍及富裕社會

壽命延長和出生率降低，都是富裕社會中普遍常見的趨勢。

- increase　/ ɪnˈkris /　增長；增加 (v.)
- longevity　/ lɑnˈdʒɛvətɪ /　壽命 (n.)
- throughout　/ θruˈaut /　各處；遍及 (prep.)

either… or…

/ ˈiðə ɔr /

1

片語　不是…就是…

I think we should ***either*** <u>rent a movie</u> ***or*** go bowling.
　　　　　　　　　　　　　租片

我想我們應該不是租部電影來看，就是去打保齡球。

- go bowling　/ go ˈbolɪŋ /　打保齡球 (phr.)

modest

/ ˈmɑdɪst /

4

形容詞　一般的；不大的；不多的

His grandfather <u>was a man of</u> ***modest*** means.
　　　　　　　是一個…樣的人　　財產不多

他的祖父財產不多。

- means　/ minz /　財富；錢財 (n.)
- a man / woman of modest means　財產不多的男性、女性 (phr.)

residential

/ ˌrɛzəˈdɛnʃəl /

6

形容詞　住宅的；適合居住的

In many countries it's illegal to build a factory in a
<u>蓋工廠</u>

residential area.
<u>住宅區</u>

在許多國家，住宅區內蓋工廠是違法的。

● illegal　/ ɪˈligḷ /　非法的；違法的 (adj.)

spacious

/ ˈspeʃəs /

6

形容詞　寬敞的

I like how your car has such a ***spacious*** interior.
表示驚奇的口吻

我喜歡你的車子有如此寬敞的內部空間。

● interior　/ ɪnˈtɪrɪɚ /　內部；裏面 (n.)

luxury

/ ˈlʌkʃərɪ /

4

形容詞　豪華的；奢侈的

Western ***luxury*** brands are quite popular in Taiwan and
精品品牌

Japan.

歐美的精品品牌在台灣和日本都很受歡迎。

● Western　/ ˈwɛstɚn /　西方國家的；歐美的（字首要大寫） (adj.)
● popular　/ ˈpɑpjələ /　受歡迎的；當紅的 (adj.)

實用表達法整理

― 專家注意到、專家指出…　experts have observed...
― 房屋市場、買賣屋市場　the housing market
― 兩極化的趨勢　two divergent trends
― 一般的住宅公寓　modest residential apartments
― 大坪數的豪宅　spacious luxury homes

空白筆記頁

空白一頁，讓你記錄學習心得，也讓下一則短文，能以跨頁呈現，方便於對照閱讀。

購屋趨勢

適合學習的
較慢速度MP3
短文 07　字詞 08

金字塔頂端的消費層，青睞豪宅

近年來，❶都會區的豪宅價格不斷❷攀升；購買這些❸豪華❹宅第的，都是❺金字塔頂端的消費客層。

The price of <u>luxury homes</u> in ❶<u>urban</u> areas <u>has continued</u> to ❷<u>climb</u> in
　　　　　　豪宅　　　　　/ 'ɝbən /　　持續不斷地　　　/ klaɪm /

<u>recent years</u>. These ❸opulent ❹residences <u>are purchased by</u> consumers
近年來　　　　　　　/ 'ɑpjələnt / / 'rɛzədənsɪz /　被…所購買　　/ kən'sjumɚz /

<u>at the top of</u> the ❺pyramid.
在…頂端　　　　　/ 'pɪrəmɪd /

最貼切的英語表達

※ "豪宅" 的各種說法是：spacious / 'speʃəs / luxury homes（寬敞奢華的住宅）＝luxury / 'lʌkʃərɪ / homes（奢華的住宅）＝opulent / 'ɑpjələnt / residences（富麗堂皇的住所）

重要字詞

urban
/ 'ɝbən /
[4]

形容詞　**都會的；城市的**

A <u>small **urban** apartment</u> can <u>cost more</u> than a <u>spacious</u>
小坪數的都會區公寓　　　　　　價格較高　　　　寬敞的鄉間住宅
<u>rural house</u>.

一間小坪數的都會區公寓，往往比寬敞的鄉間住宅要來得貴。

● rural / 'rurəl / 鄉村的；農村的 (adj.)

climb
/ klaɪm /
[1]

動詞　**增加；攀升**

<u>The popularity of</u> <u>digital photography</u> continues to **climb**.
…的人氣　　　　　數位攝影

數位攝影受歡迎的程度持續攀升。

- popularity ／ˌpɑpjəˈlærətɪ ／ 受歡迎；流行（n.）
- digital ／ˈdɪdʒɪtl̩ ／ 數位的（adj.）
- photography ／ fəˈtɑgrəfɪ ／ 攝影（n.）
- continue to＋動詞 ／ kənˈtɪnju tu ／ 持續地…

opulent
／ˈɑpjələnt ／

★

形容詞　富麗堂皇的；華麗的

She lay down on her ***opulent*** new couch to relax.
　　躺下來在…

她躺在新買的豪華沙發上休息。

- lie ／ laɪ ／ 平躺；平臥（過去式為 lay ／ le／）（v.）
- couch ／ kaʊtʃ ／ 長沙發（n.）

residence
／ˈrɛzədəns ／

5

名詞　住所；宅第

On our left is the ambassador's ***residence***.
　在我們的左邊

我們的左手邊是大使的官邸。

- on one's left 在某人的左邊（phr.）
- ambassador ／ æmˈbæsədɚ ／ 大使（n.）

pyramid
／ˈpɪrəmɪd ／

5

名詞　金字塔；金字塔形

The army is organized like a ***pyramid***, with the generals
　　　　被組織為如同…

at the top, the officers in the middle and the enlisted
　在頂端　　　　　　　　　　位於中間　　　　　　　士兵

men at the bottom.
　　　在底部

軍隊的組織類似金字塔。將軍居頂端，軍官居中，士兵居底部。

- organize ／ˈɔrgəˌnaɪz ／ 組織；成立（v.）
- general ／ˈdʒɛnərəl ／ 將軍；上將（n.）
- officer ／ˈɔfəsɚ ／ 軍官（n.）
- enlisted ／ ɪnˈlɪstɪd ／ 士兵的；部隊一員的（adj.）

01
購屋趨勢 5

適合學習的
較慢速度MP3
短文 09　字詞 10

小坪數住宅也流行

而在此❶範疇的另一端，小坪數住宅的❷流行，則和❸朝向低結婚率及少子化的❹趨勢有關。

At the other end of the ❶spectrum, the ❷popularity of small residential
在…的另一端　　　　　/ ˈspɛktrəm /　　　/ ˌpɑpjəˈlærətɪ /　　小坪數住宅

homes is connected with the ❹trend ❸toward lower marriage rates and
和…有關　　　　　　　/ trɛnd /　/ təˈwɔrd /　　低結婚率

fewer children.
少子化

特別說明這個字

※ spectrum 的原意是光譜，也指「事件或現象所涉及的範疇」＝ range / rendʒ /。例如：
　A spectrum is a range.（一個「範疇」是指一個「範圍」）。

重要字詞

at the other end of… 1

片語　**在…的另一端**

On the east coast is New York City, and **at the other**
在（美國）東岸　　　　紐約市

end of the U.S. is Los Angeles.

美國東岸是紐約市，而在另一端的是洛杉磯。

● coast / kost / 海岸；海濱 (n.)

spectrum / ˈspɛktrəm / 6

名詞　**範疇、光譜**

Look at that rainbow! What a beautiful **spectrum** of colors.
多麼　　　　　光譜的顏色

你看那道彩虹，光譜的顏色多麼美麗啊！

● rainbow / ˈrenˌbo / 彩虹 (n.)

be
connected
with
/ bɪ kəˈnɛktɪd
wɪð /

3

片語　與…相關；有關於…

Smoking <u>has long</u> ***been connected with*** a <u>wide variety</u>
一直與…有關　　　　　　　　　　　　　　廣泛多樣

of <u>health problems</u>.
健康問題

抽菸一直與各種健康問題脫不了關係。

- wide　/ waɪd /　廣泛的、廣闊的（adj.）
- variety　/ vəˈraɪtɪ /　不同種類、多樣的（n.）
- a wide variety of…　廣泛多樣的…（phr.）

toward
/ təˈwɔrd /

1

介系詞　向；朝；關於

Our organization <u>is working</u> ***toward*** eliminating malaria
正致力於　　　　　　　　　　toward（介系詞）＋動詞 ing

from the world.

我們機構正致力讓瘧疾在全球絕跡。

- organization　/ ˌɔrgənəˈzeʃən /　組織；機構（n.）
- eliminate　/ ɪˈlɪməˌnet /　排除；消除（ing 型態是去 e ＋ing）（v.）
- malaria　/ məˈlɛrɪə /　瘧疾（n.）

marriage rate
/ ˈmærɪdʒ ret /

2　　3

片語　結婚率

Marriage rates <u>tend to</u> <u>be higher</u> in religious parts of
傾向　　是較高的

the world.

世界上篤信宗教信仰的地區，結婚率往往較高。

- tend　/ tɛnd /　往往會；傾向（v.）
- religious　/ rɪˈlɪdʒəs /　篤信宗教的；虔誠的（adj.）

實用表達法整理

— …的流行、…的受歡迎　　　the popularity of...
— 小坪數住宅　　　　　　　　small residential homes
— 低結婚率；少子化　　　　　lower marriage rates: fewer children

購屋趨勢 6

適合學習的
較慢速度MP3
短文 11 字詞 12

捷運沿線房價居高不下

由於許多購屋者在選擇❶地點時，以❷交通❸便利為首要❹考量；❺因此，捷運❻沿線的房價一直居高不下。

For many <u>home buyers</u> selecting a ❶location, ❸convenience of
因為、由於　　　　購屋者　　　　　　　　　/ loˈkeʃən /　　　/ kənˈvinjəns /

❷transportation is the most important ❹consideration. ❺As a result,
/ ˌtrænspɚˈteʃən /　　　　　　　　　　/ kənsɪdəˈreʃən /　　　　　　/ rɪˈzʌlt /

<u>real estate prices</u> ❻<u>along MRT lines</u> <u>have always been high</u>.
　　房地產價格　　　　　　　捷運沿線　　　　　　　　一直居高不下

重要字詞

location
/ loˈkeʃən /
④

名詞　**地點；位置**

I <u>eat at this restaurant a lot</u> <u>because of</u> its convenient
　　　常在這家餐廳用餐　　　　　　因為

location.

我常在這間餐廳用餐，因為它的地點便利。

● convenient　/ kənˈvinjənt /　方便的；省事的 (adj.)

convenience
/ kənˈvinjəns /
④

名詞　**便利性；方便性**

<u>Greater **convenience**</u> usually equals <u>a higher price</u>.
　　便利性較高　　　　　　　　　　　　　　　　價格較高

便利性高，通常意味著「價格也高」。

● greater　/ ˈgretɚ /　更好的 (adj.)

● equal　/ ˈikwəl /　與…相等；等於 (v.)

transportation

/ ˌtrænspɚˈteʃən /

4️⃣

不可數名詞　交通運輸系統；交通工具

She takes the bus because she <u>has no other means</u> of
沒有其他的方式
transportation.

因為沒有其他的交通工具，所以她搭公車。

● means　/ minz /　方式；途徑 (n.)

---

consideration

/ kənsɪdəˈreʃən /

3️⃣

名詞　考慮因素；考量

What factors did you <u>take into **consideration**</u> when
納入考量
<u>choosing your career</u>?
選擇你的職業

當你選擇職業時，曾把哪些因素納入考量？

● factor　/ ˈfæktɚ /　因素；要素 (n.)

● career　/ kəˈrɪr /　職業；職涯 (n.)

---

as a result

/ æz ə rɪˈzʌlt /

2️⃣

片語　因此；結果

<u>A typhoon came</u> last weekend, and we were unable to
颱風來襲
<u>go hiking</u> ***as a result***.
去爬山

上週末颱風來襲，導致我們無法去爬山。

● hiking　/ ˈhaɪkɪŋ /　徒步旅行；爬山 (n.)

---

along

/ əˈlɔŋ /

1️⃣

介系詞　沿著⋯；順著⋯

He loves to <u>go running</u> ***along*** the river in the evening.
去跑步

他喜歡在傍晚時沿著河岸跑步。

實用表達法整理

— 交通的便利性　　　　convenience of transportation
— 首要考量　　　　　　the most important consideration
— 價格一直居高不下　　the price has always been high

購屋趨勢 7

適合學習的
較慢速度MP3
短文 13　字詞 14

鄰近公園綠地，也是賣點

而❶次要的❷決定因素，則❸包括❹鄰近公園綠地、❺方便購物、以及❻

當地的學校素質。

❶Secondary ❷criteria ❸include ❹proximity to parks and green space,
　/ 'sɛkənˌdɛrɪ /　/ kraɪ'tɪrɪə /　/ ɪn'klud /　/ prɑk'sɪmətɪ /　　　　　　　　　　　　　　　綠地

❺ease of shopping, and the quality of ❻local schools.
　/ iz /　　　　　　　　　　　　品質、素質　　　/ 'lokḷ /

重要字詞

secondary

/ 'sɛkənˌdɛrɪ /

③

形容詞　次要的；第二的

Her primary specialty is anthropology; linguistics is one
　　主要專長

of her ***secondary*** interests.
　　　　　次要興趣

她的主要專長是人類學，語言學是她的次要興趣。

- primary　/ 'praɪˌmɛrɪ /　主要的；基本的 (adj.)
- specialty　/ 'spɛʃəltɪ /　專業；專長 (n.)
- anthropology　/ ˌænθrə'pɑlədʒɪ /　人類學 (n.)
- linguistics　/ lɪŋ'gwɪstɪks /　語言學 (n.)

criteria

/ kraɪ'tɪrɪə /

⑥

複數形名詞　評判標準；決定原則（單數為 criterion
/ kraɪ'tɪrɪən /）

Hiring managers usually have a set of ***criteria*** they
人資部經理　　　　　　　　　　　一套評判標準

look for in a new employee.
尋找　　　　　　　新進員工

人資部經理在招募新進員工時，通常有一套評判標準。

- hire ／ haɪr ／ 雇用（ing 型態是去字尾 e+ing）(v.)
- employee ／ ˌɪmˌplɔrˈi ／ 員工 (n.)

include
／ ɪnˈklud ／
[2]

動詞　包含

This newspaper's <u>list of great writers</u> doesn't **include** my
偉大作家的列表

favorite author!

這份報紙所列出的偉大作家，並沒有包括我最喜歡的作者！

- favorite ／ ˈfevərɪt ／ 特別喜愛的 (adj.)
- author ／ ˈɔθɚ ／ 作家、作者 (n.)

proximity
／ prɑkˈsɪmətɪ ／
[★]

不可數名詞　鄰近；接近

We decided we didn't want to live <u>in close **proximity**</u> to
緊鄰…

a <u>garbage dump</u>, so we <u>moved</u>.
垃圾掩埋場　　　　　　搬家了

我們決定不要住在緊鄰垃圾場旁邊，所以就搬家了。

- garbage ／ ˈgɑrbɪdʒ ／ 垃圾；廢物 (n.)
- dump ／ dʌmp ／ 垃圾場；廢物堆 (n.)

ease of …
／ iz ʌv ／
[1]

片語　方便；便利

Elevators <u>help provide</u> **ease of** <u>access</u> for <u>the handicapped</u>.
協助提供　　　　　　通道　　　　身障人士

電梯提供身障人士通行上的便利。

- access ／ ˈæksɛs ／ 通道、入口 (n.)
- handicapped ／ ˈhændɪˌkæpt ／ 身障的 (adj.)

實用表達法整理

— 次要的決定因素包括…　　secondary criteria include...
— 鄰近公園綠地　　　　　　proximity to parks and green space
— 方便購物　　　　　　　　ease of shopping
— 學校的品質　　　　　　　the quality of schools

—— 02 ——

出生率 1

適合學習的
較慢速度MP3
短文 字詞
15　16

台灣的出生率是全球最低之一

❶根據❷統計數據，2009 年台灣的出生率只有千分之 8.29，是全球最低之一。近幾年台灣的新生兒人數，只有❸十年前的一半，許多學者擔心，再過十年台灣將開始呈現❹人口負成長。

❶According to ❷statistics, <u>Taiwan's birth rate</u> for 2009 was just
/ əˈkɔrdɪŋ /　　　/ stəˈtɪstɪks /　　　台灣的出生率

<u>8.29 per thousand</u>, <u>one of the lowest in the world</u>.　In recent years
　　千分之 8.29　　　　　　　全球最低之一

<u>the number of children born</u> has been only <u>half of</u> what it was
　　新生兒人數　　　　　　　　　　　　　…的一半

❸a decade ago.　<u>Many scholars worry that</u> <u>in another ten years</u>
/ ˈdɛked /　　　　許多學者擔心　　　　　　　再過十年

<u>Taiwan will start to see</u> ❹negative population growth.
　台灣將開始呈現　　　/ ˈnɛgətɪv / / ˌpɑpjəˈleʃən /

重要字詞

according to
/ əˈkɔrdɪŋ tu /

1

片語　**根據**

According to the <u>weather forecast</u>, it's going to rain
　　　　　　　　　氣象預報
tomorrow.

根據氣象預報，明天會下雨。

● according to ＋ 名詞（根據…）
● forecast　/ ˈfɔrˌkæst /　預測；預報（n.）

statistics

/ stə'tɪstɪks /

⑤

複數形名詞　統計數據；統計資料

Statistics <u>are</u> often <u>misinterpreted</u>.　統計數據經常被誤解。

被誤解

● misinterpret　/ ˌmɪsɪn'tɝprɪt /　誤解 (v.)

---

decade

/ 'dɛked /

③

名詞　十年；西元一個年代的十年期

2010 is <u>the first year of</u> the new ***decade***.

…的第一年

2010 年是嶄新十年期的第一年。

---

negative

/ 'nɛɡətɪv /

②

形容詞　負的；小於零的

In her budget, she uses <u>positive numbers</u> to <u>record income</u>

正數　　　　　　記錄收入

and ***negative*** numbers to <u>record expenses</u>.

負數　　　　　　記錄支出

她的預算表裡，她用正數記錄收入，用負數記錄支出。

● budget　/ 'bʌdʒɪt /　預算 (n.)

● positive　/ 'pɑzətɪv /　正的；大於零的 (adj.)

● record　/ rɪ'kɔrd /　記錄；記載 (v.)

● income　/ 'ɪnˌkʌm /　收入；所得 (n.)

● expense　/ ɪk'spɛns /　支出；費用 (n.)

---

population

/ ˌpɑpjə'leʃən /

②

不可數名詞　人口

India's ***population*** is <u>increasing faster than</u> China's.

增長比…快

印度的人口增長得比中國快。

● increase　/ ɪn'kris /　增長；增加 (v.)

實用表達法整理

— 2009年台灣的出生率　　Taiwan's birth rate for 2009

— 再過十年…　　　　　　in another ten years...

— 台灣將開始呈現…　　　Taiwan will start to see...

—— 02 ——

出生率 $_2$

適合學習的
較慢速度MP3

短文 17　字詞 18

台灣的出生率與日本、南韓相近

❶透過與鄰近國家❷比較，只有香港的出生率低於台灣；日本和南韓的數字和台灣❸相近，而中國大陸的出生率是較高的。

❶By way of ❷comparison with <u>neighboring countries</u>, only Hong
　/ we /　　/ kəmˈpærəsṇ /　　　　　鄰近國家
Kong <u>has a lower birth rate than</u> Taiwan.　Japan and Korea's numbers
　　　※
　　　出生率低於⋯
❸are similar to Taiwan's, while China's birth rate <u>is higher</u>.
　/ ˈsɪmələ˞ /　　　　　　　　　　　　　　　　是較高的
　　　　　　　　　　　　　　　　　　　　　　※

最貼切的英語表達

※出生率較高、較低的兩種說法：
　（1）⋯出生率較高：...has a <u>higher</u> birth rate / ...'s birth rate is <u>higher</u>
　（2）⋯出生率較低：...has a <u>lower</u> birth rate / ...'s birth rate is <u>lower</u>

重要字詞

by way of
/ baɪ we ʌv /
⬜1

片語　**藉由、透過**

He likes to start his speeches with a <u>personal story</u> **by**
　　　　　　　　　　　　　　　　　　　　　　　個人經歷
way of introduction.

他喜歡藉由個人經歷作為演講的開場白。

- by way of + 名詞（藉由⋯）
- speech　/ spitʃ /　演講；致詞 (n.)
- introduction　/ ˌɪntrəˈdʌkʃən /　引言；序論 (n.)
　（動詞為 introduce / ˌɪntrəˈdjus / 作為⋯的開始；作引）

comparison

/ kəmˈpærəsn̩ /

③

名詞　**比較**

What are you using <u>as a basis of</u> ***comparison***?
　　　　　　　　　　作為…的基準

你用什麼做為比較基準？

- comparison with＋人事物（相較於某人、事、物）
- use ／ juz／ 使用 (v.)
  （名詞也是 use ／ jus／。請注意兩種詞性字尾的發音不同。）
- basis ／ˈbesɪs／ 基準；根據 (n.)
- as a basis of... 作為…的基準或根據 (phr.)

be similar to

/ bɪ ˈsɪmələ tu /

②

片語　**相似；類似**

This story ***is similar to*** one I read <u>a few years ago</u>.
　　　　　　　　　　　　　　　　　　　　幾年前

這個故事跟我幾年前讀過的某個故事相似。

- be similar to ＋人事物（與某人、事、物相似）
- read ／rid／ 閱讀；朗讀 (v.)
- read 的「現在式、過去式、過去分詞」都是 read
  （過去式、過去分詞唸作／rɛd／）
- a few ＋人事物（幾個人、事、物；一些人、事、物）

實用表達法整理

─ 藉由和…比較	by way of comparison with...
─ 韓國的數字和台灣相近	Korea's numbers are similar to Taiwan's
─ 日本的和台灣相似，但是…	Japan's is similar to Taiwan's, while...
─ 中國的出生率較高	China's birth rate is higher

—— 02 ——

出生率 ₃

適合學習的
較慢速度MP3

短文 字詞
19　20

低出生率引發多項危機

研究報告❶指出，出生率降低將❷導致多項❸危機，例如：經濟成長❹下滑、勞動力❺降低、購屋需求減少，以及幼兒教養相關❻產業❼萎縮等。

Research reports ❶indicate that the drop in birth rate will ❷give rise to
研究報告　　　　　/ ˈɪndə‚ket /　　　　　出生率降低

a number of ❸calamities, such as ❹slipping economic growth,
許多　　　　　/ kəˈlæmətɪz /　　例如　　/ ˈslɪpɪŋ /　　經濟成長

a ❺dwindling workforce, falling demand for housing, and ❼recession in
勞動力降低　　　　　　　購屋需求減少　　　　　　　　/ rɪˈsɛʃən /

child-related ❻industries.
幼兒教養相關　　/ ˈɪndəstrɪz /

最貼切的英語表達

※這裡學到三個表示「下滑、減少、掉落」，象徵「由多變少、由高變低」的動詞：
　（1）slip，下滑。ing 型態為 slipping（重複字尾 p＋ing）
　（2）dwindle，衰減。ing 型態為 dwindling（去字尾 e＋ing）
　（3）fall，跌落。ing 型態為 falling《ing 型態可用於修飾後方名詞》

重要字詞

indicate

/ ˈɪndə‚ket /

2

動詞　指出；顯示

Longevity statistics *indicate* that women, on average,
壽命統計數據

live longer than men.
活得比...長久

壽命統計數據顯示，女性平均活得比男性久。

● longevity　/ lɑnˈdʒɛvətɪ /　壽命（n.）
● on average　/ ɑn ˈævərɪdʒ /　平均而言；通常（phr.）

give rise to

 1   1

片語　導致；引起

The Ma administration's poor handling of the August 8
　　　馬政府的　　　　　　不當處理　　　　　　　　八八水災
floods **gave rise to** considerable criticism.
　　　　　　　　　　　　　　　相當大的批評

馬政府對八八水災的不當處理，引發相當多的批評。

- give rise to＋事（導致某事）
- poor ∕ pʊr ∕ 粗劣的；不佳的 (adj.)
- administration ∕ ədˌmɪnəˈstreʃən ∕ 政府 (n.)
- handling ∕ ˈhændlɪŋ ∕ 處理；管理 (n.)
- considerable ∕ kənˈsɪdərəbḷ ∕ 相當多的 (adj.)
- criticism ∕ ˈkrɪtəˌsɪzəm ∕ 批評；指責 (n.)

calamity

∕ kəˈlæmətɪ ∕

★

名詞　災難；危機

We still don't know how to predict **calamities** like
　　　　　　　　　　　　如何預測　　　　　　　　類似
　　　　　　　　　　　　　　　　　　　　　　　（在此作介系詞）
earthquakes and tornadoes.
　　　　　　　　　　　複數＋es

我們仍不知道如何預測類似地震、龍捲風這一類的災害。

- predict ∕ prɪˈdɪkt ∕ 預告；預測 (v.)
- earthquake ∕ ˈɝθˌkwek ∕ 地震 (n.)
- tornado ∕ tɔrˈnedo ∕ 龍捲風；旋風 (n.)

slip

∕ slɪp ∕

2

動詞　下滑；下降

Our company's performance has been **slipping**.
　　　　　　　　　　　　　　　　　　一直下滑

我們公司的業績一直下滑。

- performance ∕ pɚˈfɔrməns ∕ 表現；業績 (n.)

dwindle

∕ ˈdwɪndḷ ∕

★

動詞　逐漸衰減

The **dwindling** balance in my savings account is
　　　去 e＋ing，變成名詞　　　我的存款帳戶內
making me worried.
令我擔心

存款帳戶內日漸縮水的餘額令我擔心。

- dwindling / ˈdwɪndḷɪŋ / 衰減 (n.)
- balance / ˈbæləns / 餘額 (n.)
- savings account / ˈsevɪŋz əˈkaunt / 儲蓄存款帳戶 (phr.)

recession
/ rɪˈsɛʃən /
[6]

名詞　衰退；萎縮；不景氣

The recent **recession** has caused major increases in
<small>已經造成…的大幅上升</small>
unemployment.

最近的經濟衰退已造成失業率大幅攀升。

- recent / ˈrisn̩t / 最近的；新近的 (adj.)
- cause / kɔz / 導致；引起 (v.)
- increase / ˈɪnkris / 增加；增強 (n.)
- unemployment / ˌʌnɪmˈplɔɪmənt / 失業；失業人數 (n.)

industry
/ ˈɪndəstrɪ /
[2]

名詞　產業；行業

Export-related **industries** like electronics and IT are
<small>出口相關產業　　　　　　　電子業和資訊科技</small>
very important for Taiwan.

出口相關產業，如電子業和資訊科技，對台灣非常重要。

- export / ˈɛksport / 輸出；出口 (n.)
- -related / rɪˈletɪd / 與…相關的 (adj.)
- electronics / ɪlɛkˈtrɑnɪks / 電子；電子產品 (n.)

實用表達法整理

— 研究報告指出…　　　research reports indicate that...
— 經濟成長下滑　　　　slipping economic growth
— 勞動力降低　　　　　a dwindling workforce
— 購屋需求減少　　　　falling demand for housing
— …相關產業的萎縮　　recession in ...-related industries

空白筆記頁

空白一頁，讓你記錄學習心得，也讓下一則短文，能以跨頁呈現，方便於對照閱讀。

—— 02 ——

出生率 ₄

適合學習的
較慢速度MP3

短文　字詞
21　　22

年輕人寧願養寵物，也不願養小孩

台灣普遍的❶現況都相同：年輕人寧願❷照顧寵物，也不願生養小孩。許多❸夫妻純粹不想生兒育女；❹而有些人則❺坦言，無法❻承擔❼撫養小孩的經濟壓力。

※
<u>All over Taiwan</u>, the ❶story is the same: young people <u>would rather</u>
　遍及全台灣　　　　　　　/ ˈstɔrɪ /　　　　　　　　　　　　　　　　　　寧可…

❷take care of a pet <u>than</u> a child. Many ❸couples <u>simply do not want to</u>
　　　/ kɛr /　　　　也不願…　　　　　　　　　　　　　　　純粹不想…

<u>have kids</u>, ❹while <u>some</u> ❺confess that they are unable to ❻handle the
　生兒育女　　　　　　有些人　/ kənˈfɛs /　　　　　　　　　　　/ ˈhændl̩ /

<u>economic pressure</u> of ❼rearing a child.
　經濟壓力　　　　　　　/ ˈrɪrɪŋ /

最貼切的英語表達

※story（故事）也可用於表示「狀況、情節、真實的描述」等意思。

重要字詞

story / ˈstɔrɪ / 1	名詞　所描述的現況；虛構的故事 That movie had great <u>special effects</u> but <u>not much of a</u> 　　　　　　　　　　　　　　特效　　　　　　劇情不算好 ***story***. 那部電影的特效很棒，但是劇情普通。 ● special effects（多以複數形式呈現）/ ˈspɛʃəl ɪˈfɛkts / 特殊效果 　(phr.) ● not much of a...　不是很好的… (phr.)

take care of

/tek kɛr ʌv/

1 1

| 片語 | 照顧 |

<u>As</u> a nurse in the hospital, she ***takes care of*** <u>cancer</u>
　身為…　　　　　　　　　　　　　　　　　　　　　　癌症病患
<u>patients</u>.

身為醫院的護士，她要照料癌症病患。

- hospital / ˈhɑspɪtl̩ / 醫院 (n.)
- cancer / ˈkænsɚ/ 癌症 (n.)

---

confess

/ kənˈfɛs /

4

| 動詞 | 坦白；承認 |

I must ***confess*** that <u>I've fallen behind</u> <u>on my work</u>.
　　　　　　　　　　　我已經落後　　　　在我的工作方面

我必須承認，我的工作進度已經落後了。

- fall behind / fɔl bɪˈhaɪnd / 落後於 (phr.)

---

handle

/ ˈhændl̩ /

2

| 動詞 | 處理；控制 |

<u>It seems like</u> some parents <u>have no idea how to</u> ***handle***
　　　似乎　　　　　　　　　　　　　不知如何…
disobedient children.

有些父母似乎不知如何管教不聽話的小孩。

- disobedient / ˌdɪsəˈbidɪənt / 不順從的；違抗的 (adj.)

---

rear

/ rɪr /

5

| 動詞 | 撫養；養育 |

He <u>was ***reared*** by</u> loving parents.
　　　　　被…撫養

他由慈愛的父母撫養長大。

- loving / ˈlʌvɪŋ / 充滿愛的 (adj.)

實用表達法整理

— 寧願…也不願…　　　　　would rather... than...
— 單純地不想做…　　　　　simply do not want to...
— 生兒育女；撫養小孩　　　to have kids；to rear a child
— 坦言…　　　　　　　　　confess that...
— 承擔經濟壓力　　　　　　handle the economic pressure

42

—— 02 ——

出生率 ₅

老齡人口多，幼齡人口少

老年人越來越長壽，年輕人越來❶越稀少。這樣的情況若不改善，可以確

定的是，未來年輕人的❷負擔只會變得更沉重。

The elderly are living longer, and young people are getting ❶scarcer.　If
老年人　　　　　　　　　　　　　　　　　年輕人　　　　　　　　　　　　　　※
　　　　　　　　　　　　　　　　　　　　　　　　　　　　　　　/ 'skɛrsɚ /

the situation does not improve, one thing is certain: the ❷burdens of
　　　情況沒有改善　　　　　　　　可以確定的是　　　　　　　　※
　　　　　　　　　　　　　　　　　　　　　　　　　　　　/ 'bɝdnz /

the youth of the future will only get heavier.
　　　未來年輕人　　　　　　　※　變得更沉重

最貼切的英語表達

※ get＋形容詞比較級（越來越…、變得更加…）：
　get scarcer（變得更稀少，原形是 scarce）
　get heavier（變得更沉重，原形是 heavy）
※ the burdens of...（…的負擔）
※ the burdens / of the youth of the future / will only get heavier
　（　負擔　/　　未來年輕人的　　/　　將只會更沉重　）

重要字詞

scarce
/ skɛrs /
3

形容詞　**不足的；稀少的**（scarcer：更稀少的）

Because of the recession, good jobs are growing **scarcer**.
　　由於　　　　　　　　　　　　　　　　　　變得更稀少

由於經濟衰退，好工作越來越少。

● recession　/ rɪ'sɛʃən /　經濟蕭條；不景氣（n.）
● grow　/ gro /　逐漸變得；逐漸成為（v.）
● grow＋形容詞比較級（越來越…、變得更…）

burden

/ ˈbɝdn̩ /

③

名詞	負擔;重擔

Unable to bear his ***burden*** of guilt any longer, he
　　無法　　　　　　　　　　罪惡感的負擔

confessed his crime to the police.
　　坦承他的罪行　　　　　　向警方

由於無法繼續承受罪惡感的負荷,他向警方坦承罪行。

- be unable to＋原形動詞 (無法…)
- bear　/ bɛr /　承受;忍受 (v.)
- guilt　/ gɪlt /　內疚;悔恨 (n.)
- any longer　更久一點 (phr.)
- confess　/ kənˈfɛs /　坦白;承認 (v.)
- crime　/ kraɪm /　罪行 (n.)

實用表達法整理

— 老年人越來越長壽	the elderly are living longer
— 年輕人越來越稀少	young people are getting scarcer
— 情況若不改善	if the situation does not improve
— 可以確定的是…	one thing is certain
— 年輕人的負擔	the burdens of the youth

—— 03 ——

NG 商品 ₁

不景氣中，NG 商品變成搶手貨

❶在❷普遍的❸不景氣❹低迷聲浪❶之中，❺所謂的 "NG商品" 正變成❻搶手貨。

❶Amid ❷widespread ❹laments of ❸recession, ❺so-called "NG goods"
/ əˈmɪd / 　/ ˈwaɪdˌsprɛd / 　/ ləˈmɛnts / 　　/ rɪˈsɛʃən / 　 / ˈsoˈkɔld /

are becoming a ❻hit.
正在變成⋯　　　　　 / hɪt /

重要字詞

amid
/ əˈmɪd /
④

介系詞　**在⋯之中；四周是⋯**

Amid rumors of Kim Jong-il's poor health, North Korea
　　　 ⋯的傳聞　　　　　　　　　　 健康不佳
announced that its nuclear program would continue.
　　　　　　　　　　 核武計畫

在金正日健康不佳的傳聞中，北韓宣示其核武計畫將繼續。

- rumor　/ ˈrumɚ /　謠言；傳聞 (n.)
- announce　/ əˈnauns /　宣佈；宣告 (v.)
- nuclear　/ ˈnuklɪɚ /　原子能的；核能的（adj.）

---

widespread
/ ˈwaɪdˌsprɛd /
⑤

形容詞　**普遍的；廣泛的**

In rural areas, opposition to the new farm law is
　 農村地區　　 反對　　　　　　　　 農業法
widespread.

農村地區普遍反對新農業法。

- rural　/ ˈrurəl /　鄉村的；農村的 (adj.)
- opposition　/ ˌɑpəˈzɪʃən /　（強烈的）反對；反抗 (n.)

lament

/ ləˈmɛnt /

6

名詞　哀嚎；悲嘆

Laments <u>can be heard</u> <u>within the Ministry of Foreign</u>
　　　　　能夠聽到、感受到　　　　　　外交部之內

<u>Affairs</u> that China has not allowed Taiwan to <u>participate</u>
　　　　　　　　　　　　　　　　　　　　　　　參與

<u>in</u> more <u>international organizations</u>.
　　　　　　國際組織

由於中國阻撓台灣參與更多國際組織，能夠感受到外交部內部的失望聲浪。

- ministry　/ ˈmɪnɪstrɪ /　（政府的）…部 (n.)
- affair　/ əˈfɛr /　公共事務；政治事務 (n.)
- participate　/ pɑrˈtɪsəˌpet /　參加；參與 (v.)
- organization　/ ˌɔrgənəˈzeʃən /　組織；機構 (n.)

recession

/ rɪˈsɛʃən /

6

名詞　衰退；萎縮；不景氣

The ***recession*** has <u>made it hard</u> to find a good job.
　　　　　　　　　　　使得...變得困難

經濟衰退使得找個好工作變得困難。

so-called

/ ˈsoˌkɔld /

1

形容詞　所謂的

She and her friend are <u>members of</u> Taiwan's ***so-called***
　　　　　　　　　　　　…的成員

<u>Strawberry Generation</u>.
　　草莓族

她跟她的朋友都是台灣所謂"草莓族"的成員。

- strawberry　/ ˈstrɔbɛrɪ /　草莓 (n.)
- generation　/ ˌdʒɛnəˈreʃən /　一代；一輩 (n.)

hit

/ hɪt /

1

名詞　紅極一時的人事物

His first Youtube video was a ***hit***, attracting

<u>nearly a hundred thousand</u> views.
　　近十萬

他的第一部 Youtube 影片一舉成名，吸引近十萬人次的觀賞。

- attract　/ əˈtrækt /　吸引；使喜愛 (v.)
- view　/ vju /　觀看 (n.)

NG 商品 ₂

NG商品的 " 賣相不佳 "

" NG " ❶代表英文的「No Good」，NG 商品在❷品質上沒有❸缺陷，但
❹因為❺外觀的❻瑕疵，所以無法被❼陳列出售。❽簡單的說法就是：
NG 商品因為「賣相不佳」而沒有銷路。

"NG" ❶stands for No Good. NG goods have no ❸deficiency in
　　 / stændz /　　　　　　　　　　　　　　　　　 / dɪˈfɪʃənsɪ /

❷quality, but they cannot be ❼displayed <u>for sale</u> ❹due to ❻flaws
 / ˈkwɑlətɪ /　　　　　　　　　　 / dɪˈspled /　 出售　 / dju tu /　 / flɔz /

in their ❺appearance. ❽In simple terms, they don't <u>sell</u> because they
　　　　 / əˈpɪrəns /　　　　　　　　　 / tɜmz /　　　　　 售出

<u>look bad</u>.
賣相不佳

重要字詞

stand for... / stænd fɔr / ⌷1⌷	**片語　代表；象徵** "ASAP" ***stands for*** <u>As Soon As Possible</u>. 　　　　　　　　　　　　　　　　越快越好 "ASAP" 的意思是「越快越好」。 ● stand for ＋ 事物　（象徵某事、某物）(phr.)
deficiency / dɪˈfɪʃənsɪ / ⌷6⌷	**名詞　缺陷；缺乏** The doctor wouldn't let her <u>donate blood</u> because she 　　　　　　　　　　　　　　　　　捐血 had <u>an iron **deficiency**</u>. 　　　　缺乏鐵質 因為她缺乏鐵質，醫生不讓她捐血。

- donate / ˈdonet / 捐贈；捐獻 (v.)
- iron / ˈaɪɚn / 鐵質 (n.)

quality
/ ˈkwɑlətɪ /
2

名詞　品質

CDs have a <u>much better</u> <u>sound</u> **quality** than <u>audio tapes</u>.
比…好很多　　　音質　　　　　錄音帶

CD的音質遠比錄音帶好。

- sound / saʊnd / 聲音 (n.)
- audio / ˈɔdɪo / 錄音的 (adj.)
- tape / tep / 磁帶 (n.)

display
/ dɪˈsple /
2

動詞　陳列；展示

Luxury shops **display** <u>the latest fashions</u> in their <u>windows</u>.
最新流行款式　　　　　商店櫥窗

精品店在櫥窗內展示最新的流行款式。

- luxury / ˈlʌkʃərɪ / 奢侈品 (n.)
- luxury shop 精品店 (phr.)
- fashion / ˈfæʃən / 流行款式 (n.)
- window / ˈwɪndo / 商店櫥窗 (n.)

due to...
/ dju tu /
3

片語　由於；因為

Our flight was delayed **due to** <u>bad weather</u>.
天候不佳

我們的班機因為天候不佳而延誤。

- due to ＋人事物 （由於、因為某人事物）
- flight / flaɪt / 航班；班機 (n.)
- delay / dɪˈle / 耽擱；延誤 (v.)

flaw
/ flɔ /
5

名詞　瑕疵；缺點

I found a **flaw** <u>in his logic</u>.
他的邏輯

我發現他邏輯上的一個瑕疵。

- logic / ˈlɑdʒɪk / 邏輯 (n.)

appearance

/ ə'pɪrəns /

2

名詞　外觀；外表

When <u>interviewing for a job</u>, always <u>try to present</u> a
　　　　求職面試　　　　　　　　　　　　　　　設法展現

<u>professional **appearance**</u>.
　　　專業的一面

求職面試時，一定要設法展現專業的一面。

- interview　/ 'ɪntə‚vju /　進行面試（v.）
- present　/ prɪ'zɛnt /　展現，顯示（v.）
- professional　/ prə'fɛʃənḷ /　專業的（adj.）

term

/ tɝm /

2

名詞　詞語；術語；措辭

<u>Scientific writing</u> <u>is filled with</u> **terms** that <u>ordinary people</u>
　科學著作　　　　　　　充滿　　　　　　　　　　一般人

don't understand.

科學著作充斥一般人不了解的專業術語。

- scientific　/ ‚saɪən'tɪfɪk /　科學（上）的；關於科學的（adj.）
- writing　/ 'raɪtɪŋ /　著作；文章（n.）
- be filled with＋物　（充滿、充斥某物）（phr.）
- ordinary　/ 'ɔrdn‚ɛrɪ /　普通的；一般的（adj.）

實用表達法整理

─ 在品質上沒有缺陷	has / have no deficiency in quality
─ 無法上架陳列	cannot be displayed
─ 外觀的瑕疵	flaws in the appearance
─ 簡而言之	in simple terms
─ 它們看起來賣相不佳	they look bad

03

NG 商品 ₃

消費預算緊縮，既然品質無虞，誰在乎外觀？

在過去，像這樣的商品會被❶丟棄，然而現在，許多❷商家則以低價出售。處於❸消費預算緊縮的民眾❹認為，如果品質沒有問題，誰在乎是否賣相不佳？如果能用❺很棒的價格❻把它們帶回家，有何不可？

In the past, goods like these were ❶thrown away. Now, however, many
在過去　　　　類似這樣的商品　　　　/ θron ə'we /

❷merchants are selling them at low prices. People on a ❸tight budget
/ mɝtʃənts /　　　　　　　　　以低價　　　　處於⋯狀態　/ taɪt 'bʌdʒɪt /

❹figure, if there's nothing wrong with the quality, who cares if they look
/ 'fɪgjɚ /　　　　沒有問題　　　　　　品質　　　在意、在乎

bad? If you can ❻take them home for a ❺great price, why not?
　　　　　　　　　　　　　　　　　　　/ gret /　　　有何不可

重要字詞

throw away...
/ θro ə'we /
[1]

片語　丟棄；扔掉

He never ***throws away*** what he can recycle.

他從不丟棄任何能回收利用的物品。

- throw away＋物　（丟棄某物）
- recycle / ri'saɪkḷ / 回收 (v.)

merchant
/ mɝtʃənt /
[3]

名詞　商人；商家

You can find many electronics ***merchants*** near
　　　　　　　　　　電子用品專賣店
the Zhongxiao Xinsheng MRT station in Taipei.
捷運忠孝新生站

你可以在台北的捷運忠孝新生站附近，找到很多電子用品專賣店。

- electronics ／ ɪlɛkˈtrɑnɪks ／ 電子消費品 (n.)
- station ／ ˈsteʃən ／ 車站 (n.)
- MRT station 捷運站 (phr.)

tight
／ taɪt ／
3

形容詞 拮据的；不寬裕的；吃緊的

Money usually <u>gets **tight**</u> for me <u>near the end of the</u>
　　　　　　　　變得吃緊　　　　　　　　　　　在接近月底時
<u>month</u>.

接近月底時，我通常會變得手頭拮据。

budget
／ ˈbʌdʒɪt ／
3

名詞 預算

She uses a spreadsheet to <u>keep track of</u> her **budget**.
　　　　　　　　　　　　　　記錄…的變化

她用電腦試算表來記錄預算的運用流向。

- spreadsheet ／ˈsprɛdˌʃit/ 電子表格 (n.)
- track ／træk/ 足跡；踪跡 (n.)
- keep track of... 記錄、了解…的動態 (phr.)

figure
／ ˈfɪgjɚ ／
2

動詞 認為

I **figured** <u>signing up</u> for a yoga class would help me
　　　　　　　　報名
<u>stay in shape</u>.
　　維持健康

我認為報名參加瑜珈課程有助我維持健康。

- figure＋動詞 ing 認為… (phr.)
- sign up ／ saɪn ʌp / 報名；註冊 (phr.)
- yoga ／ ˈjogə / 瑜伽術 (n.)
- in shape ／ ɪn ʃep / 身體處於良好狀態 (phr.)

take home	片語　帶回家
/ tek hom /	Don't forget to **take** the dog **home** from the vet.
① ①	帶小狗回家
	別忘了去獸醫那裡帶小狗回家。
	● vet　/ vɛt /　獸醫 (n.)

great	形容詞　極好的；使人快樂的
/ gret /	※
①	We got a **great** deal on this new couch!
	獲得很滿意的價錢
	我們以很棒的價格買到這張新沙發。
	● get a great deal on＋物　（以很低的價錢買到某物）(phr.)
	● couch　/ kautʃ /　長沙發 (n.)

特別說明這個字

※ deal / dil / 在這裡的意思是「很吸引人、很便宜的價格；特價品」，如上方句子的「get a great deal on...（以低價買到…）」。要殺價時，也可以用 deal 這個字：

Can you give me a better deal?（可以給我一個更便宜的價格嗎？）

實用表達法整理

— 像這樣的商品　　　　　　goods like these
— 以低廉的價格出售　　　　sell them at low prices
— 處於緊縮預算的情況下　　on a tight budget
— 品質沒問題　　　　　　　there is nothing wrong with the quality
— 誰在乎是否…　　　　　　who cares if ...
— 用滿意的價格買回家　　　take ... home for a great price

03

NG 商品 ₄

適合學習的
較慢速度MP3
短文 字詞
31 32

NG 商品佔有市場一席之地

「NG商品」在❶市場上❷逐漸找到自己的❸定位（逐漸佔有一席之地），提供❹消費者在❺購物時，一項❻額外的選擇。

"NG goods" are ❷gradually finding their ❸niche in the ❶market,
　　　　　　　　／ 'grædʒuəlɪ ／　　　　　　　／ nɪʃ ／　　　　　／ 'mɑrkɪt ／

giving ❹consumers an ❻extra choice when they ❺shop.
　　　／ kən'sumɚz ／　　　　／ 'ɛkstrə ／　　　　　　／ ʃɑp ／

最貼切的英語表達

※ 經常耳聞的 "逐漸佔有一席之地"，用英文可如此描述：

（is）are gradually ／　finding their niche　／ in the market
（　　　逐漸　　　／ 找到自己的市場定位／　在市場上　）

重要字詞

gradually	副詞　**逐漸**
/ 'grædʒuəlɪ /	Her English was terrible <u>at first</u>, but <u>with practice</u> she
[3]	一開始　　　　　　　經過練習後
	gradually improved.
	她的英文起初很糟，但經過練習後逐漸改善了。
	● terrible　/ 'tɛrəbḷ /　拙劣的；糟糕的 (adj.)
	● improve　/ ɪm'pruv /　改進；改善 (v.)

niche	名詞　**市場定位；商機**
/ nɪʃ /	*Kinky Boots* is a movie about a British <u>shoe company</u> that
★	鞋廠
	finds a ***niche*** selling women's shoes to <u>male cross-dressers</u>.
	男扮女裝者

「長靴妖姬」是一部敘述一間英國鞋廠發現販售女鞋給男扮女裝者的市場商機的電影。

- kinky / 'kɪŋkɪ / 性倒錯的；乖僻的 (adj.)
- boot / but / 靴子 (n.)
- male / mel / 男性的 (adj.)
- cross-dresser / ˌkrɔs'drɛsə / 穿異性服裝的人 (n.)

market
/ 'markɪt /
1

名詞　市場

The **market** for electronics <u>can be</u> very unstable.
有時候⋯

電子產品的市場有時候非常不穩定。

- electronics / ɪlɛk'tranɪks / 電子產品 (n.)
- unstable / ʌn'stebl̩ / 不穩定的；易變的 (adj.)

consumer
/ kən'sumə /
4

名詞　消費者

Many Taiwanese **consumers** worry that <u>American beef</u>
美國牛肉

is unsafe.

許多台灣的消費者擔心美國牛肉不安全。

- unsafe / ʌn'sef / 不安全的；危險的 (adj.)

extra
/ 'ɛkstrə /
2

形容詞　額外的；附加的

He <u>brought an **extra** pencil</u> to his exam in case
帶一支額外的鉛筆（brought 是 bring 的過去式）

<u>his first pencil</u> broke.
他原本帶的那一支

他多帶一支鉛筆去考試，以防萬一原本帶的那一支斷了。

- in case / kes / ＋ 子句　（以免⋯、萬一）(phr.)
- break / brek / 破；裂；碎（過去式 broke / brok /）(v.)

shop
/ ʃɑp /
1

動詞　購物；逛商店

She usually **shops** for books online.

她通常在網路上買書。

- online / 'ɑnˌlaɪn / 在網路上地；在線上地 (adv.)

04

八八風災 ₁

適合學習的
較慢速度MP3
短文 字詞
33　34

台灣 50 年來最嚴重的水災

2009 年 8 月 8 日，莫拉克颱風❶侵襲台灣。僅僅四天，便❷狂瀉❸相當於
一整年的❹雨量，並造成台灣 50 年來僅見的最嚴重的❺水災及❻土石流。

On August 8, 2009, Typhoon Morakot ❶hit Taiwan, ❷unleashing
　　　　　　　　　　　　　　　　　　　　/ hɪt /　　　　　　/ ʌnˈliʃɪŋ /

a year's ❸worth of ❹rainfall in just four days and causing the worst
　　　　　/ wɝθ /　　　/ ˈrenˌfɔl /　　僅僅 4 天

❺flooding and ❻mudslides Taiwan has seen in 50 years.
/ ˈflʌdɪŋ /　　　　/ ˈmʌdˌslaɪdz /　　台灣 50 年來僅見的

重要字詞

hit / hɪt / 1	**動詞　襲擊；來襲**（現在式、過去式、過去分詞都是 hit） Most people were asleep when the earthquake **hit**. 　　　　　　　　在睡夢中 地震來襲時，大部分的人都在睡夢中。 ● asleep　/ əˈslip /　睡着 (adj.) ● earthquake　/ ˈɝθˌkwek /　地震 (n.)
unleash / ʌnˈliʃ / ★	**動詞　突然釋放；爆發** It was the first time he had ever been able to **unleash** 　　　　這是第一次　　　　　　　　　　　　能夠 his full creative energy. 　　豐沛的創造力 這是第一次他能夠完全釋放自己所有的創造力。 ● full　/ fʊl /　充滿的；飽滿的 (adj.) ● creative energy　/ krɪˈetɪv ˈɛnɚˌdʒɪ /　創造力 (phr.)

worth
/ wɝθ /
2

名詞　值…的程度

She <u>felt like</u> she'd just done <u>a month's **worth** of</u> exercise
覺得　　　　　　　　　　相當於一個月的…　　　運動
in one day.

她覺得自己好像在一天之內，把相當於一個月的運動量做完了。

- （現在式）feel like… / fil laɪk / 覺得… (phr.)
- （過去式）felt like… / fɛlt laɪk / 覺得… (phr.)

flooding
/ ˈflʌdɪŋ /
2

名詞　水災；洪水；泛濫

The government urged people to <u>move their cars to</u>
把自己的車子移到較高處
<u>higher ground</u> to avoid possible **flooding**.
可能來襲的洪水

政府呼籲民眾把車子移到較高處，以避免可能來襲的洪水。

- urge / ɝdʒ / 敦促；力勸 (v.)
- avoid / əˈvɔɪd / 避免 (v.)

mudslide
/ ˈmʌdˌslaɪd /
4

名詞　土石流

<u>It seems like</u> <u>every time</u> a <u>major storm</u> hits Taiwan,
似乎　　　每次　　　強颱
<u>at least</u> one road <u>gets blocked by</u> **mudslides**.
至少　　　　　　被…阻斷

似乎每當強颱侵襲台灣，就至少會有一條道路遭土石流阻斷。

- storm / stɔrm / 暴風雨 (n.)
- at least / æt list / 至少 (phr.)
- blocked / blɑkt / 堵塞的；被封鎖的 (adj.)

實用表達法整理

— 狂降相當於一年的雨量　　unleash a year's worth of rainfall
— 最嚴重的水災及土石流　　the worst flooding and mudslides

04
八八風災 ₂

原住民部落遭土石流掩埋

許多人在瞬間❶失去家園及家人，而一些❷原住民部落更是被❸掩埋❹於土石流的淤泥之下，而完全消失。

※
Large numbers of people were suddenly ❶bereft of their homes
　　　許多人　　　　　　　　　　　　　　　/ bə'rɛft /

and family members, while some ❷aboriginal villages disappeared
　　　家人　　　　　　　　　　　/ ˏæbə'rɪdʒənḷ / 原住民部落　/ ˏdɪsə'pɪrd /

completely, ❸buried ❹beneath the mud.
　完全消失　　/ 'bɛrɪd /　/ bɪ'niθ /　　/ mʌd /（土石流）淤泥

最貼切的英語表達
※用英語表達「許多人」，最簡單的說法是 many people；而在上述短文，是以「large numbers of people（大量的人）」來表示。

重要字詞

bereft of...　　**片語　完全沒有；喪失**（常見於正式場合）
※
/ bə'rɛft əv /　His death left me ***bereft of*** a dear friend.
　　　　　　　　　　　　讓我　　　　　　　　一位摯友
★　　　　　他的死亡讓我失去了一位摯友。

● death　/ dɛθ /　死亡 (n.)
●（現在式）leave　/ liv /　讓…處於 (v.)
●（過去式）left　/ lɛft /　讓…處於 (v.)
● dear friend　摯友 (phr.)

更口語的中文說法
※這句英文的中譯是以「接近英語的句構」翻譯；如果是「以自然的中文」表達，就是
"我失去了他這位摯友"。

aboriginal

/ ˌæbəˈrɪdʒənḷ /

6

形容詞　原住民的；土著的

The mountains and <u>the east coast</u> are <u>good places</u> to
　　　　　　　　　　　東海岸　　　　　　　好地點

experience ***aboriginal*** culture.
　　　　　　　　體驗原住民文化

山區和東海岸是體驗原住民文化的好地點。

● experience　/ ɪkˈspɪrɪəns /　感受；體驗（v.）

---

bury

/ ˈbɛrɪ /

3

動詞　掩埋；埋藏

I finally found the book I <u>was looking for</u>, ***buried*** under
　　　　　　　　　　　　　一直在找　　　　　過去式（去 y+ied）

<u>a pile of</u> other books.
　一堆

我終於發現我一直在找的那本書，被埋在一堆別的書之下。

● look for＋人或物（尋找某人、某物）（phr.）
● pile　/ paɪl /　堆（n.）
● a pile of＋物品（成堆的某物）（phr.）

---

beneath

/ bɪˈniθ /

3

介系詞　在…之下

The subway <u>runs</u> ***beneath*** this intersection.
　　　　　　行駛

地鐵行駛於這個十字路口之下。

● subway　/ ˈsʌbˌwe /　地下鐵（n.）
● intersection　/ ˌɪntɚˈsɛkʃən /　十字路口；交叉點（n.）

實用表達法整理

— 瞬間失去家園及家人　　be suddenly bereft of homes and family members
— 原住民村落完全消失　　aboriginal villages disappeared completely
— 遭淤泥掩埋　　　　　　be buried beneath the mud

————— 04 —————

八八風災 ₃

政府派遣軍隊救災

❶風災發生後，政府❷派遣軍隊前往❸受災村落，搜尋可能的❹生還者。

After the ❶disaster, the government ❷sent the <u>army</u> to the ❸stricken
　　　　　 / dɪˈzæstə / 　　　　　　　　　　/ sɛnt / 　軍隊　　　　　 / ˈstrɪkən /

villages to <u>search for</u> <u>possible</u> ❹survivors.
　　　　　　　搜尋　　　　 可能的　 / səˈvaɪvəz /

重要字詞

disaster / dɪˈzæstə / ④	名詞　災難；災害 The Indonesian tsunami of 2004 was <u>one of the worst</u> 　　　　印尼大海嘯　　　　　　　　　　　　　最嚴重的…之一 natural ***disasters*** <u>the world has ever seen</u>. 　　　　　　　　　　　　　有史以來 2004 年的印尼大海嘯是有史以來最嚴重的天然災害之一。 ● tsunami　/ tsuˈnɑmɪ /　海嘯 (n.) ● worst　/ wɜst /　最壞的；最不利的；最差的 (adj.) (adv.) ● natural　/ ˈnætʃərəl /　天然的；自然的；自然界的 (adj.) ● the world has ever seen　舉世首見；有史以來 (phr.)
send / sɛnd / ①	動詞　派遣；派往（過去式為 sent） After the tsunami, many countries offered to ***<u>send</u>*** help. 　　　　　　　　　　　　　　　　　　　　　　　　派員救援 海嘯發生後，許多國家都主動派員救援。 ● offer　/ ˈɔfə /　主動提出；自願給予 (v.)

stricken	形容詞　受困的；受災的

/ 'strɪkən /

★

The world <u>was shocked by</u> photographs of the
　　　　　　※
　　　　　　被...所震撼

stricken <u>areas</u>.
　　　　　　災區

全世界都被災區的照片所震撼。

- shock　/ ʃɑk /　震驚；震動 (v.)
- photograph　/ 'fotə,græf /　照片 (n.)

最貼切的英語表達

※ stricken 是動詞 strike / straɪk /（打擊；攻擊）的「過去分詞」。英語中，動詞的「過去分詞」可當「形容詞」使用，用來修飾後方名詞，因此是 stricken areas（災區）。本書提到的類似用法還有：

<u>trapped</u> villages（受困的村落；trapped 是動詞 trap / træp /（設圈套）的「過去分詞」）

survivor	名詞　生還者；倖存者

/ sə'vaɪvə /

3

He was the only ***survivor*** of the <u>plane crash</u>.
　　　　　　　　　　　　　　　　　　空難、墜機

他是這場空難唯一的生還者。

- plane crash　/ plen kræʃ /　空難；墜機 (phr.)
- crash　/ kræʃ /　（飛機）墜毀；（車輛）相撞事故 (n.)

實用表達法整理

— 派遣軍隊前往…　　　　　sent the army to...
— 搜尋可能的生還者　　　　search for possible survivors

──── 04 ────

八八風災 4

適合學習的
較慢速度MP3

短文 字詞
39　40

聯外道路中斷，救災加倍困難

但由於淤泥❶尚未❷消退，而且❸受困村落與外界聯繫的道路及橋樑（聯外道路及橋樑）都❹嚴重受損，❺使得❻救災工作❼加倍困難。

But the <u>mud</u> ❶had yet to ❷recede and the roads and bridges <u>connecting</u>
　　　淤泥　　　　　/ jɛt /　　/ rɪˈsid /　　　　　　　　　　　　　　　連接

the ❸trapped villages to <u>the outside world</u> had been ❹severely damaged,
　　/ træpt /　　　　　　　　　外界　　　　　　　　　/ səˈvɪrlɪ /

❺rendering ❻rescue work ❼doubly difficult.
/ ˈrɛndɚɪŋ /　/ ˈrɛskju /　　/ ˈdʌblɪ /

重要字詞

have (has)
yet to...
/ hæv jɛt tu /

1

片語　尚未；還沒

Our greedy <u>CEO</u> **has yet to** <u>give a good reason for</u> his
　　　　　※　執行長　　　　　　　　　　　對…給一個好的理由
<u>astronomical salary</u>.
　　　天文數字的薪資

我們貪婪的執行長尚未對他的鉅額薪資提出合理的解釋。

- has／have yet to + 動詞原形（尚未做某事）(phr.)
- greedy　/ ˈgridɪ /　貪婪的 (adj.)
- give a good reason for...　對…提出合理的解釋 (phr.)
- reason　/ ˈrizn̩ /　原因；理由 (n.)
- astronomical　/ ˌæstrəˈnɑmɪkl̩ /　天文數字的 (adj.)

英語也有 "譬喻" 用法

※ astronomical 的原意是「天文的、天文學的」，延伸用法為「數量大到像天文般的」，
　這種用法就像中文的「譬喻」一樣。其他常見說法還有：
　<u>astronomical</u> cost（天文數字的花費）、<u>astronomical</u> bill（鉅額帳單）

recede
/ rɪ'sid /

★

| 動詞 | 後退；遠去 |

As many men get older, their hairline **recedes**.
　　　　　當…時　　　　　　變老

很多男人變老時，髮線就會後退。

● hairline　/ 'hɛrˌlaɪn /　前額的髮際線 (n.)

trapped
/ træpt /

[2]

| 形容詞 | 受困的；受到限制的 |

He felt **trapped** in a career that he hated.
　　　　　　　　　　　職業

他感覺受困在一份自己所痛恨的工作之中。

● career　/ kə'rɪr /　終身的職業；經歷；生涯 (n.)
● hate　/ het /　厭惡；仇恨 (v.)

severely
/ sə'vɪrlɪ /

[4]

| 副詞 | 嚴重地；嚴格地 |

She was **severely** scolded by her teacher for not doing
　　　　　　　　　　　　　　　　　　　　　　　for（介系詞）+動詞 ing

her homework.
　　　作業

她因為沒做作業而被老師嚴厲責罵。

● scold　/ skold /　訓斥，責罵 (v.)
● scold＋某人＋for＋動詞 ing（責罵某人，因為他做了…）(phr.)
● scold＋某人＋for＋not＋動詞 ing （責罵某人，因為他沒做…）
　(phr.)

render
/ 'rɛndɚ /

[6]

| 動詞 | 使變得；使處於…的狀態 |

The fog grew thicker, **rendering** it difficult to see.
　　　　　越來越濃　　　　　　　　　　難以看見

霧越來越濃，視線就越來越差。

● render＋人事物＋形容詞（使某人、事、物處於…的狀態）
● grow＋形容詞比較級（變得越來越…）
　（grew　/ gru /　是 grow / gro / 的過去式）
● thick　/ θɪk /　能見度低的；不透氣的；濃的 (adj.)
　（thicker 是 thick 的比較級）

62

rescue

/ ˈrɛskju /

4

名詞　救援；拯救

The spectacular <u>hostage **rescue**</u> <u>made headlines</u>
　　　　　　　人質救援　　　　　　登上頭條新聞

<u>around the world</u>.
　　　全球

這場漂亮的人質救援行動，成為全球的頭條新聞。

- spectacular / spɛkˈtækjələ / 壯觀的；令人驚歎的 (adj.)
- hostage / ˈhɑstɪdʒ / 人質 (n.)
- headline / ˈhɛdˌlaɪn / 頭版頭條新聞；頭版重要新聞；報紙的大標題 (n.)

doubly

/ ˈdʌblɪ /

2

副詞　加倍地；越發

<u>The fact that</u> he was sick when he <u>scored those 50 points</u>
　　…的事蹟　　　　　　　　　　　　　　得到 50 分

makes his performance ***doubly*** impressive.
　　　　　　　　　　　　令人加倍讚賞

他抱病還能得到 50 分，讓他的表現加倍地令人敬佩。

- score / skɔr / （在考試中）得分 (v.)
- performance / pɚˈfɔrməns / 表現；演出；成果 (n.)
- impressive / ɪmˈprɛsɪv / 令人讚歎的；令人印象深刻的 (adj.)

實用表達法整理

─ 淤泥尚未消退	the mud had yet to recede
─ 聯繫 A 與 B 的道路	the roads connecting A to B
─ …已經嚴重受損	...had been severely damaged
─ 使救災工作更加困難	render rescue work doubly difficult

空白筆記頁

空白一頁，讓你記錄學習心得，也讓下一則短文，能以跨頁呈現，方便於對照閱讀。

—— 04 ——
八八風災 5

適合學習的
較慢速度MP3
短文 字詞
41 42

為了協助重建，各界發起捐款

為了協助❶重建工作，❷各界人士❸參與❹捐款活動。

To <u>help with</u> the work of ❶rebuilding, people from ❷all walks of life
　　協助　　　　　　　　　　　 / rɪˈbɪldɪŋ /

❸took part in ❹donation drives.
　　　　　　 / doˈneʃən /　/ draɪvz /

重要字詞

rebuild / rɪˈbɪld / 1	**動詞　重建；使重新恢復原貌**（過去式為 rebuilt） Though it had <u>been devastated by</u> <u>World War II</u>, Tokyo 　　　　　　　　　慘遭…摧毀　　　　 第二次世界大戰 was quickly ***rebuilt***. 雖然曾遭第二次世界大戰摧毀，但東京很快地重建了。 ● devastate　/ ˈdɛvəsˌtet /　徹底破壞；摧毀（v.）
all walks of life / ɔl wɔks ʌv laɪf / 1	**片語　各行各業** Her classmates <u>come from</u> ***all walks of life***. 　　　　　　　　　 來自 她的同學來自各行各業。
take part in / tek pɑrt ɪn / 1	**片語　參與；參加** My friend just ***took part in*** a <u>golf tournament</u> to 　　　　　　　　　　　　　　　 高爾夫巡迴賽 <u>raise money for</u> <u>cancer research</u>. 　籌措…的經費　　 癌症研究

為了籌募癌症研究經費，我的朋友剛參與了一場高爾夫錦標賽。

- tournament ／ˈtɚnəmənt ／ 聯賽；錦標賽 (n.)
- raise ／ rez ／ 籌募 (v.)
- research ／ ˈrɪˌsɝtʃ ／ 學術研究；調查 (n.)

donation
／ doˈneʃən ／
6

名詞 **捐獻；捐贈**

He went <u>door-to-door</u> collecting **_donations_** to help
挨家挨戶地
<u>the poor</u>.
窮人

他挨家挨戶募集捐贈物資以幫助窮人。

- door-to-door ／ ˈdortəˌdɔr ／ 挨家挨戶地 (adv.)
- go door-to-door＋動詞 ing 採取挨家挨戶地做… (phr.)
- collect ／ kəˈlɛkt ／ 搜集；募集 (v.)

drive
／ draɪv ／
1

名詞 **有組織的活動、運動**

Our <u>local public television station</u> holds a
當地的公共電視台
<u>fundraising **_drive_** every summer</u>.
募款活動　　　　　每年夏天

每年夏天，我們當地的公共電視台都會舉辦一場募款活動。

- station ／ ˈsteʃən ／ 電台；電視台 (n.)
- public television station 公共電視台 (phr.)
- hold ／ hold ／ 召開；舉辦 (v.)
- fundraising ／ ˈfʌndˌrezɪŋ ／ 募款的 (adj.)

實用表達法整理

― 為了協助…	to help with...
― 重建工作	the work of rebuilding
― 各界人士	people from all walks of life
― 發起、投入、參與捐款活動	take part in donation drives

04
八八風災 ₆

適合學習的
較慢速度MP3
短文
43　字詞
44

救援物資、海外搜救隊進入災區

❶大量的❷救援物資急速❸湧入因災難而❹遭受影響的區域。甚至海外的
搜救❺專家及搜救犬，也進入❻災區協助搜尋生還者。

❶Large quantities of ❷aid ❸flowed rapidly ❸into the areas ❹affected
　　　　/ ˈkwɑntətɪz /　　/ ed /　/ flod /　急速地　　　　　　/ əˈfɛktɪd /

by the disaster. Even foreign search-and-rescue ❺specialists and search-
　　　　災難　　　　海外的 / ˈfɔrɪn /　　　搜救　　　/ ˈspɛʃəlɪsts /　　/ sɝtʃ /

and-rescue dogs entered the ❻stricken areas to help search for survivors.
　/ ˈrɛskju / 搜救犬　　　　　　/ ˈstrɪkən /　　　　　搜尋生還者

重要字詞

quantity

/ ˈkwɑntətɪ /

2

名詞　數量；眾多

Before I left for college, my mother gave me
　　　　去上大學（現在式為 leave for college）

a great **_quantity_** of advice.
　　　　很多的

上大學之前，我媽媽給了我很多建議。

● advice　/ ədˈvaɪs /　忠告；建議（n.）

aid

/ ed /

2

名詞　援助；救援物資；援助款項

Many elite universities offer generous financial **_aid_** to
　　　一流大學　　　　　　　　　　　助學金

low-income students.
　低收入戶的

許多一流大學提供豐厚的助學金給低收入戶學生。

● elite　/ eˈlit /　上層階級的；菁英的（adj.）

● generous　/ ˈdʒɛnərəs /　慷慨的；豐富的（adj.）

● financial　/ faɪˈnænʃəl /　財政的（adj.）

flow
/ flo /
2

動詞　湧進；流入

After the economic reforms, more foreign investment
　　　　經濟改革　　　　　　　　　　　　外資
flowed in.
流入

經濟改革後，更多的外資湧入。

- economic ／ ˌikə'namık ／ 經濟上的 (adj.)
- reform ／ rı'fɔrm ／ 改革；改善 (n.)
- investment ／ ın'vɛstmənt ／ 投資 (n.)

affect
/ ə'fɛkt /
3

動詞　影響；對...發生作用

Farmers may be adversely **_affected_** by the
　　　　　　　遭受不利影響
new free trade agreement.
　　新自由貿易協定

新自由貿易協定可能對農民造成不利的影響。

- adversely ／ æd'vɝslı ／ 不利地；有害地 (adv.)
- agreement ／ ə'grimənt ／ 協定；契約 (n.)

specialist
/ 'spɛʃəlıst /
5

名詞　專員；專家

The company hired a public relations **_specialist_** to help
　　　　　　　　　　公關專家
improve its image.

這間公司雇用一位公關專家協助改善公司形象。

- public relations ／ 'pʌblık rı'leʃənz ／ 公共關係 (phr.)
- improve ／ ım'pruv ／ 改進；改善 (v.)

stricken
/ 'strıkən /
★

形容詞　受困的；受煎熬的

Her grief-**_stricken_** expression said it all.
　　悲慟欲絕的　　　　　　　　　　說明一切

她悲慟欲絕的表情說明了一切。

- grief ／grif/ 悲痛，傷心 (n.)
- expression ／ ık'sprɛʃən ／ 表情；神色 (n.)

04
八八風災 7

政府救災遲緩遭受批評

❶相較之下，政府❷展開救援的動作❸相對遲緩；政府官員對此危機的

❹嚴重性❺缺乏認知（缺乏危機意識），都❻遭致人民❼嚴厲的❽批評。

❶By contrast, the government was ❸relatively <u>slow</u> to ❷provide relief.
　/ ˈkɑntræst /　　　　　　　　　 / ˈrɛlətɪvlɪ /　緩慢　　　　　　　 / rɪˈlif /

<u>Government officials</u> who ❺lacked <u>a sense of</u> the ❹magnitude of the
　　政府官員　　　　　　　/ lækt /　對…的認知　　　/ ˈmægnəˌtud /

<u>crisis</u> ❻were subject to ❼harsh ❽criticism from the people.
危機　　　 / ˈsʌbdʒɪkt /　　/ hɑrʃ /　 / ˈkrɪtəˌsɪzəm /

最貼切的英語表達

※ 描述「做某事的狀態」，英語的慣用句型是「be 動詞＋形容詞＋to＋動詞原形…」，
　 如短文中的 was <u>slow</u>（形容詞，緩慢）to <u>provide</u>（動詞，給予）relieve（給予救援行
　 動很遲緩）。其他例子還有：
　 be <u>fast</u>（形容詞，迅速）to <u>complete</u>（動詞，完成）one's work（某人完成工作很迅
　 速）

重要字詞

by contrast	片語　**相較之下**
/ baɪ ˈkɑntræst / ④	<u>Small companies</u> can <u>adapt</u> <u>relatively quickly</u> to change. 　小公司　　　　　　　適應　　　　　相對快速地 <u>Bigger companies</u>, ***by contrast***, <u>tend to</u> 　較大型的公司　　　　　　　　　　 傾向於… <u>be more set in their ways</u>. 　　　　　較延襲舊習 小公司能夠相當快速地因應變化，大公司相較之下，則傾向較 延襲舊習。 ● adapt　/ əˈdæpt /　適應（v.）

● tend to + 動詞原形 （傾向於…）(phr.)

● be set in one's ways　沿襲舊習；積習難改 (phr.)

relatively
/ 'rɛlətɪvlɪ /

4

副詞　相對地；相當地

Men are ***relatively*** <u>better at</u> sports than women.
　　　　　　　　在…方面擅長

男性相對地比女性擅長運動。

relief
/ rɪ'lif /

3

名詞　救援；救濟金

Many charities offer ***relief*** for <u>victims of abuse</u>.
　　　　　　　　　　　　　　　受虐者

許多慈善機構會主動提供受虐者援助。

● charity　/ 'tʃærətɪ /　慈善機構（或組織）(n.)

● victim　/ 'vɪktɪm /　受害者 (n.)

● abuse　/ ə'bjus /　虐待 (n.)

lack
/ læk /

1

動詞　缺乏；不足

He ***lacks*** <u>the maturity necessary for</u> dealing with a
　　　　　　…所需的成熟度　　　　for（介系詞）＋動詞 ing

situation like this.

他缺乏處理類似情況所需的成熟度。

● maturity　/ mə'tʃurətɪ /　（思想行為、作品等）成熟 (n.)

● deal with　/ dil wɪð /　處理、應付 (phr.)

magnitude
/ 'mægnə,tud /

6

名詞　重大；巨大；規模

She didn't realize the ***magnitude*** of the project until

she <u>began working on</u> it.
　　　開始著手進行

直到開始著手進行，她才了解這個專案的規模有多大。

● realize　/ 'rɪə,laɪz /　理解；意識到 (v.)

● project　/ prə'dʒɛkt /　方案；計畫 (n.)

● begin＋動詞 ing　（開始…）

be subject to...

/ bɪ 'sʌbdʒɪkt tu /

2

片語　遭受…

※

These rules ***are subject to*** change <u>at any time</u>.
　　　　　　　　　　　　　　　　　隨時、任何時候

這些規則可隨時遭受改變。

● rule　/ rul /　規則；條例 (n.)

更口語的中文說法

※這句英文常出現於機關團體的條文規範中，例如會員守則。如果以自然的中文來表達則
　是「本機構有權利隨時修改上述條款及規範」。

harsh

/ hɑrʃ /

4

形容詞　嚴苛的；殘酷的

<u>I think that</u> five years <u>in prison</u> for stealing a bicycle is
　我認為…　　　　　　　坐牢

too ***harsh*** a punishment.

我認為偷腳踏車要服五年牢獄，是太過嚴苛的懲罰。

● prison　/ 'prɪzn̩ /　監獄；看守所 (n.)

● steal　/ stil /　偷；竊取 (v.)

● punishment　/ 'pʌnɪʃmənt /　懲罰；刑罰 (n.)

criticism

/ 'krɪtə,sɪzəm /

4

名詞　批評

<u>In a democracy</u>, <u>public officials</u> will always face
在民主國家裡　　　　　　公務人員

criticism.

在民主國家，公務人員勢必經常面對批評。

● democracy　/ də'mɑkrəsɪ /　民主國家 (n.)

● official　/ ə'fɪʃəl /　官員；高級職員 (n.)

實用表達法整理

― …的動作相對遲緩　　　was / were relatively slow to...
― 缺乏對…的認知　　　　lack a sense of...
― 缺乏危機意識　　　　　lack a sense of the magnitude of the crisis
― 遭受人民嚴厲的批評　　be subject to harsh criticism from the people

空白筆記頁

空白一頁，讓你記錄學習心得，也讓下一則短文，能以跨頁呈現，方便於對照閱讀。

—— 05 ——
一生難忘的 921 大地震 ₁

適合學習的
較慢速度MP3
短文 47 字詞 48

台灣有史以來最嚴重的強震

1999 年 9 月 21 日凌晨 1 點 47 分，台灣❶經歷了❷有史以來最❸嚴重的❹地震 — 921。

※   ※
At 1:47 a.m. on September 21, 1999, Taiwan ❶experienced its most
/ ɪk'spɪrɪənst /

                                    ※
❸severe ❹earthquake ❷in history: 9/21.
/ sə'vɪr /   / 'ɝθ,kwek /   / 'hɪstrɪ /

最貼切的英語表達

※ 短文中的 September 21 及 9/21，都是表達日期「9 月 21 日」。要注意的是，September 21 的「21」是序數，要唸成「twenty first」；而「9/21」則要將前後拆成兩個數字來唸，唸成「nine twenty-one」。

（september / sɛp'tɛmbɚ / 九月）

※ 經常耳聞的 "…經歷、遭逢有史以來最嚴重的…"，用英文可如此描述：

... experienced / its most severe ... / in history
（ …經歷了 / 本身最嚴重的… / 有史以來）

重要字詞

experience
/ ɪk'spɪrɪəns /
2

動詞　經歷；遭受

<u>In the 1930s</u>, <u>most of the world</u> ***experienced*** a
　　在 1930 年代　　　　幾乎所有國家

<u>prolonged economic depression</u>.
　　漫長的經濟蕭條

幾乎所有國家在 1930 年代都歷經一場漫長的經濟蕭條。

● prolonged / prə'lɔŋd / 持久的；長期的 (adj.)

● economic / ,ikə'namɪk / 經濟的 (adj.)

● depression / dɪ'prɛʃən / 經濟蕭條；不景氣 (n.)

severe
/ səˈvɪr /
4

形容詞 極為惡劣的；十分嚴重的

The drought has caused a ***severe*** <u>water shortage</u>.
水源匱乏

這場乾旱造成嚴重的水源匱乏。

- drought / draʊt / 久旱；旱災 (n.)
- shortage / ˈʃɔrtɪdʒ / 不足；短缺 (n.)

earthquake
/ ˈɝθˌkwek /
2

名詞 地震

Many new buildings <u>are designed to be</u> ***earthquake-***
有防震設計

<u>proof</u>.

許多新建物都有防震設計。

- design / dɪˈzaɪn / 設計；構思；繪製 (v.)
- be designed to be 有…樣的設計 (phr.)
- -proof / pruf / 防、抗、耐…的

in history
/ ɪn ˈhɪstrɪ /
1

片語 歷史上；有史以來

<u>The famine caused by</u> <u>the Great Leap Forward</u> was one
…所造成的饑荒 大躍進

of <u>the worst</u> ***in history***.
最嚴重的

「大躍進」所造成的饑荒是史上最嚴重的饑荒之一。

- 大躍進（the Great Leap Forward）：1958 至 1960 年上半年，於中華人民共和國所發生，試圖利用充裕勞動力和群眾熱情在工業和農業上「躍進」的「社會主義建設運動」。
- famine / ˈfæmɪn / 饑荒 (n.)
- leap / lip / 跳躍；跳越 (n.)

實用表達法整理

— （某人、某地）經歷了… ... experienced...
— 有史以來最嚴重的地震 most severe earthquake in history

一生難忘的 921 大地震 ₂

————— 05 —————

適合學習的
較慢速度MP3
短文 49 字詞 50

規模 7.3 級，持續兩分鐘

❶震央位於南投❷縣，❸芮氏地震規模❹測得 7.3 級，這場❺地震持續了將近兩分鐘。

❶Centered in Nantou ❷County and ❹measuring 7.3 on the ❸Richter
/ ˈsɛntɚd /   / ˈkauntɪ /   / ˈmɛʒrɪŋ /

scale, the ❺temblor lasted for nearly two minutes.
/ skel /   / tɛmˈblɔr /   持續了   將近

重要字詞

---

center

/ ˈsɛntɚ /

1

動詞　以…為中心；位於…中央

Our solar system is ***centered*** around the sun.
      太陽系   以太陽為中心

我們的太陽系是以太陽為圍繞中心

- solar / ˈsolɚ / 太陽的 (adj.)
- solar system / ˈsolɚ ˈsɪstəm / 太陽系 (phr.)

---

county

/ ˈkauntɪ /

2

名詞　縣；郡

Every Chinese New Year, Sue goes to visit her relatives
每逢   去拜訪…

in Pingtung ***County***.

蘇每逢農曆新年會去拜訪屏東的親戚。

- relative / ˈrɛlətɪv / 親戚；親屬 (n.)

measure

/ ˈmɛʒɚ /

2

動詞　測量（尺寸、長短、數量等）

It is thought that _Tyrannosaurus Rex_ **measured** nearly
一般認為…　　　　　　　　　　　　　　　　　　　　　　　　　接近

13 meters in length.
　　　　　　　長度

一般認為，暴龍的身長測得約為 13 公尺。

- be thought　/ θɔt /　被認為… (phr.)
- Tyrannosaurus Rex　/ taɪˌrænəˈsɔrəs ˈrɛks /　暴龍 (n.)
- meter　/ ˈmitɚ /　米；公尺 (n.)
- length　/ lɛŋθ /　長度 (n.)

scale

/ skel /

3

名詞　規模；範圍；程度；等級；刻度

The Beaufort **scale** is used to measure wind speed at sea.
　　　　　　　　　　用來…　　　　　　　　　　　　海面風速

「蒲福氏風級」是用來測量海面風速的等級。

- the Beaufort scale　蒲福氏風級 (phr.)

temblor

/ tɛmˈblɔr /

★

名詞　（美式新聞用語）地震

Last night Allison was awakened when a minor **temblor**
　　　　　　　　　　　被喚醒　　　　　　　　一場小地震

shook her apartment building.
　　　　　　公寓大樓

昨晚艾莉森被一場搖動她公寓大樓的輕微地震喚醒。

- awaken　/ əˈwekən /　（使）醒來 (v.)
- minor　/ ˈmaɪnɚ /　輕微的 (adj.)

實用表達法整理

— 震央位於…縣　　　　　　be centered in ... County
— 芮氏規模達 7.3　　　　　measure 7.3 on the Richter scale
— 持續將近…　　　　　　　lasted for nearly ...

—— 05 ——

一生難忘的 921 大地震 ₃

熟睡中的民眾，傷亡慘重

由於地震❶發生於半夜，當地震❷來襲時，許多民眾尚在❸熟睡中，❹因此沒機會逃生。❺結果造成 2 千多人死亡，30 人❻失蹤，1 萬人❼受傷。

Because the <u>quake</u> ❶occurred <u>in the middle of the night</u>, many
　　　　　　地震　　/ əˋkɝd /　　　　　　　在半夜

people were ❸asleep when it ❷hit and ❹thus <u>had no chance</u> to
　　　　　/ əˋslip /　　　　　/ hɪt /　　/ ðʌs /　　沒機會

<u>save themselves</u>.　❺As a result, <u>more than two thousand</u> people died,
逃生　　　　　　　　/ rɪˋzʌlt /　　　　2 千多

thirty ❻disappeared, and <u>ten thousand</u> ❼were injured.
　　　/ ˏdɪsəˋpɪrd /　　　　1 萬　　　　　/ ˋɪndʒɚd /

重要字詞

occur

/ əˋkɝ /

[2]

動詞　發生；出現

<u>According to</u> the Bible, many <u>miraculous events</u>
據…所言　　　　　　　　　　　奇蹟

occurred <u>on the night</u> Jesus <u>was born</u>.
（重複字尾 r＋ed）…的當晚　　　　誕生

據聖經所言，耶穌誕生當晚發生許多奇蹟。

- Bible / ˋbaɪbl̩ / 聖經 (n.)
- miraculous / məˋrækjələs / 奇蹟般的；不可思議的 (adj.)
- event / ɪˋvɛnt / 重要事情；大事 (n.)

asleep

/ əˋslip /

[2]

形容詞　睡著；熟睡（不會置於名詞前）

Will was <u>so exhausted that</u> he <u>fell **asleep**</u> almost
　　　太過疲倦，以致…　　　　　　睡著

immediately.

威爾因為太過疲倦，以致於幾乎一下就睡著了。

- exhausted / ɪgˈzɔstɪd / 筋疲力盡的；疲憊不堪的 (adj.)
- fall / fɔl / asleep 睡著（過去式為 fell / fɛl / asleep）(phr.)
- almost / ˈɔlˌmost / 幾乎；差不多 (adv.)
- immediately / ɪˈmidɪətlɪ / 立刻地；緊接地 (adv.)

hit
/ hɪt /
1

動詞　攻擊；襲擊

Madagascar <u>was *hit*</u> by a <u>major storm</u> last week.
　　　　　遭受…襲擊　　　　嚴重暴風雪

馬達加斯加上星期遭受嚴重暴風雨的襲擊。

- Madagascar / ˌmædəˈgæskɚ / 馬達加斯加 (n.)
- major / ˈmedʒɚ / 大的；強度大的 (adj.)
- storm / stɔrm / 暴風雨 (n.)

thus
/ ðʌs /
1

副詞　（常見於正式場合）因此；從而；所以

He said he was sick and ***thus*** <u>unable to make it to work</u>
　　　　　　　　　　　　　　　　　無法去上班

today.

他說因為生病了，所以今天無法去上班。

- make it 完成某事 (phr.)

as a result
/ əz ə rɪˈzʌlt /
2

片語　因此；結果；由於；導因於…

Many businesses <u>lost money</u> ***as a result*** of the
　　　　　　　　損失（lost 是 lose 的過去式）

<u>unexpected power outage</u>.
　　意外停電

由於這場意外停電，造成許多商家損失。

- business / ˈbɪznəs / 公司；商店 (n.)
- unexpected / ˌʌnɪkˈspɛktɪd / 出乎意料的；始料不及的 (adj.)
- outage / ˈautɪdʒ / 停電期間 (n.)
- power outage 供電中斷；停電（的一段時間）(phr.)

disappear

/ ˌdɪsə'pɪr /

2

動詞　失踪；丟失

I never <u>found out</u> <u>what happened to</u> our cat—it simply
　　　　　查明　　　　　…發生了什麼事
disappeared.

我一直無法查出我家的貓發生什麼事，牠就這樣失蹤了。

- find　/ faɪnd /　out 找出、查明某事（過去式為 found / faʊnd / out）(phr.)
- simply　/ 'sɪmplɪ /　完全地 (adv.)

injure

/ 'ɪndʒɚ /

3

動詞　（尤指在事故中）傷害；使受傷

Several passengers <u>were ***injured***</u> in the <u>bus accident</u>, but
　　　　　　　　　…受傷　　　　　　　　　巴士車禍
<u>luckily no one was killed</u>.
　　所幸無人身亡

這場巴士車禍事故造成數位乘客受傷，但所幸無人身亡。

- ...be injured　…受傷（會以被動方式表示）(phr.)
- passenger　/ 'pæsṇdʒɚ /　乘客；旅客 (n.)
- accident　/ 'æksədənt /　意外；事故；災禍 (n.)
- luckily　/ 'lʌkɪlɪ /　幸運地；幸好 (adv.)
- ...be killed　被殺、因意外而死亡 (phr.)

實用表達法整理

— …發生在半夜	...occurred in the middle of the night
— 當地震來襲時	when the earthquake hit
— 許多民眾都在熟睡中	many people were asleep
— 沒有機會逃生	had no chance to save oneself
— 2千多人死亡	more than two thousand people died
— 30人失蹤	thirty disappeared
— 1萬人受傷	ten thousand were injured

空白筆記頁

空白一頁，讓你記錄學習心得，也讓下一則短文，能以跨頁呈現，方便於對照閱讀。

―――――――― 05 ――――――――

一生難忘的 921 大地震 4

地震之前大地傳來隆隆巨響

❶震央附近的❷居民表示，地震發生之前，可以聽到❸響亮的❹隆隆作響
的❺聲音，從他們所處的地面❻之下傳出。

❷Residents of the areas <u>around</u> the ❶epicenter said that <u>before the</u>
/ ˈrɛzədənts /　　　　　　　　…的附近　　　　/ ˈɛpɪˌsɛntə /　　　　地震發生之前

<u>earthquake began</u>, they could hear ❸loud ❹rumbling ❺noises <u>coming</u>
　　　　　　　　　　　　　　　　/ laud /　/ ˈrʌmblɪŋ /　　/ nɔɪzɪz /　來自…

<u>from</u> the <u>ground</u> ❻underneath them.
　　　　　地面　　/ ˌʌndəˈniθ /

 重要字詞

resident / ˈrɛzədənt / ⑤	**名詞　居民；住民** Most **residents** of Nevada <u>support legalized gambling</u> 支持合法的賭博 because of <u>the economic benefits it brings</u>. 賭博所帶來的經濟利益 內華達州的大多數居民，因為賭博所帶來的經濟利益，而支持合法的賭博。 ● Nevada　/ nəˈvædə /　美國內華達州 (n.) ● legalized　/ ˈligḷˌaɪzd /　合法的 (adj.) ● gambling　/ ˈgæmblɪŋ /　賭博 (n.)
epicenter / ˈɛpɪˌsɛntə / ★	**名詞　震央** The **epicenter** of the earthquake that caused the 2004 地震震央 Asian tsunami was not far from Sumatra. 亞洲大海嘯　　　距…不遠

2004 年引發亞洲大海嘯的地震震央，位於蘇門達臘不遠處。

- tsunami ／ tsuˈnɑmɪ ／ 海嘯 (n.)
- Sumatra ／ sʊˈmɑtrə ／ 印尼蘇門達臘島 (n.)

loud
／ laʊd ／
1

形容詞　喧鬧的；響亮的；大聲的

Do you think bookstores <u>play</u> their <u>music</u> too ***loud***?
　　　　　　　　　　　　　播放　　　　　音樂

你會不會覺得書店放的音樂太大聲了？

rumble
／ ˈrʌmbl̩ ／
5

動詞　發出低沈而持續的聲音

My stomach is ***rumbling***—<u>it must be</u> <u>time for lunch</u>!
　　　　　　（去字尾 e+ing）　　一定是　　　午餐時間

我的胃在咕嚕咕嚕叫 —— 一定是午餐時間到了！

- stomach ／ ˈstʌmək ／ 胃；腹部 (n.)

noise
／ nɔɪz ／
1

名詞　響聲；噪音；吵鬧聲

<u>People who aren't used to</u> camping are sometimes
　　　　不習慣於…的人

<u>frightened by</u> the ***noises*** of <u>the outdoors</u>.
　　因…而驚嚇　　　　　　　　　　戶外

不習慣露營的人有時會受戶外的聲響所驚嚇。

- be not used to + 動詞 ing　（不習慣於做某事）（phr.）
- camp ／ kæmp ／ 露營 (v.)
- frighten ／ ˈfraɪtn̩ ／ 使驚嚇；使驚恐 (v.)
- outdoors ／ ˌaʊtˈdɔrz ／ 露天；曠野 (n.)

underneath
／ ˌʌndəˈniθ ／
5

介系詞　在…底下

<u>Much of</u> <u>the Taipei MRT's blue line</u> <u>runs</u> ***underneath***
　大部分的…　　　　台北捷運藍線　　　　　　　行駛於…底下
<u>Zhongxiao East Road</u>.
　　忠孝東路

台北捷運藍線大部分行駛於忠孝東路底下。

—— 05 ——

一生難忘的 921 大地震 ₅

還來不及反應時，便是天搖地動

正當他們❶好奇著這些響聲❷意味著什麼？在他們有時間❸反應之前（還來不及反應時），❹地表便開始❺劇烈地❻天搖地動。

Just as they were ❶wondering what the noises might ❷mean and
正當…　　　　　　　　／ ˈwʌndə-rɪŋ ／　　　　　　　／ min ／

before they had time to ❸react, the ❹earth started ❻shaking ❺violently.
他們有時間去做…之前　　／ rɪˈækt ／　　／ ɝθ ／　　　／ ˈʃekɪŋ ／　／ ˈvaɪələntlɪ ／

重要字詞

wonder / ˈwʌndə- / 2	**動詞　好奇；想弄明白；想知道** Do you ever **wonder** if there is intelligent life on other 　　　　　　你有好奇過　　　　　　　　智慧生物 planets? 你有好奇過其他星球上是否存在智慧生物嗎？ ● intelligent　/ ɪnˈtɛlədʒənt /　有才智的；有理解力的 (adj.) ● planet　/ ˈplænɪt /　行星 (n.)
mean / min / 1	**動詞　意味著；代表…的意思** Language students know that it's possible to understand 語言學習生、學習者　　　　　　　…是有可能的 every word in a sentence while still not knowing what the sentence **means**. 　　　這個句子的意思 語言學習者知道，即使了解句子的每個單字，仍有可能不明白整句話的含義。 ● while　/ waɪl /　然而 (conj.)

react

/ rɪ'ækt /

3

動詞　起反應；回應

Smart investors know <u>how to **react** to changes in the</u>
　　　　　　　　　　　 如何因應⋯　　　　　 市場的變化

<u>market</u>.

聰明的投資人知道如何因應市場的變化。

● investor　/ ɪn'vɛstɚ /　投資者；出資者（n.）

earth

/ ɝθ /

1

名詞　地表；地球

Oceans occupy <u>most of the surface of the **earth**</u>.
　　　　　　　 大部分的⋯　　　　　　 地球表面

海洋占據地球表面大部分的區域。

● occupy　/ 'ɑkjə,paɪ /　佔滿；佔據（v.）
● surface　/ 'sɝfɪs /　表面；外表（n.）

shake

/ ʃek /

1

動詞　搖動；抖動；（使）顫動

Her hands **shook** with emotion.
　　　　　 / ʃʊk /，shook 是 shake 的過去式

她的手因情緒激動而顫抖。

● emotion　/ ɪ'moʃən /　激烈的情感（n.）

violently

/ 'vaɪələntlɪ /

3

副詞　強烈地；激烈地

We could hear <u>the rain pounding **violently** on the roof</u>.
　　　　　　　　　　　　 大雨滂沱

我們可以聽到屋頂上大雨滂沱。

● pound　/ paund /　反覆擊打；連續砰砰地猛擊（v.）
● roof　/ ruf /　頂部；屋頂（n.）

實用表達法整理

— 正當他們想知道⋯　　　　just as they were wondering...
— 這些響聲可能代表著什麼　what the noises might mean
— 在他們有時間反應之前　　before they had time to react
— 開始天搖地動　　　　　　start shaking violently

—— 05 ——

一生難忘的 921 大地震 6

適合學習的
較慢速度MP3
短文 57　字詞 58

宛如骨牌般倒塌，場面怵目驚心

當他們❶在驚恐中❷衝出住家時，看到路旁的建築物猶如❸骨牌遊戲般接連❹倒塌，❺場面十分❻怵目驚心。

As they ❷rushed out of their houses ❶in a panic, they saw the
當…時　　　/ rʌʃ t /　　　　　　　　　　　/ ˈpænɪk /

buildings along the road ❹fall like ❸dominoes. The ❺scene was truly
　路旁建築物　　　　　　　　　/ ˈdɑməˌnoz /　　　　/ sin /

❻terrifying.
/ ˈtɛrəˌfaɪɪŋ /

重要字詞

rush out of... / rʌʃ aut ʌv / ②	**片語　衝出；急忙離開** The tourists ***rushed out of*** their car to take a picture of 　　　　　　　　　　　　　　　　　　　拍下…的照片 the eagle before it flew away. 　　　　　　　　飛走 遊客衝出車外，趕在老鷹飛走前拍下牠的照片。 ● fly / flaɪ / （現在式），flew / flu / （過去式）飛行 (v.) ● tourist / ˈturɪst / 觀光客；遊客 (n.) ● eagle / ˈigl̩ / 鷹 (n.)
in a panic / ɪn ə ˈpænɪk / ③	**片語　驚恐地；驚慌地** When she discovered that her car had been stolen, 　　　　　　　　　　　　　　　　　遭竊 Felicity rushed to the police station ***in a panic***. 　　　　　奔向　　　　警察局 費莉西蒂一發現車子遭竊，立刻驚慌地奔向警察局。

- discover / dɪˈskʌvɚ / （出乎意料地）發現、發覺 (v.)
- steal / stil / （現在式），stolen / ˈstolən / （過去分詞）偷竊 (v.)
- rush / rʌʃ / 迅速移動；倉促行事 (v.)

dominoes
/ ˈdaməˌnoz /

★

名詞　骨牌遊戲

Most people like to play cards, but Ali prefers **dominoes**.
　　大多數的人　　　　　　　玩紙牌　　　　　　　較喜歡…

大多數的人喜歡玩撲克牌，但是阿里偏好玩骨牌遊戲。

- cards / kardz / 紙牌遊戲 (n.)
- prefer / prɪˈfɚ / 較喜歡；寧願 (v.)

scene
/ sin /

1

名詞　現場；場面；情景

Ooh, this is the **scene** where she kisses Prince
　　　　　這就是…的那一幕

Charming!

噢～這就是她親吻白馬王子的那一幕！

- charming / ˈtʃarmɪŋ / 迷人的；吸引人的 (adj.)
- Prince Charming 白馬王子；（女子的）夢中情人 (phr.)

terrifying
/ ˈtɛrəˌfaɪɪŋ /

4

形容詞　恐怖的；令人害怕的

The nuclear bomb exploded with **terrifying** force.
　　原子彈

那顆原子彈以嚇人的威力爆炸。

- nuclear / ˈnuklɪɚ / 核武器的 (adj.)
- bomb / bam / 炸彈 (n.)
- explode / ɪkˈsplod / 爆炸；爆破 (v.)
- force / fɔrs / 力量 (n.)

實用表達法整理

— 他們倉皇逃出住家　　　they rushed out of their houses in a panic
— 路旁的建築物　　　　　the buildings along the road
— 宛如骨牌般接連倒塌　　fall like dominoes
— 場面十分怵目驚心　　　the scene was truly terrifying

05

一生難忘的 921 大地震 7

適合學習的
較慢速度MP3
短文 59　字詞 60

---

921 地震讓人餘悸猶存

在 921 地震之後的一兩年，許多人對地震仍❶充滿恐懼。有時候，即使是❷普通的❸輕微地震，民眾也會❹不假思索地❺衝出屋外，❻只因 921 的經歷實在太可怕。

For a year or two after 9/21, many people ❶were terrified of earthquakes.
在…之後的一兩年　　　　　　　　　　　　/ 'tɛrəˌfaɪd /　　地震

Sometimes, even during ❷commonplace ❸mild earthquakes, people
即使在…期間　　/ 'kɑmənˌples /　　/ maɪld /

would ❺charge out of their houses ❹without thinking ❻simply because
/ tʃɑrdʒ /　　　　　　　　　　　　　　　　　　　/ 'sɪmplɪ /

the experience of 9/21 was so terrifying.
…的經歷

重要字詞

be terrified of... / bɪ 'tɛrəˌfaɪd ʌv / ④	**片語　對……害怕、恐懼** Because a dog <u>once tried to</u> bite her, <u>my little niece</u> ***is terrified of*** dogs. 曾經試圖… 　　　　　　　　　　我的小姪女 因為一隻狗曾經試圖咬她，我的小姪女因而對狗感到恐懼。 ● bite　/ baɪt /　咬 (v.) ● niece　/ nis /　姪女；外甥女 (n.)
commonplace / 'kɑmənˌples / ⑤	**形容詞　平凡的；普通的；普遍的** Gus's doctor told him that <u>at his age</u>, <u>a few aches and pains</u> were ***commonplace***. 　　　　　　　　　在他的年紀　　有些病痛

葛斯的醫生告訴他，在他這個年紀有些病痛是正常的。

- ache ／ek／ （持續性的）疼痛 (n.)
- pain ／pen／ 疼痛；痛苦 (n.)

mild
／maɪld／
4

形容詞　溫和的；不強烈的；輕微的

Vince was glad he had ordered **mild** curry because his
　　　　　慶幸　　　　　　　　　　微辣咖哩
friend's medium curry was too spicy for him.
　　　　中辣咖哩　　　　對他而言太辣

文斯慶幸自己點了微辣咖哩，因為他朋友的中辣口味對他而言太辣了。

- curry ／'kɝɪ／ 咖哩 (n.)
- medium ／'midɪəm／ 中等的 (adj.)
- spicy ／'spaɪsɪ／ 辛辣的 (adj.)

charge
／tʃɑrdʒ／
2

動詞　向…方向衝去

The man **charged** into the bank demanding to know
　　　　衝進　　　　　　　　　要求要知道
what had happened to his money.
　…發生了什麼事

男子衝進銀行，要求知道自己的存款發生什麼事了。

- demand ／dɪ'mænd／ 強烈要求 (v.)

without thinking
／wɪ'ðaut 'θɪŋkɪŋ／
1

片語　不假思索地；未經思考地

Meg often gets in trouble for saying things **without**
　　　　惹上麻煩　　　　　說話未經大腦
thinking.

梅格常因說話未經大腦而惹上麻煩。

- get in trouble + for + 動詞 ing （因…而惹上麻煩）(phr.)

simply
／'sɪmplɪ／
2

副詞　僅；只

For me, work is **simply** a way to make a living.
　　　　　　　僅僅是　　一種謀生方式

對我來言，工作只是一種謀生的方式。

- living ／'lɪvɪŋ／ 生計；謀生 (n.)
- make a living 謀生 (phr.)

電子書 06 ₁

"電子書" 的熱度加溫

❶ "電子書" 一詞❷創造於不久以前。近年來，❸歸功於❹各種❺電子書閱讀器的❻出現，例如亞馬遜的 Kindle 及新力的 Reader 等，使得電子書再度成為❼熱門話題。

<u>The term</u> ❶ "e-book" was ❷coined <u>some time ago</u>. <u>In recent years,</u>
　　　這個詞　　　　　　　　　/ kɔɪnd /　　　不久以前　　　　　　　近幾年

❸thanks to the ❻appearance of ❹various ❺electronic readers like
/ θæŋks /　　　　/ ə'pɪrəns /　　　/ 'vɛrɪəs /　　/ ɪlɛk'trɑnɪk /　/ 'ridɚz /

Amazon's Kindle and Sony's Reader, e-books have become a ❼hot topic
　　　　　　　　　　　　　　　　　　　　　　　　　　　　　　　/ 'tɑpɪk /

<u>once again</u>.
　　再度

重要字詞

coin

/ kɔɪn /

2

動詞　創造新詞語

Shakespeare **coined** <u>an enormous number of</u> English
　　　　　　　　　　　　　　　大量的…

words and phrases.

莎士比亞創造了大量的英文字彙及片語。

● enormous　/ ɪ'nɔrməs /　龐大的；極大的 (adj.)

● phrase　/ frez /　詞組；片語 (n.)

thanks to

/ θæŋks tu /

1

片語　多虧；歸功於

Thanks to her tutor's help, Andrea <u>got a good grade in</u>
　　　　　　　　　　　　　　　　　　　　　在…得到好成績

her <u>math class</u>.
　　數學課

多虧家庭教師的協助，安潔莉雅在數學科獲得好成績。

- thanks to＋人事物 　（多虧…、歸功於某人、某事、某物）
- tutor　/ 'tutɚ /　家庭教師；私人教師 (n.)

appearance
/ ə'pɪrəns /
2

名詞　出現；到來

With the ***appearance*** of the radio, mass communication
　　　　　　因為…的出現　　　　　　　　　　　　　大眾傳播
was born.
　　誕生
因為收音機的出現，開始出現了大眾傳播。

- mass　/ mæs /　大量；大眾；大部分 (n.)
- communication　/ kə,mjunə'keʃən /　傳遞；傳播 (n.)

various
/ 'vɛrɪəs /
3

形容詞　各式各樣；各種不同的

I love seeing the ***various*** colors of leaves in the fall.
　喜歡欣賞　　　　　各種不同顏色的…　　　　　　　在秋天
我喜歡欣賞秋天各種不同顏色的樹葉。

- leaf　/ lif /　葉子（複數是 leaves / livz /）(n.)

electronic
reader
/ ɪlɛk'trɑnɪk
'ridɚ /
3　1

名詞　電子閱讀器

With her ***electronic reader***, Alice can take a hundred
使用、藉由　　　　　　　　　　　　　　　　　　攜帶
of her favorite books with her everywhere she goes.
　　　　　　　　　　　　　　　　　她所到之處
藉由電子書閱讀器，艾莉絲能隨身攜帶 100 本她最喜歡的書
籍。

- favorite　/ 'fevərɪt /　特別喜歡的、最喜歡的 (adj.)

hot topic
/ hɑt 'tɑpɪk /
1　2

片語　熱門話題

Global warming has been a ***hot topic***
　全球暖化
for the past several years.
　　過去幾年以來
全球暖化一直是過去幾年來的熱門話題。

- global　/ 'globḷ /　球狀的；全世界的 (adj.)
- warming　/ 'wɔrmɪŋ /　加溫；變暖 (n.)

06
電子書 ₂

適合學習的
較慢速度MP3
短文 63　字詞 64

閱讀器有逐漸降價的趨勢

一台❶典型的電子書閱讀器的售價❷<u>介於</u> 100 ❷<u>至</u> 200 美金❷<u>之間</u>，不過此價格已經❸逐漸❹呈現❺下滑（有逐漸降價的趨勢）。

The price of a ❶typical <u>electronic reader</u> ❷<u>ranges from</u> US$100 ❷<u>to</u>
　　　　　　　/ 'tɪpɪkl̩ /　　　電子書閱讀器　　　/ rendʒz /

$200, <u>though</u> it has been ❸gradually ❹trending ❺downward.
　　　　　然而　　　　　　　/ 'grædʒuəlɪ /　/ trɛndɪŋ /　/ 'daʊnwɚd /

有關 "貨幣" 的英語唸法

※ 英語中，貨幣種類雖然寫在金額前面，但在唸的時候必須先唸金額，再唸貨幣。例如，
短文中的 US$100（美金 100 元）要唸 one hundred US dollars。其他貨幣唸法如：
NT$100（唸作 one hundred NT dollars；新台幣 100 元）
JP$100（唸作 one hundred Japanese Yen；日幣 100 元【Yen（日圓）是不可數名詞】）

重要字詞

typical / 'tɪpɪkl̩ / 3	**形容詞　典型的；具代表性的** A ***typical*** <u>summer day in Taiwan</u> is <u>hot and humid</u>. 　　　　典型的台灣夏天　　　　　　　　炎熱又潮濕 典型的台灣夏季氣候是炎熱又潮濕。
range from... to... / rendʒ 'frʌm tu / 2	**片語　處於…的幅度、範圍** The mountains here ***range from*** low (<u>less than 400</u> 　　　　　　　　　　　　　　　　　　　　　400 公尺以下 <u>meters</u>) ***to*** high (<u>over 3000 meters</u>). 　　　　　　　　　　　3000 公尺以上 這些山脈有低的〔400公尺以下〕，也有高的〔3000公尺以上〕。 ● meter　/ 'mitɚ /　公尺 (n.)

gradually
/ ˈgrædʒuəlɪ /
3

副詞　逐漸地

Now that winter is over, the days will ***gradually***
　既然　　　　　　已經結束

get longer.
變長

既然冬天結束了，白晝就會逐漸變長。

● now that ＋ 子句（既然、由於…）(phr.)
● day　/ de /　白晝；白天 (n.)

trend
/ trɛnd /
3

動詞　傾向於；趨向於

House prices are beginning to ***trend*** upward once again.
　房價　　　　（重複字尾 n＋ing）　　趨向上漲　　　又

房價又開始上漲。

● be beginning to＋動詞 ing　正開始… (phr.)
● upward　/ ˈʌpwɚd /　上升；上漲 (adv.)

downward
/ ˈdaunwɚd /
5

副詞　下降地；向下地

The hikers had to cross many streams flowing ***downward***
　　　　　必須　　穿過多條小溪　　　　　流下

through the mountains.

登山客必須穿越多條從高山流下的小溪。

● hiker　/ ˈhaɪkɚ /　健行者；徒步旅行者 (n.)
● cross　/ krɔs /　穿越；橫過 (v.)
● stream　/ strim /　小河；溪 (n.)
● flow　/ flo /　流動；湧出 (v.)
● through　/ θru /　貫穿；通過 (v.)

實用表達法整理

― …的價格　　　　　　　　　　The price of ...
― 一台典型的、具代表性的…　　a typical...
― …的售價介於 A 至 B 之間　　the price of ... ranges from A to B
― 有逐漸下降的趨勢　　　　　　it has been gradually trending downward

電子書 ₃

—— 06 ——

適合學習的
較慢速度MP3
短文 65 / 字詞 66

可透過無線網路購買、及下載電子書

利用自己的電子書閱讀器，❶消費者能夠❷透過❸無線網路❹購買及❺下載電子書。

Using their <u>electronic readers</u>, ❶consumers can ❹purchase and
　　　　　　　　電子書閱讀器　　　　　　　／ kən'sumɚz ／　　　　　　　　　／ 'pɝtʃəs ／

❺download e-books ❷via ❸wireless Internet.
　／ 'daʊnˌlod ／　　　　／ 'vaɪə ／ ／ 'waɪrləs　'ɪntɚnɛt ／

重要字詞

consumer
／ kən'sumɚ ／

4

名詞　消費者

Consumers <u>have been spending less money</u> due to
　　　　　　　　　　花費金額越來越少
<u>uncertainty about</u> <u>the future of the economy</u>.
　對…的不確定性　　　　　　　未來的經濟狀況

由於不確定未來的經濟狀況如何，消費者的支出金額越來越少。

● due to...　由於、因為… (phr.)
● uncertainty ／ ʌn'sɝtn̩tɪ ／　猶豫；遲疑 (n.)
● future ／ 'fjutʃɚ ／　未來；前途 (n.)
● economy ／ ɪ'kɑnəmɪ ／　經濟情況 (n.)

download
／ 'daʊnˌlod ／

4

動詞　下載

<u>More and more people</u> are illegally ***downloading***
　越來越多人
<u>copyrighted movies</u> from the Internet.
　版權電影

越來越多人從網路非法下載正版電影。

- illegally　/ ɪˈligəlɪ /　不法地；非法地 (adv.)
- copyrighted　/ ˈkɑpɪˌraɪtɪd /　獲得版權的；受版權保護的 (adj.)

via
/ ˈvaɪə /
5

介系詞　透過；憑藉

If I'm away from my computer, you can reach me **via**
我離開…　　　　　　　　　　　　　　　　　　　找我
cell phone.

如果我離開電腦前面，你可以打手機找我。

- reach　/ ritʃ /　（尤指用電話）取得聯繫 (v.)
- cell phone　/ ˈsɛl fon /　手機 (phr.)

wireless Internet
/ ˈwaɪrləs ˈɪntɚnɛt /
2　4

片語　無線網路

Some restaurants offer free **wireless Internet** access,
免費使用無線網路
but others require you to pay.
要求付費

有些餐廳免費提供無線網路，有些餐廳則需要付費。

- offer　/ ˈɔfɚ /　提供；給予；奉獻 (v.)
- access　/ ˈæksɛs /　使用的機會、權利、自由 (n.)
- require　/ rɪˈkwaɪr /　要求；規定 (v.)

實用表達法整理

── 消費者能夠購買及下載　　consumers can purchase and download
── 下載電子書　　download e-books
── 透過無線網路　　via wireless Internet

94

電子書 ₄

適合學習的
較慢速度MP3
短文 67　字詞 68

"電子書" 的售價約是 "紙本書" 的一半

一台電子書閱讀器能夠❶儲存上百本的電子書。而且，歸功於紙張及印刷

❷成本的❸免除，電子書的❹售價約是❺一般書籍（紙本書）的一半。

A single electronic reader can ❶store hundreds of e-books, and thanks to
　一台　　　　　　　　　　　　　／stɔr／　　上百本的　　　　　　　　　　　　歸功於

the ❸elimination of paper and printing ❷costs, e-books ❹sell for about
　　　／ɪˌlɪmə'neʃən／　　紙張及印刷　　　　　／kɔsts／　　　　　／sɛl／

half the price of ❺regular books.
　半價　　　　　　／'rɛgjələ／

重要字詞

store

／stɔr／

[1]

動詞　儲存；貯存

It's amazing that a tiny memory card like that can **store**
　　令人驚訝的是　　　　　　　　　　記憶卡　　　　像那樣
so many beautiful photographs.

令人驚訝的是，像那樣的一小片記憶卡，竟能儲存這麼多美麗
的照片。

- amazing　／ə'mezɪŋ／　令人驚喜、驚歎的（adj.）
- tiny　／'taɪnɪ／　微小的（adj.）
- memory　／'mɛmərɪ／　記憶體（n.）

elimination
of...

／ɪˌlɪmə'neʃən ʌv／

[4]

片語　排除；根除

Your report could be improved by
　　　　　　將大幅改善
the **elimination of** unnecessary information.
　　　　　　　　削除不需要的資訊

刪除不需要的資訊，你的報告將大為改善。

- improve ／ ɪmˈpruv ／ 改進；改善 (v.)
- unnecessary ／ ʌnˈnɛsəˌsɛrɪ ／ 不需要的；多餘的 (adj.)

cost
／ kɔst ／
1

名詞　成本；費用

The company used its profits to <u>cover</u>
　　　　　　　　　　　　　　　　　　足以支付

research and development ***costs***.
研發費用

這間公司用獲利來支付研發費用。

- profit ／ ˈprɑfɪt ／ 利潤；收益 (n.)
- cover ／ ˈkʌvɚ ／ 足以支付；夠付 (v.)
- research ／ ˈrɪˌsɝtʃ ／ 研究；調查 (n.)
- development ／ dɪˈvɛləpmənt ／ 研製；發展 (n.)
- research and development 研發，常縮寫為 "R&D" (phr.)

sell for...
／ sɛl fɔr ／
1

片語　賣得…的價錢；以…的價錢出售

Paintings by famous artists <u>like</u> Picasso ***sell for***
　　　　　　　　　　　　　　　　類似

millions of dollars.
上百萬美元

類似畢卡索這樣的知名畫家的畫作，售價達好幾百萬美元。

- painting ／ ˈpentɪŋ ／ 繪畫 (n.)
- million ／ ˈmɪljən ／ 百萬 (n.)

regular
／ ˈrɛɡjələ ／
2

形容詞　普通的；一般的；尋常的

<u>Riding the high speed rail</u> <u>costs more than</u>
搭乘高鐵　　　　　　　　　　費用高於

<u>riding the ***regular*** train</u>.
搭乘一般火車

搭乘高鐵的花費高於搭乘一般火車。

- ride ／ raɪd ／ 搭乘；乘坐 (v.)
- high speed rail 高速鐵路 (phr.)

電子書

06

電子書 5

適合學習的
較慢速度MP3
短文 69 / 字詞 70

閱讀器具有搜尋、加註等功能

❶除了閱讀，消費者還能利用電子書閱讀器進行❷內容搜尋、❸跳頁、❹
放大字體、❺加註及其他更多的功能。

❶In addition to reading, consumers can use their electronic readers to
/ əˈdɪʃən /

❷search content, ❸skip pages, ❹enlarge print, ❺add notes <u>and more</u>.
/ sɝtʃ   ˈkɑntɛnt /   / skɪp /   / ɪnˈlɑrdʒ prɪnt /   / æd nots /   以及其他

重要字詞

in addition to...
/ ɪn əˈdɪʃən tu /
[2]

片語　**除…之外**

In addition to <u>a high salary</u>, we can offer you
　　　　　　　　高薪

<u>excellent benefits</u> like free daycare and <u>exercise facilities</u>.
　優質的福利　　　　　　　　　　　　　　　　　健身設施

除了高薪，我們還提供優質的福利，例如免費的日間托嬰及健
身設施。

● excellent　/ ˈɛksələnt /　優秀的；極好的 (adj.)
● daycare　/ deˈkɛr /　日間託嬰服務 (n.)
● facility　/ fəˈsɪlətɪ /　設施；設備 (n.)

---

search
/ sɝtʃ /
[2]

動詞　**搜尋；尋找**

People used to ***search*** <u>the newspaper for jobs</u>; now they
　　　　　　　　　　　看報紙找工作

search the Internet.

人們過去習慣看報紙找工作，現在則透過網路尋找。

● used to　/ ˈjust tu /　曾經；過去習慣 (phr.)

content
/ ˈkɑntɛnt /
4

名詞　內容；內涵

Martin Luther King said he hoped <u>there would come a day</u>
有朝一日…
when people <u>were judged</u> not by <u>the color of their skin</u>
被評價　　　　　　　　　　　他們的膚色
but by <u>the **content** of their character</u>.
他們的品德內涵
馬丁‧路德‧金恩博士曾說，希望有朝一日人們被評斷是根據
他們的品德內涵，而非膚色。

skip
/ skɪp /
3

動詞　跳過；略過

When he reads <u>nonfiction books</u>, Marcel usually **skips**
非虛構、根據事實的書
the footnotes.
閱讀非虛構的文學時，馬塞爾通常會跳過註解。

- nonfiction　/ ˌnɑnˈfɪkʃən /　非虛構的、根據事實的文學　(n.)
- footnote　/ ˈfʊtˌnot /　註腳；註解　(n.)

enlarge
/ ɪnˈlɑrdʒ /
4

動詞　放大

I like this photo so much that I think I'll <u>have it **enlarged**</u>.
把它放大
我好喜歡這張照片，我想我會把它放大。

print
/ prɪnt /
1

名詞　印刷字體

Before signing a contract, it's important to read
before（介系詞）＋動詞 ing
<u>the fine **print**</u>.
小字印刷的內容
簽署合約前，閱讀小字印刷的條款很重要。

- sign a contract　/ ˈkɑntrækt /　簽署合約　(phr.)
- fine print （書面文件上）用比正文小的字體所印出的注意事項　(phr.)

add a note
/ æd ə not /
1　　1

片語　加註

The editor thinks you should **add a note** here to explain
<u>where you got this information</u>.
這項資訊的來源
編輯認為，你應該在此處加上註解，說明這項資訊的來源。

06

電子書 6

適合學習的
較慢速度MP3

短文 71　字詞 72

新版閱讀器功能更精進

新版閱讀器更是❶宣揚某些❷功能，例如❸觸控螢幕、以及針對在黑暗中閱讀的❹背光。

The newer readers even ❶boast ❷functions like a ❸touch screen and
新版的閱讀器　　　　　　　　/ bost /　/ ˈfʌŋkʃənz /　　　　/ tʌtʃ　skrin /

❹backlighting for reading in the dark.
/ ˈbækˌlaɪtɪŋ /　　　　黑暗中閱讀

重要字詞

boast

/ bost /

4

動詞　有可取的特點；以...為優點

Our university ***boasts*** an outstanding faculty, including
師資卓越

several Nobel Prize winners.
諾貝爾獎得主

師資卓越、其中包含數位諾貝爾獎得主是我們的大學可取的特點。

- outstanding　/ autˈstændɪŋ /　優秀的；傑出的 (adj.)
- faculty　/ ˈfækl̩tɪ /　（高等院校中院、系的）全體教師 (n.)
- Nobel Prize　/ noˈbɛl praɪz /　諾貝爾獎
- winner　/ ˈwɪnɚ /　優勝者；得獎者 (n.)

---

function

/ ˈfʌŋkʃən /

2

名詞　功能

Nearly all new cell phones offer a camera ***function***.
新款手機　　　　　　　　　照相功能

幾乎所有的新款手機都有照相功能。

- nearly　/ ˈnɪrlɪ /　幾乎；差不多 (adv.)
- offer　/ ˈɔfɚ /　提供；給予；奉獻 (v.)

| touch screen | 片語　觸控螢幕 |

/ tʌtʃ skrin /

1　2

The ***touch screen*** <u>is easier to use than</u> a keyboard, and
　　　　　　　　　※　　　　　比…好
<u>it's more fun</u> too.
　　　更有趣

觸控螢幕比鍵盤好用，而且也更有趣。

● keyboard　/ 'kiˌbɔrd /　鍵盤 (n.)

特別說明這個字

※ 本句的「fun（娛樂；趣味）」是名詞，因此在表達「比較」概念時，是在 fun 的前面加上 more（更加）來修飾。fun 雖然可當「名詞」及「形容詞」使用，但較常以「名詞」型態使用，例如：

a lot of fun（很愉快）、have fun（玩得開心）

※ fun當形容詞時意思為「有趣的；愉快的」，「比較級」則是 funner（重複字尾 n＋er）。

| backlighting | 名詞　背光；逆光 |

/ 'bækˌlaɪtɪŋ /

★

Backlighting can make <u>the foreground of</u> pictures look
　　　　　　　　　　　　　…的前景
dark.

背光會使得照片的前景顯得陰暗。

● foreground　/ 'fɔrˌgraund /　（景物、圖畫等的）前景 (n.)

實用表達法整理

— 新版、更新一代的…（產品）　　　The newer ...
— 宣稱、標榜具有像…這一類的功能　boast functions like...
— 針對在黑暗中閱讀　　　　　　　for reading in the dark

電子書 ₇

適合學習的
較慢速度MP3

短文 字詞
73   74

閱讀器若能物美價廉，可能成為閱讀新寵

電子書❶尚未擁有廣大的❷愛用者，但是如果電子書閱讀器的價格持續❸下降，而且設計❹比以往更加❺講究，或許電子書真的會成為一種新的閱讀方式。

E-books do not have a <u>wide</u> ❷following ❶<u>as yet</u>. However, if the price
廣大的 / 'fɑloɪŋ / / əz jɛt /

of electronic readers <u>continues to</u> ❸fall and their design becomes ❹ever
持續地 / fɔl / / ˌɛvɚ /

more ❺elegant, <u>perhaps</u> e-books really will become <u>a new way to read</u>.
/ mɔr / / ˈɛləʒɛʒ / 或許 一種新的閱讀方式

重要字詞

following	名詞　擁護者；追隨者；愛好者
/ 'fɑloɪŋ /	The new <u>TV series</u> has already attracted <u>a large **following**</u>.
2	連續劇　　　　　　　　　　　　　大批愛好者

這齣新連續劇已經吸引了大批愛好者。

● series　/ 'sɪriz /　（廣播、電視的）系列節目 (n.)
● attract　/ ə'trækt /　吸引 (v.)

as yet	片語　尚未；還沒
/ əz jɛt /	The <u>tax system</u> has not been reformed **as yet**, but
1	稅務制度

investors expect that <u>reforms will come soon</u>.
改革在近期內就會實施

雖然稅務制度尚未革新，但投資者預期改革近期內就會實施。

● reform　/ rɪ'fɔrm /　改革；改進 (v.) (n.)
● investor　/ ɪn'vɛstɚ /　投資者；投資機構 (n.)

fall

/ fɔl /

1

動詞　下降；減少

After his <u>controversial remarks about</u> how Chinese people
　　　　　　關於…的爭議性言論
need to be control<u>led</u>, Jackie Chan's <u>popularity **fell**</u>.
　　　　　（重複字尾 l＋ed）　　　　　　　　　　人氣下滑

發表了中國人需要被管理的爭議性言論後，成龍的人氣下滑。

● fall（現在式）；fell　/ fɛl /　（過去式）

● controversial　/ ˌkantrə'vɝʃəl /　引起爭論的；有爭議的 (n.)

● remark　/ rɪ'mark /　言論；評述 (n.)

● popularity　/ ˌpapjə'lærətɪ /　受歡迎程度 (n.)

ever more...

/ 'ɛvɚ mɔr /

1　1

片語　比以往更

As <u>digital cameras</u> <u>grow</u> **ever more** widespread, anyone
　　　數位相機　　　漸漸變得
can learn to be a photographer.

隨著數位相機比以往更加普及，任何人都能學著當一名攝影師。

● ever more ＋ 形容詞　　（比以往更…）(phr.)

● digital　/ 'dɪdʒɪtl̩ /　數位的 (adj.)

● widespread　/ 'waɪdˌsprɛd /　分佈廣的；普遍的 (adj.)

● photographer　/ fə'tagrəfɚ /　攝影師 (n.)

elegant

/ 'ɛləgənt /

4

形容詞　講究；精美；優雅

Coco Chanel <u>designed clothes that</u> were
　　　　　　　　…設計的服飾
<u>simple but **elegant**</u>.
　　簡單而優雅

香奈兒所設計的服飾簡單而優雅。

● design　/ dɪ'zaɪn /　設計；構思 (v.)

實用表達法整理

— 尚未擁有廣大的追隨者；　do not have a wide following as yet
　尚未吸引大批愛好者

— …的價格持續下降　　　the price of ... continues to fall

— 設計比以往更加…　　　the design becomes ever more＋形容詞

—— 07 ——
節能減碳 ₁

適合學習的
較慢速度MP3
短文 75 字詞 76

全球暖化迫使人類正視環境生態問題

近年來,大氣中❶過高的二氧化碳❷濃度,❸造成了全球暖化,❹迫使人類❺正視自己對大自然❻施加的傷害,並開始❼勇於正視❽環境和❾生態問題。

<u>In recent years</u>, an ❶excessively high ❷concentration of CO_2 in the
近年來 / ɪk'sɛsɪvlɪ / / ˌkɑnsn̩'treʃən /

<u>atmosphere</u> has ❸resulted in <u>global warming</u>, ❹compelling humans to
/ 'ætməsˌfɪr / 大氣 / rɪ'zʌltɪd / 全球暖化 / kəm'pɛlɪŋ /

❺recognize the harm they have ❻inflicted <u>on nature</u> and start ❼facing
/ 'rɛkəgˌnaɪz / / ɪn'flɪktɪd / 對大自然 / 'fesɪŋ /

up to ❽environmental and ❾ecological problems.
/ ɪnˌvaɪrən'mɛntl̩ / / ˌɛkə'lɑdʒɪkl̩ /

特別說明這個字

※CO_2 是 carbon dioxide(二氧化碳)的化學式。「CO_2」雖然可依字母及數字唸成
C-O-two / si o tu /,但是更常唸作 / 'kɑrbən daɪ'ɑksaɪd /。
(carbon / 'kɑrbən / 碳、碳分子;dioxide / daɪ'ɑksaɪd / 二氧化物。dioxide 的字首 di-,
具有「兩個、兩倍、兩⋯」的意思。)

重要字詞

excessively	副詞　過度地
/ ɛk'sɛsɪvlɪ / [6]	Her students often <u>complain that</u> her exams are 抱怨某事 ***excessively*** difficult. 她的學生經常抱怨她的考試過於困難。 ● complain　/ kəm'plen /　抱怨;發牢騷(v.)

concentration

/ ˌkɑnsn̩'treʃən /

4️⃣

名詞　濃度

Because of the high ***concentration*** of alcohol in whiskey,
　因為　　　　　　　　高濃度的…

you don't have to drink very much of it to get drunk.
　　不需要喝很多　　　　　　　　　　　　醉了

因為威士忌中含高濃度的酒精，你不需要喝很多就會醉了。

- alcohol　/ 'ælkə,hɔl /　酒精；含酒精飲料 (n.)
- whiskey　/ 'hwɪskɪ /　威士忌酒 (n.)
- drunk　/ drʌŋk /　酒醉的；陶醉的 (adj.)

result in

/ rɪ'zʌlt ɪn /

2️⃣

片語　導致；造成

The government's irresponsible economic policies have
　　　　　　　　不負責任的經濟政策

resulted in low employment and high inflation.
　　　　　　低就業　　　　　　　高通膨

政府不負責任的經濟政策，已經導致低就業及高通膨。

- irresponsible　/ ,ɪrɪ'spɑnsəb!̩ /　不負責任的 (adj.)
- policy　/ 'pɑləsɪ /　政策；方針 (n.)
- employment　/ ɪm'plɔɪmənt /　雇用；職業 (n.)
- inflation　/ ɪn'fleʃən /　通貨膨脹 (n.)

compel

/ kəm'pɛl /

5️⃣

動詞　強迫；迫使；使必須

The rain ***compelled*** us to change our plans.
　　　　　　（重複字尾 l 再加 ed）

這場雨迫使我們改變計畫。

recognize

/ 'rɛkəg,naɪz /

3️⃣

動詞　承認；意識到；（正式）認可

They held a banquet last night to ***recognize*** Ms.
　　　舉辦一場盛宴（held 是 hold 的過去式）

Chang's many contributions to the company.
　　　　　　對公司的諸多貢獻

他們昨晚舉辦一場盛宴，肯定張女士對公司的諸多貢獻。

- banquet　/ 'bæŋkwɪt /　宴會；筵席 (n.)
- contribution　/ ,kɑntrə'bjuʃən /　貢獻；促成作用 (n.)

inflict

/ ɪnˈflɪkt /

★

動詞　使遭受、施加（打擊、傷害、苦痛等）

The storm ***inflicted*** <u>considerable damage on</u> roads and
施加、使…遭受可觀的破壞

<u>power lines</u>.
供電設施

這場暴風雨使得道路與供電設施遭受相當程度的破壞。

- storm　/ stɔrm /　暴風雨（n.）
- considerable　/ kənˈsɪdərəbḷ /　相當多（或大、重要等）的（adj.）
- power line 輸電線；電源線（phr.）

face up to

/ fes ʌp tu /

1

片語　敢於面對；勇於正視（困難、不快之事）

Paula is finally ***facing up to*** <u>the harmful effects of</u> her
…的不良後果

<u>drug use</u>.
濫用藥物

寶拉終於勇敢面對自己濫用藥物的不良後果。

- harmful　/ ˈhɑrmfəl /　（尤指對健康、環境）有害的（adj.）
- effect　/ ɪˈfɛkt /　結果；影響（n.）
- drug use　/ drʌg jus /　濫用藥物；藥物使用不當（phr.）

environmental

/ ɪnˌvaɪrənˈmɛntḷ /

3

形容詞　生態環境的；有關環境的

Since it's ***environmental*** <u>awareness week</u>, please try
環保意識週

not to <u>generate unnecessary trash</u>.
製造多餘的垃圾

既然本週是環保意識週，就請試著不要製造多餘的垃圾。

- awareness　/ əˈwɛrnəs /　認識；意識（n.）
- generate　/ ˈdʒɛnəˌret /　產生；引起（v.）
- unnecessary　/ ʌnˈnɛsəˌsɛrɪ /　不必要的；多餘的（adj.）

ecological

/ ˌɛkəˈlɑdʒɪkḷ /

6

形容詞　生態的

<u>Building a dam</u> here would <u>bring major ***ecological***</u>
興建一座水壩　　　　　　　　　　　　　　對…帶來生態巨變

<u>changes to</u> the valley.

在這裡興建水壩，將對河谷帶來生態巨變。

- dam /dæm/ 水壩 (n.)
- major / 'medʒɚ / 程度較大的；數量較多的 (adj.)
- valley / 'vælı / 山谷；溪谷 (n.)

實用表達法整理

— 二氧化碳的濃度	concentration of CO_2
— …的濃度過高	an excessively high concentration of ...
— 大氣層之中	in the atmosphere
— 導致全球暖化	has / have resulted in global warming
— 迫使…正視…	compel ... to recognize ...
— 開始勇於面對…問題	start facing up to...problems
— 環境生態的問題	environmental and ecological problems

—— 07 ——
節能減碳 ₂

適合學習的
較慢速度MP3
短文 字詞
77　78

世界各國積極宣導，並制定方針

❶因此，世界各國❷積極地❸宣導「❹節能❺減碳」的重要性；並且，❻制定了❼具體的❻方針，❽以助於❾達成該❿目標。

❶Hence, <u>nations all over the world</u> have ❷rushed to ❸proclaim <u>the</u>
/ hɛns /　　　世界各國　　　　　　　　 / rʌʃt /　　　 / prəˈklɛm /

<u>importance of</u> "❹saving energy and ❺cutting carbon," and ❼concrete
…的重要性　　　 / sevɪŋ　ˈɛnɚdʒɪ /　　　 / kʌtɪŋ　ˈkɑrbən /　　　 / ˈkɑnkrit /

❻<u>measures</u> are being ❻<u>taken</u> ❽toward ❾achieving those ❿goals.
/ ˈmɛʒɚz /　　　　　　 / ˈtekən /　　 / təˈwɔrd /　 / əˈtʃivɪŋ /　　　 / golz /

重要字詞

hence

/ hɛns /

5

副詞　因此；由此

Diamonds are beautiful and rare and **hence** expensive.

因為鑽石美麗且稀少，因此昂貴。

● diamond　/ ˈdaɪmənd /　鑽石 (n.)
● rare　/ rɛr /　稀有的；罕見的 (adj.)

rush to

/ rʌʃ tu /

2

片語　匆忙；急著做；積極地做

<u>As soon as I heard about</u> Dad's <u>heart attack</u>, I **rushed**
　我一聽到…　　　　　　　　　　心臟病

to the hospital to see him.

我一聽到父親心臟病發，就立刻趕往醫院探視。

● as soon as ＋ 子句（一…就…；立即…）(phr.)
● attack　/ əˈtæk /　（疾病的）發作；攻擊 (n.)
● hospital　/ ˈhɑspɪtḷ /　醫院 (n.)

proclaim
/ prəˈklem /

★

動詞　宣告；宣示；主張；宣導

The Declaration of Independence ***proclaims*** that
　　　　　獨立宣言

all men are created equal.
　　　　所有人生而平等

獨立宣言主張所有人生而平等。

- declaration　/ ˌdɛkləˈreʃən /　公告；宣言　(n.)
- independence　/ ˌɪndɪˈpɛndəns /　獨立　(n.)
- create　/ krɪˈet /　創造；創建　(v.)
- equal　/ ˈikwəl /　相同的；相等的　(adj.)

save energy
/ sev ˈɛnɚdʒɪ /

① ②

片語　節省能源

Turning off your computer when you leave the house
　　關上電腦　　　　　　　　　　　　　　　外出

saves energy.

外出時關上電腦可以節省能源。

- turn off　/ tɝn ɔf /　關閉⋯的電源　(phr.)

cut carbon
/ kʌt ˈkɑrbən /

① ⑤

片語　減少碳排放量

Japan and Europe have led the world in ***cutting carbon***
　　　　　　　　　已在⋯方面領先全球（led 是 lead 的過去分詞）

emissions.

日本和歐洲在減少排碳量上領先全球。

- emission　/ ɪˈmɪʃən /　排放物；散發物　(n.)

concrete
/ ˈkɑnkrit /

④

形容詞　具體的；有形的

A goal is useless without a ***concrete*** strategy to achieve it.
　　　　缺乏⋯是無用的

一個缺乏具體實踐策略的目標，是沒有意義的。

- goal　/ gol /　目標；目的地；終點　(n.)
- useless　/ ˈjusləs /　無用的；無效的　(adj.)
- strategy　/ ˈstrætədʒɪ /　策略；計策　(n.)
- achieve　/ əˈtʃiv /　完成；達到　(v.)

take measures
/ tek ˈmɛʒɚz /
4

片語　採取措施；制定方針

The government should ***take measures*** to reduce the number of <u>stray dogs</u>.
流浪狗

政府應該採取措施減少流浪狗的數量。

- stray　/ stre /　流浪；迷途者 (n.)
- reduce　/ rɪˈdjus /　減少；縮小；降低 (v.)

toward
/ təˈwɔrd /
1

介係詞　有助於；為了；朝向

This new <u>welfare law</u> is another <u>step</u> ***toward***
福利法案　　　　　　　　　措施
<u>eliminating poverty</u>.
消除貧窮（去掉字尾 e + ing）

這項新福利法案是為了消弭貧窮的另一項措施。

- toward 是「介系詞」，後面所接的動詞要用「ing 型態」
- welfare　/ ˈwɛlˌfɛr /　福利 (n.)
- eliminate　/ ɪˈlɪməˌnet /　排除；消除 (v.)
- poverty　/ ˈpɑvɚtɪ /　貧窮；貧困 (n.)

achieve
/ əˈtʃiv /
3

動詞　完成；達到；得到

Our goal is to ***achieve*** <u>higher profits</u> by <u>cutting costs</u>.
達成高獲利　　　　　降低成本（重複字尾 t + ing）

我們的目標是藉由降低成本來提高獲利。

- profit　/ ˈprɑfɪt /　利潤；收益 (n.)

goal
/ gol /
2

名詞　目標；目的

<u>It's traditional</u> to <u>set ***goals***</u> at the <u>beginning of the new</u>
傳統上　　　　　立下目標　　　　　新的一年的開始
<u>year</u>.

傳統上，會在新的一年開始時立下目標。

- traditional　/ trəˈdɪʃənl̩ /　傳統的；習俗的 (adj.)

實用表達法整理

— 趕緊宣示…	rush to proclaim...
— "節能減碳"的重要性	the importance of "saving energy and cutting carbon"
— 具體方針、措施	concrete measures
— 為了達成該目標	toward achieving those goals

—— 07 ——

節能減碳 ₃

適合學習的
較慢速度MP3
短文 字詞
79   80

節能減碳，從日常生活做起

「節能」❶意指❷節約所有種類的能源和❸資源，而「減碳」則指減少❹二氧化碳的❺排放量。如果你正在尋求有助於「節能減碳」的❻具體措施，可從改變❼日常作息做起。

"Saving energy" ❶means ❷economizing on <u>all types of</u> energy and
/ minz /   / ɪˈkɑnəˌmaɪzɪŋ /   所有種類的…

❸resources, <u>while</u> "cutting carbon" means <u>reducing</u> ❹carbon dioxide
/ ˈrisɔrsɪz /   而…   減少   / ˈkɑrbən / / daɪˈɑksaɪd /

❺emissions. If you're <u>looking for</u> ❻specific steps <u>toward</u> saving energy
/ ɪˈmɪʃənz /   尋求   / spəˈsɪfɪk /   有助於、為了…

and cutting carbon, you can <u>begin by</u> changing your ❼daily routine.
                        從…做起   / ˈdelɪ ruˈtin /

重要字詞

mean
/ min /

[1]

動詞 **意指；表示**

Pacifism ***means*** <u>being opposed to war</u>.
                              反戰

和平主義意指「反戰」。

- mean＋動詞 ing 意味著…；意指…
- pacifism / ˈpæsəˌfɪzəm / 和平主義；反戰主義 (n.)
- opposed / əˈpozd / 反對的 (adj.)
- be opposed to＋事物 （反對某事、某物）(phr.)

economize on

/ ɪˈkɑnəˌmaɪz ɑn /

4

片語　節省；節約

<u>To compensate for</u> <u>higher gas prices</u>, we'll have to
　　為了抵銷…　　　　　　　　油價上漲
economize on other expenses.

為了抵銷油價上漲多出的開銷，我們必須節省其他開支。

- compensate　/ ˈkɑmpɛnˌset /　補償；彌補；抵銷 (v.)
- gas price　/ gæs praɪs /　油價 (phr.)
- expense　/ ɪkˈspɛns /　開支；花費 (n.)

resource

/ ˈrisɔrs /

3

名詞　資源

Clean water is <u>one of</u> our most important
　　　　　　　　…之一
natural ***resources***.
天然資源

潔淨的水是我們最重要的天然資源之一。

- natural　/ ˈnætʃrəl /　自然的；天然的 (adj.)
  （名詞是 nature / ˈnetʃɚ / 自然、自然界。
  請注意形容詞和名詞的第一個母音不同。）

carbon dioxide

/ ˈkɑrbən daɪˈɑksaɪd /

5　

片語　二氧化碳

Plants help "recycle" <u>the air we breathe</u> by
　　　　　　　　　　　　我們所呼吸的空氣
converting ***carbon dioxide*** into oxygen.
　　　　　　將二氧化碳轉換成氧氣

植物藉由將「二氧化碳」轉換為「氧氣」的功能，幫忙「回收再生」我們所呼吸的空氣。

- plant　/ plænt /　植物；農作物 (n.)
- recycle　/ riˈsaɪkl̩ /　回收利用；再利用 (v.)
- breathe　/ brið /　呼吸 (v.)
- convert　/ kənˈvɝt /　可轉變為；可變換成 (v.)
- convert A into B　把 A 轉換、轉變成 B (phr.)
- oxygen　/ ˈɑksədʒən /　氧氣 (n.)

emission
/ ɪˈmɪʃən /
★

名詞　排放（物）；散發（物）

We always <u>hear about</u> carbon ***emissions***, but
聽聞　　　　　　　碳排放物
<u>nitrogen **emissions**</u> can be just <u>as</u> harmful.
氮排放物　　　　　　　　同樣

我們總是聽聞「碳」排放物的害處，其實「氮」排放物也同樣有害。

- nitrogen　/ ˈnaɪtrədʒən /　氮氣（n.）
- harmful　/ ˈhɑrmfəl /　有害的（adj.）

specific
/ spəˈsɪfɪk /
3

形容詞　明確的；具體的

She gave me some ***specific*** <u>suggestions on</u> how to
有關⋯的具體建議
<u>make a good impression</u> on my new boss.
留下好印象

她提供我一些如何讓新老闆留下好印象的具體建議。

- suggestion　/ səˈdʒɛstʃən /　建議；提議（n.）
- make a good impression＋on＋某人（讓某人留下好印象）（phr.）

daily routine
/ ˈdeɪlɪ ruˈtin /
2　3

片語　生活作息

As a nurse, Peter <u>works very irregular hours</u>, which
工作時間非常不規律
<u>makes it hard for him</u> to <u>develop a **daily routine**</u>.
使他難以⋯　　　　　　　形成規律的生活作息

身為一名護士，彼得的工作時間非常不規律，這使他難以形成規律的生活作息。

- irregular　/ ɪˈrɛgjələ /　不規則的；無規律的（adj.）
- develop　/ dɪˈvɛləp /　發展；逐漸養成（v.）

實用表達法整理

— 節約一切的能源　　　economize on all types of energy
— 減少⋯的排放量　　　reduce ... emissions
— 為了⋯尋求具體步驟　look for specific steps toward...
— 從⋯做起　　　　　　begin by＋動詞 ing

空白筆記頁

空白一頁，讓你記錄學習心得，也讓下一則短文，能以跨頁呈現，方便於對照閱讀。

—— 07 ——

節能減碳 4

如何身體力行節能減碳 (1)(2)

例如，你可以從下列開始：

For example, you could <u>start by</u>:
<small>從…開始</small>

(1) 少吃❶肉類。（因為❷運送和❸餵食❹家畜的過程會導致二氧化碳污染）

<u>eating less</u> ❶meat （because <u>the process of</u> ❷transporting and ❸feeding
<small>少吃…</small>　　<small>/ mit /</small>　　　　　　　<small>…的過程</small>　　<small>/ 'trænsportɪŋ /</small>　　<small>/ fidɪŋ /</small>

❹livestock <u>causes CO₂ pollution</u>）；
<small>/ 'laɪv‚stɑk /</small>　<small>導致二氧化碳污染</small>

(2) 當你不使用時，將❺家電用品❻拔除插頭（隨手拔插頭），以減少二氧化碳排放量。

❻unplugging ❺appliances when you're not using them to <u>cut CO₂ emissions</u>;
<small>/ ‚ʌn'plʌgɪŋ /</small>　<small>/ ə'plaɪənsɪz /</small>　　　　　　　　　　　　　　<small>減少二氧化碳排放量</small>

重要字詞

meat	名詞　肉類
/ mit / ⬚1	A <u>vegetarian</u> is <u>someone who</u> doesn't eat ***meat***. <small>/ ‚vɛdʒə'tɛrɪən /　…樣的人</small> 素食者是指不吃肉類的人。

transport	動詞　運輸；運送
/ 'trænsport / ⬚3	<u>Without good roads</u>, farmers can't ***transport*** their <small>缺乏完善的道路</small> crops to the city.

缺乏完善的道路，農民就無法把農作物運至城裡。

- crop ／ krɑp ／ 作物（n.）

feed
／ fid ／
1

動詞　餵養；飼養

It's your turn to **feed** the baby.　輪到你去餵寶寶了。
　　輪到你去做…

livestock
／ 'laɪvˌstɑk ／
5

複數形名詞　家畜；牲畜

Wide open spaces with lots of grass are well suited for
寬廣開闊的空間　　　　綠草如茵　　　　很適合…

raising **livestock**.
飼養家畜

寬廣開闊、綠草如茵的空間，很適合飼養家畜。

- raise ／ rez ／ 飼養；種植；養育（v.）
- be suited ／ 'sutɪd ／ for＋動詞 ing（適合做…）（phr.）

unplug
／ ˌʌn'plʌg ／
3

動詞　拔掉插頭；使不插電

My sister **unplugged** my electric razor so she could
　　　　　　（重複字尾 g＋ed）　　電動刮鬍刀

plug in her hair dryer.
插上插頭　　　吹風機

妹妹拔掉我的電動刮鬍刀插頭，好讓她的吹風機插電。

- electric ／ ɪ'lɛktrɪk ／ 用電的；電動的（adj.）
- razor ／ 'rezɚ ／ 刮鬍刀（n.）
- plug ／ plʌg ／ in＋某物（插上某物的插頭以接通電源）（phr.）

appliance
／ ə'plaɪəns ／
4

名詞　家用電器、器具

Refrigerators and microwaves are probably the most
　　　　　　　　　　　　　　　大概是　　　　最必要的

essential **appliances** for people who live alone.
　　　　　　　　　　　　　　　　　　　獨居者

冰箱和微波爐大概是獨居者最必要的家電。

- probably ／ 'prɑbəblɪ ／ 很可能地；大概地（adv.）
- essential ／ ɪ'sɛnʃəl ／ 必不可少的；極其重要的（adj.）

07
節能減碳 ₅

如何身體力行節能減碳 (3)(4)

(3) 少開車，❶盡量❷利用❸大眾運輸工具或騎腳踏車，上述都能減少來

自❹廢氣的二氧化碳污染。

<u>driving less,</u> ❶making an effort to ❷utilize ❸mass transit, or riding a
少開車   / 'ɛfɚt /   / 'jutḷˌaɪz /   / mæs 'trænzɪt /

bicycle, <u>all of which</u> <u>reduce CO₂ pollution</u> from ❹exhaust;
         上述都能   減少二氧化碳污染   / ɪg'zɔst /

(4) 盡你所能的，❺回收各種資源。

❺recycling everything <u>you can</u>;
/ ri'saɪkḷɪŋ /   盡你所能的

重要字詞

make an effort to... / mek æn 'ɛfɚt tu / ②	**片語 努力於** Wayne ***made an effort to*** see things <u>from his friend's perspective.</u> 以他朋友的角度 偉恩努力以他朋友的角度來看事情。 ● make an effort to + 動詞原形 （努力於…） (phr.) ● perspective / pɚ'spɛktɪv / 態度；觀點 (n.)
utilize / 'jutḷˌaɪz / ⑥	**動詞 使用；利用；運用** Most students <u>fail to</u> ***utilize*** all the resources 未能… <u>the library has to offer.</u> 圖書館必須提供的

.

大部分的學生都未能善用圖書館必須提供的所有資源。

● offer ／ˈɔfɚ ／ 提供 (v.)

mass transit
／ mæs ˈtrænzɪt ／

2 6

片語 **大眾運輸**

A good ***mass transit*** system can greatly reduce traffic.
　　　　大眾運輸系統　　　　　　　　　　　　　　紓解交通量、減少交通量

完善的大眾運輸系統能大幅地紓解交通量。

● greatly ／ ˈgretlɪ ／ 非常地；大大地 (adv.)

exhaust
／ ɪgˈzɔst ／

4

名詞 **（車輛、機器等排出的）廢氣**

Motorcycle riders in Taiwan's cities often wear masks to
機車騎士　　　　　　　　　　　　　　　　戴口罩
protect themselves from the ***exhaust***-filled air.
保護自身免於…　　　　　　　　充滿廢氣的空氣

台灣城市內的機車騎士，通常會戴口罩來保護自己避免廢氣。

● rider ／ ˈraɪdɚ ／ 騎馬、自行車、摩托車的人 (n.)
● mask ／ mæsk／ 面具；面罩 (n.)
● protect A from B （保護 A 免於 B 的不良影響） (phr.)
● -filled ／ fɪld ／ 充斥、充滿…的 (adj.)

recycle
／ riˈsaɪkḷ ／

4

動詞 **回收利用；再利用**

You should ***recycle*** those plastic bags.
　　　　　　　　　　　　塑膠袋

你應該將那些塑膠袋拿去做資源回收。

● plastic ／ ˈplæstɪk ／ 塑料的；塑膠的 (adj.)

實用表達法整理

— 盡量…　　　　　　　make an effort to...
— 利用大眾運輸工具　　utilize mass transit
— 減少來自…的污染　　reduce pollution from...

07

節能減碳 6

適合學習的
較慢速度MP3
短文 85　字詞 86

---

(6) 如何身體力行節能減碳 (5) (6)

(5) ❶使用利用❷回收原料製造的商品（回收再製的商品），並且

---

❶using products <u>made from</u> ❷recycled materials; and
利用…製造的　　　　/ rɪˈsaɪkḷd　məˈtɪrɪəlz /

(6) 購買❸包裝簡單的商品，以❹減少垃圾量。

---

buying products <u>with simple</u> ❸packaging to ❹cut down on trash.
有簡單的…　　　/ ˈpækɪdʒɪŋ /　　/ kʌt daun ɑn /

最貼切的英語表達
※我們經常提及、提倡的「使用回收再製的商品」，用英語可以這樣表達：
use products / made from / recycled materials
（ 使用商品 / 由…製造 /　　回收原料　 ）

重要字詞

reuse / rɪˈjuz / [1]	**動詞**　**重複使用** ＊此字由 re（再次）＋ use（使用）所構成 You should ***reuse*** those <u>plastic bags</u>. 　　　　　　　　　　　　　　　　塑膠袋 你應該重複使用那些塑膠袋。
recycled material / rɪˈsaɪkḷd məˈtɪrɪəl / [4]　[2]	**片語**　**再生原料；回收物資** The company <u>claims that</u> <u>60% of its packaging</u> 　　　　　　　宣稱　　　　60 %的包裝 <u>is made from</u> ***recycled materials***. 採用…製造 這家公司宣稱，60% 的包裝都是使用再生材質。 ●claim / klem / 宣稱；聲稱 (v.)

packaging
/ ˈpækɪdʒɪŋ /
2️⃣

不可數名詞　包裝材料；外包裝

In spite of <u>environmental concerns</u>, most toys <u>are sold</u>
　　　　　生態環境上的擔憂　　　　　　　　　　　　　　出售
with <u>way too much</u> unnecessary ***packaging***.
　　　多出很多的

雖然有生態環境上的擔憂，但大部分的玩具在出售時，仍有多出很多的非必要包裝。

- in spite of...　儘管、雖然… (phr.)
- environmental　/ ɪnˌvaɪrənˈmɛntl̩ /　環境的；有關環境的 (adj.)
- concern　/ kənˈsɝn /　（尤指許多人共同的）擔心、憂慮 (n.)
- way　/ we /　很…、非常… (adv.)
- unnecessary　/ ʌnˈnɛsəˌsɛrɪ /　不必要的；多餘的 (adj.)

特別說明這個字

※ 這裡的 way（很、非常）是副詞，用來修飾後方的 too much（太多、很多），因此上述的「way too much unnecessary packging」是指「多出太多的非必要包裝」。其他類似用法例如：

...be 動詞＋<u>way</u> too expensive（…非常非常昂貴；昂貴到非常昂貴）

cut down on...
/ kʌt daun ɑn /
1️⃣

片語　削減；減少

Jack's doctor told him he needed to ***cut down on*** his

drinking.

傑克的醫生告訴他必須減少喝酒。

- drinking　/ ˈdrɪŋkɪŋ /　喝酒；飲酒 (n.)

實用表達法整理

— 使用回收原料製造　　　made from recycled materials
— 採用簡單的包裝　　　　with simple packaging
— 減少垃圾量　　　　　　cut down on trash

生機飲食 1

" 有機食物 " 不含化學添加物及防腐劑

所謂的 " ❶生機飲食 " 是指生吃有機食物。而 " 有機食物 " 是指食物的生長過程❷完全使用❸有機肥料，沒有❹農藥或❺化學肥料的輔助；也❻表示食品❼不含化學❽添加物及❾防腐劑。

" ❶Eating raw and organic " means eating organic food raw.
　　　　/ rɔ /　　　/ ɔr'gænɪk /　　　　生吃有機食物

" Organic food " is food grown ❷purely with ❸organic fertilizer, without the aid
　　　　　　　食物的生長　　/ 'pjurlɪ /　　　　/ 'fɝtl̩,aɪzɚ /　　　　　輔助

of ❹pesticides or ❺chemical fertilizers.　It also ❻refers to food ❼free
　/ 'pɛstə,saɪdz /　　/ 'kɛmɪkl̩ /　化學肥料　　　　　/ rɪ'fɝz /

from chemical ❽additives and ❾preservatives.
　　　　　　　/ 'ædətɪvz /　　　/ prɪ'zɝvətɪvz /

重要字詞

raw
/ rɔ /
3

形容詞　**生的；未經烹煮的；未經加工的**

I like to eat carrots *raw*.

我喜歡生吃紅蘿蔔。

● carrot　/ 'kærət /　紅蘿蔔 (n.)

organic
/ ɔr'gænɪk /
4

形容詞　**有機的；施用有機肥料的**

Organic vegetables usually cost more than
　　　　　　　　　　　　　　比…貴

regular vegetables.
一般蔬菜

有機蔬菜通常比一般蔬菜貴。

● regular　/ 'rɛgjələ /　普通的；平凡的 (adj.)

purely

/ 'pjurlı /

3

副詞　純粹地；完全地；僅僅

We're <u>conducting</u> this <u>experiment</u> ***purely*** for scientific
　　　　　進行　　　　　　　　實驗

purposes.

我們進行這個實驗，純粹基於科學的目的。

- conduct　/ kən'dʌkt /　實施；執行 (v.)
- experiment　/ ɪk'spɛrəmənt /　實驗；試驗 (n.)
- scientific　/ ˌsaɪən'tɪfɪk /　科學（上）的；關於科學的 (adj.)
- purpose　/ 'pɝpəs /　意圖；目的 (n.)

fertilizer

/ 'fɝtḷˌaɪzɚ /

5

名詞　肥料

The farmers there <u>use cow dung for</u> ***fertilizer***.
　　　　　　　　　用牛糞當作…

那裡的農民用牛糞當作肥料。

- cow　/ caʊ /　牛 (n.)
- dung　/ dʌŋ /　（尤指大型動物的）糞便 (n.)

pesticide

/ 'pɛstəˌsaɪd /

6

名詞　除蟲劑；農藥

He always <u>wears a mask</u> when <u>spraying **pesticides** on</u>
　　　　　　　戴口罩　　　　　　　　　　對著…噴灑農藥

his crops.

他在作物上噴灑農藥時，總會戴上口罩。

- mask　/ mæsk /　防護面具；口罩 (n.)
- spray　/ spre /　向…噴灑 (v.)
- crop　/ krɑp /　作物；收成 (n.)

chemical

/ 'kɛmɪkḷ /

2

形容詞　化學的

Depression <u>is sometimes caused by</u> a ***chemical*** imbalance.
　　　　　　　　有時是…所導致

憂鬱症有時是體內化學物質失衡所致。

- depression　/ dɪ'prɛʃən /　抑鬱症；精神憂鬱 (n.)
- be caused by　因為…所導致 (phr.)
- imbalance　/ ɪm'bæləns /　失衡；不平衡 (n.)

refer to...

/ rɪ'fɝ tu /

4

片語　指的是；歸類為；涉及

Are you ***referring to*** what I said at the party yesterday?
（重複字尾 r＋ing）　　我所說的話

你是指我昨天在派對上所說的話嗎？

---

free from...

/ fri frɑm /

1

片語　免於、沒有（不愉快之事）

Now that we've made our last house payment, we're
現在既然已經…　　　　　　　繳完我們的最後一期房貸

finally completely ***free from*** debt.

現在既然已經繳納完最後一期的房屋貸款，我們就終於完全沒有負債了。

- payment　/ 'pemənt /　（將付、應付的）款項 (n.)
- make a house payment　繳納房屋貸款 (phr.)
- debt　/ dɛt /　借款；債務 (n.)

---

additive

/ 'ædətɪv /

★

名詞　添加物

Their gasoline contains an ***additive*** that helps

keep your engine clean.
使你的引擎保持乾淨

他們的汽油含有一種添加物，有助於使你的引擎保持乾淨。

- gasoline　/ 'gæsəlin /　汽油 (n.)
- contain　/ kən'ten /　含有；容納 (v.)

---

preservative

/ prɪ'zɝvətɪv /

4

名詞　防腐劑；保護劑

Before refrigerators were invented, people used salt as a
用鹽作為…

preservative for raw meat.
生肉

冰箱發明前，民眾用鹽作為生肉的防腐劑。

- refrigerator　/ rɪ'frɪdʒə,retə /　冰箱 (n.)
- invent　/ ɪn'vɛnt /　發明；創造 (v.)

實用表達法整理

— 生吃有機食物　　　　　eat organic food raw
— 完全使用有機肥料　　　purely with organic fertilizer
— 不依賴農藥的輔助　　　without the aid of pesticides
— 不含化學添加物的食物　food free from chemical additives
— 不含防腐劑的食物　　　food free from preservatives

08
生機飲食 ₂

生機飲食並非沒有缺點

❶除了對健康的❷好處❶之外，生機飲食還能幫助地球減少污染。然而最近有❸研究❹指出，生機飲食也不是沒有❺缺點。

❶In addition to health ❷benefits, eating raw and organic can help make
/ ə'dɪʃən /　　　　　　/ 'bɛnəfɪts /　　　生機飲食　　　　　　使得…

the earth less polluted.　Recent ❸research has ❹indicated, however, that
減少污染　　　　　　　/ rɪ'sɝtʃ /　　/ 'ɪndə,ketɪd /

eating raw and organic is not without its ❺drawbacks.
不是沒有　　　　/ 'drɔ,bæks /

最貼切的英語表達
※ 經常耳聞的「幫助地球減少污染」，用英語可以這樣說：
help / make / the earth / less polluted
（幫助 / 讓… /　地球　/ 更少被汙染）

重要字詞

in addition to...
/ ɪn ə'dɪʃən tu /
[2]

片語　除…之外（還…）

This semester I'm taking a swimming class *in addition*
這學期　　　　　修課
to my usual courses.
我平常修的課程

除了我平常修的課程之外，這學期我還多修了游泳課。

● semester　/ sə'mɛstɚ /　學期 (n.)
● take a class　修一門課 (phr.)
● usual　/ 'juʒuəl /　通常的；尋常的 (adj.)
● course　/ kɔrs /　課程；講座 (n.)

benefit

/ ˈbɛnəfɪt /

3

名詞 優勢;益處;成效

The <u>psychological</u> ***benefits*** of growing up in a happy
　　　　　心理優勢

family <u>are well known</u>.
　　　　是眾所皆知的

成長於一個快樂家庭的心理優勢,是眾所皆知的。

- psychological / ˌsaɪkəˈlɑdʒɪkl̩ / 心理的;精神上的 (adj.)
- grow up / gro ʌp / 成長;長大 (phr.)
- known / non / 知名的;已知的 (adj.)

indicate

/ ˈɪndəˌket /

2

動詞 指出;顯示

<u>Longevity statistics</u> ***indicate*** that women, <u>on average</u>,
　壽命統計數據　　　　　　　　　　　　　　　通常

<u>live longer than</u> men.
　活得比…長久

壽命統計數據顯示,女性平均活得比男性久。

- longevity / lɑnˈdʒɛvətɪ / 壽命 (n.)
- statistics / stəˈtɪstɪks / 統計資料;統計 (n.)
- on average / ɑn ˈævərɪdʒ / 平均而言;通常 (phr.)

drawback

/ ˈdrɔˌbæk /

6

名詞 缺點;不利條件

<u>Low pay</u> is one of the ***drawbacks*** of <u>being a teacher</u>.
　薪資微薄　　　　　　　　　　　　　　　當老師

薪資微薄是當老師的缺點之一。

- pay / pe / 工資;薪水 (n.)

實用表達法整理

— 有助於使地球減少污染　　can help make the earth less polluted
— 最近有研究指出…　　　　recent research has indicated
— 不是沒有缺點　　　　　　is not without the drawbacks

08

生機飲食 ₃

適合學習的
較慢速度MP3
短文 字詞
91 92

若殘留寄生蟲可能致命

根據研究，雖然❶改用有機肥料可以減少對土壤和水質的污染，但有機肥料亦❷有助於❸寄生蟲的生長。如果食用有機食物前沒有❹徹底洗淨，就可能❺吃入❻殘留的寄生蟲而引發❼致命的疾病。

According to this research, although ❶switching to organic fertilizer can
根據研究 / 'swɪtʃɪŋ / 有機肥料

reduce soil and water pollution, it is also ❷conducive to the growth of
減少對土壤和水質的污染 / kən'dusɪv /

❸parasites. If you do not wash organic food ❹thoroughly before eating
/ 'pærə‚saɪts / 有機食物 / 'θɝolɪ /

it, you may ❺ingest a ❻residual parasite and develop a ❼fatal disease.
/ ɪn'dʒɛst / / rɪ'zɪdʒuəl / 寄生蟲 引發 / 'fetl̩ / 疾病

重要字詞

switch
/ swɪtʃ /
③

動詞　改用；轉換

I used to use a film camera, but about three years ago I
以前習慣用　　　底片相機
switched to digital.

我以前習慣用傳統相機（底片相機），但大約三年前，我改用數位的。

● switched to ＋名詞　（改用…）(phr.)
● used to / 'just tu / （過去持續、經常發生的事）曾經；習慣於 (phr.)
● film / fɪlm / 膠捲；底片 (n.)
● camera / 'kæmərə / 相機 (n.)
● digital / 'dɪdʒɪtl̩ / 數位的 (adj.)
● digital camera　數位相機 (phr.)

be
conducive
to...

/ bɪ kən'dusɪv tu /

片語　有利於；促成

A noisy, distracting environment ***is* not *conducive to***
不利於…

productivity.

一個嘈雜、令人分心的環境無益於生產力。

- noisy　/ 'nɔɪzɪ /　吵鬧的；聒噪的 (adj.)
- distracting　/ dɪ'stræktɪŋ /　使分散注意力的；分心的 (adj.)
- productivity　/ ˌprɑdʌk'tɪvətɪ /　生產力；生產效率 (n.)

parasite

/ 'pærəˌsaɪt /

★

名詞　寄生蟲；寄生植物

The foxes in Hokkaido <u>may be cute</u>, but <u>be careful not to</u>
固然可愛　　　　　　　　　小心避免…

touch them because they <u>carry a **parasite**</u>.
帶有寄生蟲

北海道的狐狸固然可愛，但是切記不要碰觸牠們，因為牠們身
上帶有寄生蟲。

- carry　/ 'kærɪ /　含有；帶有 (v.)

thoroughly

/ 'θɝ·olɪ /

4

副詞　完全地；徹底地

Her teacher said she didn't research the topic

***thoroughly* enough**.
足夠徹底

她的老師說，她對這個主題的研究不夠徹底。

- research　/ rɪ'sɝtʃ /　研究；探討 (v.)
- topic　/ 'tɑpɪk /　主題；話題 (n.)

ingest

/ ɪn'dʒɛst /

動詞　攝入；食入

If you ever <u>accidentally **ingest** gasoline</u>, <u>call a doctor</u>
誤食汽油　　　　　　　　　找醫生來

immediately.

如果你任何時候不慎誤喝汽油，要立即找醫生來。

- ever / ˈɛvɚ / 在任何時候 (adv.)
- accidentally / ˌæksəˈdɛntl̩ɪ / 意外地 (adv.)
- gasoline / ˈgæsəˌlin / 汽油 (n.)
- immediately / ɪˈmidɪətlɪ / 立刻；立即 (adv.)

residual
/ rɪˈzɪdʒuəl /

★

形容詞 剩餘的；殘留的

<u>Two years have passed</u>, and he's still feeling the
residual effects of the breakup.
兩年過去了，他仍可感受到分手所殘留的影響。

- effect / ɪˈfɛkt / 效應；影響 (n.)
- breakup / ˈbrekˌʌp / 中斷；分離；分手 (n.)

fatal
/ ˈfetl̩ /

4

形容詞 致命的

The doctor said her injuries were serious <u>but not</u> **_fatal_**.
醫生說她的傷勢嚴重，但不至於致命。

- injury / ˈɪndʒərɪ / （對軀體的）傷害，損傷 (n.)
- serious / ˈsɪrɪəs / 嚴重的；有危險的 (adj.)

實用表達法整理

── 改用有機肥料	switch to organic fertilizer
── 減少對土壤和水質的污染	reduce soil and water pollution
── 有助於寄生蟲的生長	be conducive to the growth of parasites
── 徹底洗淨有機食物	wash organic food thoroughly
── 殘留的寄生蟲	a residual parasite
── 引發致命的疾病	develop a fatal disease

生機飲食 4

要搭配其他食物，兼顧營養均衡

專家也提出❶建議，因為每個人的體質不同，你必須進行生機飲食，並❷結合其他食物，而那些食物是❸適合你個人獨特❹生理❺需求的（適合個人體質的）。❻注意❼營養均衡，不要只採用生機飲食，才是真正的❽健康之道。

Experts also ❶suggest that <u>since every body is different</u>, you <u>should only</u>
專家　　　　/ sə'dʒɛst /　　　　因為每個人的體質不同　　　　必須

eat raw organic food ❷in combination with other foods ❸adapted to
　　　　　　　　　　/ ˌkɑmbə'neʃən /　　　　　　　/ ə'dæptɪd /

<u>your unique</u> ❹biological ❺needs. ❻Paying attention to ❼nutritional
你個人獨特的　/ ˌbaɪə'lɑdʒɪkḷ / / 'nidz /　/ ə'tɛnʃən /　/ nju'trɪʃənḷ /

balance, not eating only raw organic food, is <u>the real way to</u> be ❽healthy.
/ 'bæləns /　　　　　　　　　　　　　真正的…之道　　/ 'hɛlθɪ /

重要字詞

suggest
/ sə'dʒɛst /
3

動詞　建議；提議

She **suggested** that they <u>rent a movie</u> and
租片
<u>spend the evening at home</u>.
打發在家的夜晚
她建議他們租片來看，打發在家的夜晚。

- suggest that ＋ 原形動詞　（建議）(phr.)
- rent / rɛnt / 租用，租借 (v.)
- spend / spɛnd / 花（時間）；度過 (v.)

in combination with...

/ ɪn ˌkɑmbəˈneʃən wɪð /

④

片語　與…結合

Dieting is <u>more effective</u> ***in combination with***
　　　　　　　　更有效果

<u>regular exercise</u>.
　規律運動

結合規律運動，節食的效果會更好。

- diet ／ ˈdaɪət ／ 節食；依規定飲食 (v.)
- effective ／ ɪˈfɛktɪv ／ 產生預期結果的；有效的 (adj.)
- regular ／ ˈrɛgjələ ／ 有規律的；定時的 (adj.)
- exercise ／ ˈɛksəˌsaɪz ／ 鍛煉；運動 (n.)

be adapted to...

/ bɪ əˈdæptɪd tu /

④

片語　適應於；適合於

Penguins have bodies (which ***are***) ***adapted to***

Antarctica's <u>frigid weather</u>.
　　　　　　酷寒氣候

企鵝的身體能適應南極洲的酷寒氣候。

- be adapted to（適應於…），短文和例句中，均省略了關係代名詞和 be 動詞（which are）
- Penguin ／ ˈpɛngwɪn ／ 企鵝 (n.)
- Antarctica ／ ænˈtɑrktɪkə ／ 南極洲 (n.)
- frigid ／ ˈfrɪdʒɪd ／ 寒冷的；嚴寒的 (adj.)

biological

/ ˌbaɪəˈlɑdʒɪkl̩ /

⑥

形容詞　生物的；生物學的

Evolution is <u>the foundation of</u> modern ***biological***
　　　　　　　　…的基礎

theory.

「演化論」是近代生物學理論的基礎。

- evolution ／ evəˈluʃən ／ 進化；演化 (n.)
- foundation ／ faunˈdeʃən ／ 基本原理；基礎 (n.)
- modern ／ ˈmɑdən ／ 當代的；近代的 (adj.)
- theory ／ ˈθiərɪ ／ 理論；學說 (n.)

need
/ nid /
[1]

名詞　需求；需要

Our store can <u>take care of all your shopping</u> ***needs***.
_{滿足你的所有購物需求}

本店可以滿足您的所有購物需求。

● take care of　處理、照料… (phr.)

pay attention to
/ pe əˈtɛnʃən tu /
[2]

片語　關心；注意

He <u>never pays</u> ***attention*** <u>to</u> <u>what the teacher says</u>.
_{從未留意}　　　　　　　_{老師所說的話}

他從未留意老師所說的話。

nutritional balance
/ njuˈtrɪʃənḷ ˈbæləns /
[6]　[3]

片語　營養均衡

You'll never maintain ***nutritional balance*** if you

<u>keep eating</u> all that chocolate cake.
_{一直只吃}

如果你一直只吃巧克力蛋糕，就永遠無法維持營養均衡。

● maintain　/ menˈten /　維持；保持 (v.)
● keep + 動詞 ing　（持續不斷地做…）(phr.)

healthy
/ ˈhɛlθɪ /
[2]

形容詞　健康的

She says she <u>doesn't mind</u> <u>being old</u> as long as she's
_{不在乎}　　　_{年老，mind + 動詞 ing}

healthy.

她說只要身體健康，她不在乎年老。

● mind　/ maɪnd /　+動詞 ing　（介意；在意）(phr.)
● as long as + 子句　（只要、既然…）(phr.)

實用表達法整理

— 因為個人體質不同　　　since every body is different
— 適合個人體質的食物　　foods adapted to one's unique biological needs
— 注意營養均衡　　　　　paying attention to nutritional balance
— 真正的健康之道　　　　the real way to be healthy

癌症 1

癌症位居十大死因榜首

❶根據衛生署❷關於台灣十大❸常見死因的數據，癌症已經位居名單榜首

❹連續 27 年。

❶According to <u>Ministry of Health data</u> ❷on <u>the ten most</u> ❸common
　　/ ə'kɔrdɪŋ /　　　　　　　　衛生署的數據　　/ 'detə /　　　　　十大　　　　/ 'kɑmən /

causes of death in Taiwan, cancer <u>has been at the top of the list</u> for 27
/ kɔzɪz /　　　　　　　　　　　　　　　　位居名單榜首

years ❹running.
　　　　/ 'rʌnɪŋ /

重要字詞

according
to...

/ ə'kɔrdɪŋ tu /

☐1

片語　　**根據**

According to my uncle, <u>learning to play the guitar</u> is easy.
　　　　　　　　　　　　　　　　　學會彈吉他

據我舅舅所言，學彈吉他很簡單。

- uncle　/ 'ʌŋkḷ /　舅／叔／伯／姑丈／姨父（n.）
- guitar　/ gɪ'tɑr /　吉他（n.）

on

/ ɑn /

☐1

介系詞　　**關於；在**

She just <u>published an article **on**</u> HIV-AIDS in Africa.
　　　　　　發表一篇關於…的文章

她剛發表一篇關於非洲愛滋病的文章。

- publish　/ 'pʌblɪʃ /　（在報刊）發表；刊登（v.）
- article　/ 'ɑrtɪkḷ /　文章；論文（n.）
- HIV　/ 'etʃ 'aɪ 'vi /　愛滋病毒（n.）
- AIDS　/ edz /　愛滋病（n.）

common

/ 'kɑmən /

1

形容詞　常見的；普遍的

Drowsiness is a ***common*** side effect of cold medicine.
　　　　　　　　　　　　　　…的副作用　　　　　感冒藥

嗜睡是感冒藥常見的一項副作用。

- drowsiness　/ 'drauzinis /　睡意；睏倦 (n.)
- side effect　/ saɪd ɪ'fɛkt /　副作用 (phr.)

cause

/ kɔz /

1

名詞　肇因；起因

Investigators are trying to determine the ***cause*** of
　　　　　　　　　　　　　　　　　　　　…的原因

the plane crash.
　　　墜機

調查員正試圖查明此次飛機失事的原因。

- investigator　/ ɪn'vɛstə‚getɚ /　調查者；偵查員 (n.)
- determine　/ dɪ't3‧mɪn /　查明 (v.)
- crash　/ kræʃ /　碰撞；相撞 (n.)

running

/ ˌrʌnɪŋ /

1

副詞　（置於具時間性質的名詞後）連續地；不斷地

He has won this tournament for three years ***running***.
　　　　　　　　　　　　　　　　　　連續三年

他已經連續三年贏得這項錦標賽的冠軍。

- tournament　/ 'turnəmənt /　錦標賽；巡迴賽 (n.)

實用表達法整理

─ 十大…	the ten most ….
─ 十大常見死因	the ten most common causes of death
─ 位居名單榜首	has been at the top of the list
─ 連續…年	for … years running

—— 09 ——

癌症 ₂

各年齡層都可能罹癌

癌症❶起因於❷正常❸細胞的❹病變，而且❺各年齡層都❻容易罹患。

Cancer ❶is caused by ❹pathological mutations in ❷ordinary ❸cells,
/ kɔzd /   / ˌpæθəˈlɑdʒɪkl̩ /   / mjuˈteʃənz /   / ˈɔrdn̩ˌɛrɪ /   / sɛlz /

and people of ❺all ages are ❻susceptible to it.
/ səˈsɛptəbl̩ /

重要字詞

be caused by... / bɪ kɔzd baɪ / 1	**片語 造成；導致** The car accident **was caused by** a drunk driver. 喝酒開車 這場車禍肇因於酒駕開車。 ● drunk / drʌŋk / 酒醉的 (adj.)

pathological
/ ˌpæθəˈlɑdʒɪkl̩ /
★
	形容詞 與疾病相關的；病理學的
	Diabetes is characterized by a **pathological**
	              …的特徵
	deficiency in blood sugar.
	        血糖不足
	糖尿病的特徵是病態的血糖不足。
	● diabetes / ˌdaɪəˈbitiz / 糖尿病 (n.)
	● characterize / ˈkærəktəˌraɪz / 是…的特徵；以…為典型 (v.)
	● deficiency / dɪˈfɪʃənsɪ / 缺乏；不足 (n.)

mutation / mjuˈteʃən / ★	**名詞 突變** **Mutation** can make viruses more difficult to kill. 使… 更難以去…

突變會使得病毒更難消滅。

- virus / 'vaɪrəs / 病毒 (n.)

ordinary
/ 'ɔrdn̩ˌɛrɪ /
2️⃣

形容詞　普通的；平常的；一般的

Police officers sometimes dress like ***ordinary*** people
　警察　　　　　　　　　　　　喬裝成　　　　　平常人

so that criminals can't recognize them.
以便

警察有時會喬裝成一般人，好讓罪犯無法認出他們。

- criminal / 'krɪmən̩l / 罪犯 (n.)
- recognize / 'rɛkəgˌnaɪz / 認出；辨別出 (v.)

cell
/ sɛl /
2️⃣

名詞　細胞

Oxygen is carried throughout the body by red blood ***cells***.
　　　　　循環　　　　在身體各處　　　　　透過紅血球

氧氣藉由紅血球在體內各處循環。

- oxygen / 'ɑksədʒən / 氧氣 (n.)
- carry / 'kærɪ / 運送；輸送 (v.)

all ages
/ ɔl edʒz /
1️⃣　1️⃣

片語　各種年齡層；所有年齡

Great animated movies are suitable for ***all ages***, not
　　　動畫電影　　　　　適合闔家觀賞

just children.

好的動畫電影適合全家觀賞，而非只有兒童。

- animated / 'ænəˌmetɪd / 動畫的 (adj.)
- suitable / 'sutəbl̩ / 合適的；適宜的 (adj.)

susceptible
/ sə'sɛptəbl̩ /
⭐

形容詞　易受感染的；易受影響的

A weak immune system makes you more ***susceptible***
　免疫系統虛弱　　　　　　　使你更…

to disease.

免疫系統虛弱使你更容易遭受疾病感染。

- susceptible to +名詞　（易受…的影響、感染）(phr.)
- immune / ɪ'mjun / 有免疫力的 (adj.)
- disease / dɪ'ziz / 疾病 (n.)

—— 09 ——

癌症 3

適合學習的
較慢速度MP3

短文　字詞
99　　100

醫界尚未找出細胞病變的原因

❶截至目前為止，科學家仍無法❷找出病變的原因，❸也未❹發現治療癌症的❺疫苗或❻療法。

❶So far, scientists <u>have been unable to</u> ❷figure out <u>what causes these</u>
　　　　　　　　　　　　　　　仍無法　　　　　　/ ˈfɪgjɚ /　　　　　病變的原因

<u>mutations,</u> ❸nor have they ❹discovered a ❺vaccine or a ❻cure <u>for cancer.</u>
/ nɔr /　　　　　　　　/ dɪˈskʌvɚd /　　　/ vækˈsin /　　　/ kjʊr / 針對癌症

重要字詞

so far / so fɑr / 1	**片語　到目前為止** We've had good weather ***so far***—<u>let's hope it stays that</u> 　　　　　　　　　　　　　　　　　　希望可以維持這樣 <u>way</u>. 到目前為止天氣都很好，希望可以一直維持。
figure out... / ˈfɪgjɚ aut / 2	**片語　想出；找出；弄清楚** She helped me ***figure out*** <u>a way to</u> solve the problem. 　　　　　　　　　　　　　…的方法 她幫我想出一個解決問題的方法。 ● solve　/ sɑlv /　解決（v.）
nor / nɔr / 1	**連接詞　也不⋯；也未⋯** He never called me <u>like he said he would</u>, ***nor*** <u>did he send</u> 　　　　　　　　　　　像他說的那樣會⋯　　　　　　　他也不寄⋯ any postcards. 他從沒像他所說的打電話給我、或是寄明信片給我。

- 接續說明：

  nor 如果接子句，子句的「主詞和 be 動詞」或是「主詞和助動詞」要倒裝。所以此處是「nor did he ...」，上方短文是「nor have they...」。

  （主詞）he 和（助動詞）did 倒裝

  （主詞）they 和（助動詞）have 倒裝

- postcard ／ 'post͵kɑrd ／ 明信片 (n.)

---

discover

／ dɪ'skʌvɚ ／

1

動詞 **發現；找到；發覺**

A Stanford researcher has recently ***discovered*** <u>a way to</u>
…的方法

make paper batteries.

一位史丹佛大學的研究員最近發明一種製造紙電池的方法。

- researcher ／ ri'sɝtʃɚ ／ 研究員；調查者 (n.)
- recently ／ 'risn̩tlɪ ／ 不久前；最近 (adv.)
- battery ／ 'bætrɪ ／ 電池 (n.)

---

vaccine

／ væk'sin ／

6

名詞 **疫苗**

<u>Now that</u> an H1N1 ***vaccine*** <u>has been developed</u>,
現在既然 …已經研發出來

<u>there's no need to be afraid of</u> an epidemic.
就不需要擔心…

現在既然已經研發出 H1N1 疫苗，就不必擔心疫情蔓延。

- now that + 子句 （既然、由於…） (phr.)
- afraid ／ ə'fred ／ 害怕的；畏懼的 (adj.)
- be afraid of + 名詞 （害怕、畏懼…） (phr.)
- epidemic ／ ͵ɛpə'dɛmɪk ／ 流行病；（迅速的）蔓延 (n.)

---

cure

／ kjur ／

2

名詞 **療法；治療；解決措施**

Exercise can be <u>a good ***cure*** for</u> depression.
治療…的良方

運動是治療憂鬱症的好方法。

- depression ／ dɪ'prɛʃən ／ 抑鬱症；精神憂鬱 (n.)

癌症 ₄

適合學習的
較慢速度MP3
短文 101 字詞 102

早期發現治癒機率高

雖然無法❶預防，但癌症並非絕對會❷致命。❸只要在罹患初期發現，並

且❹適當地❺進行治療，❻治癒率可以高達 90%。

Though it cannot be ❶prevented, cancer is not always ❷fatal. ❸As long
　　　　　　　　　　　/ prɪˈvɛntɪd /　　　　　　　並非絕對會…　　　/ ˈfetḷ /

as it is discovered in its early stages and ❹properly ❺treated, ❻recovery
　　　被發現　　　在它的初期階段　　　　　　/ ˈprɑpɚlɪ /　　/ tritɪd /　　/ rɪˈkʌvərɪ /

rates can be as high as 90%.
　　　　　　　　高達

重要字詞

prevent
/ prɪˈvɛnt /
③

動詞　預防；防止

Supporters of gun control argue that it helps ***prevent***
…的擁護者　　　槍枝管制　　　　　　　　　　　有助於預防

crime.

槍枝管束的擁護者主張此舉有助於預防犯罪。

● supporter　/ səˈpɔrtɚ /　支持者；擁護者 (n.)
● argue　/ ˈɑrgju /　主張；論證；爭辯 (v.)
● crime　/ kraɪm /　犯罪；罪行 (n.)

fatal
/ ˈfetḷ /
④

形容詞　致命的

Thanks to advances in medical technology,
多虧　　　　　　醫療技術的進步

many diseases that were once ***fatal*** can now be cured.
許多…的疾病　　　昔日致命的　　　　　　　被治癒

多虧醫療技術的進步，許多昔日致命的疾病現在都能根治。

- advance / əd'væns / 進步；進展 (n.)
- medical / 'mɛdɪkl̩ / 疾病的；醫療的 (adj.)
- technology / tɛk'nɑlədʒɪ / 技術 (n.)
- disease / dɪ'ziz / 疾病 (n.)
- cure / kjʊr / 治癒；痊癒 (v.)

as long as...
/ əz lɔŋ əz /
1

片語　只要

As long as you <u>continue to</u> <u>love each other</u>, your
　　　　　　繼續…　　　　　　深愛對方

marriage will succeed.

只要你們繼續深愛彼此，你們的婚姻就會成功。

- succeed / sək'sid / 成功；有作為 (v.)

properly
/ 'prɑpə·lɪ /
3

副詞　適切地；正確地

It's important to ***properly*** <u>dispose of</u> <u>things like</u> used
　　　　　　　　　　妥善處理…　　　　像…這一類的物品

batteries and <u>motor oil</u>.
　　　　　　　　機油

妥善處理廢電池和機油這一類的東西很重要。

- dispose of / dɪ'spoz ʌv / 清除；銷毀 (v.)
- motor / 'motə· / 機動車的；汽車的 (adj.)
- used / juzd / 舊的；用舊了的 (adj.)

treat
/ trit /
2

動詞　治療；醫治

Some hospitals <u>refuse to</u> ***treat*** uninsured patients.
　　　　　　　　拒絕…

有些醫院拒絕治療沒有保險的患者。

- refuse / rɪ'fjuz / 拒絕；不願 (v.)
- uninsured / ʌnɪn'ʃʊrd / 未投保的；無保險的 (adj.)

recovery
/ rɪ'kʌvərɪ /
4

名詞　康復；復原

She'll need to <u>stay in the hospital</u> for <u>the first few weeks</u>
　　　　　　　　住院　　　　　　　　　　　…的頭幾週

<u>of</u> her ***recovery***.

在復原的前幾週，她將需要住院。

09
癌症 ₅

最常用的治療方法有三種

三種最常見的癌症治療方法有：❶手術❷切除、❸放射線❹治療、和❺化學治療。

The three most common methods of treating cancer are ❶surgical
三種最常見的方法　　　　　　　　　　癌症治療　　　　　/ 'sɝdʒɪkl̩ /

❷removal, ❸radiation ❹treatment and ❺chemotherapy.
/ rɪ'muvl̩ /　　/ ˌredɪ'eʃən /　　/ 'tritmənt /　　　/ ˌkɛmo'θɛrəpɪ /

重要字詞

surgical
/ 'sɝdʒɪkl̩ /
★

形容詞　外科用的；外科手術的

Everyone in the operating room was wearing a ***surgical***
　　　　　　　　手術室　　　　　　　　　戴著外科口罩
mask.

手術房的所有人都戴著外科用口罩。

- operating　/ 'ɑpəretɪŋ /　外科手術的　(adj.)
- mask　/ mæsk /　面具；面罩　(n.)

removal
/ rɪ'muvl̩ /
6

名詞　切除；移除

Mike was sick of having to shave every day, so he
　　　　厭煩…
decided to try laser hair ***removal***.
　　決定嘗試…

麥可厭倦了每天都要刮鬍子，所以決定嘗試雷射除毛。

- be sick of + 動詞 ing　（厭倦、厭惡做某事）　(phr.)
- shave　/ ʃev /　刮鬍子；修剪　(v.)
- laser　/ 'lezɚ /　雷射　(n.)
- laser hair removal　雷射除毛　(phr.)

radiation
/ ˌredɪˈeʃən /
[6]

名詞　放射線；輻射能

Many Uighurs in Xinjiang have been exposed to
　　　維吾爾人　　　新疆

radiation from Chinese atomic tests.
　…的放射線　　　　　　核武測試

許多新疆的維吾爾人曝露在中國核武測試的放射線威脅之中。

- exposed　/ ɪkˈspozd /　暴露的；易招致危害的 (adj.)
- be exposed to...　暴露於…之下 (phr.)
- atomic　/ əˈtɑmɪk /　原子能的；原子武器的 (adj.)

treatment
/ ˈtritmənt /
[2]

名詞　治療；療法

If you're really feeling that sick, you should
　　　　　　　　　　那麼不舒服

seek medical ***treatment***.
尋求醫療

如果你真的覺得那麼不舒服，就應該尋求醫療。

- that　/ ðæt /　（用以強調程度）那麼地 (adv.)
- seek　/ sik /　尋求；探索；追求 (v.)

chemotherapy
/ ˌkɛmoˈθɛrəpɪ /
[★]

名詞　化學療法；化學治療

The ***chemotherapy*** made her lose her hair, but her
　　　　　　　　　　　　　頭髮都掉光了

smile still remained.
笑容　　　　保持

化療使她掉光了頭髮，但她仍保持笑容。

- remain　/ rɪˈmen /　仍然是；保持不變 (v.)

實用表達法整理

— 三種最常見的方法　　　the three most common methods
— 手術切除　　　　　　　surgical removal
— 放射線治療　　　　　　radiation treatment

09

癌症 ₆

適合學習的
較慢速度MP3
短文
105 / 字詞
106

迷信偏方可能因延誤治療而送命

然而，癌症❶致命的風險會增加——當❷患者沒有❸尋求❹立即的❺醫療，只因他們❻迷信地❼相信❽未經科學證實的療法（偏方）。

The <u>risk</u> of ❶fatality <u>increases</u>, however, for ❷patients who do not
風險　　　　　/ fe'tælətɪ /　增加　　　　　　　　　　/ 'peʃənts /

❸seek ❹immediate ❺medical attention because they ❻superstitiously
/ sik /　/ ɪ'midɪət /　　/ 'mɛdɪkl̩　ə'tɛnʃən /　　　　　　　　　/ ˌsupɚ'stɪʃəslɪ /

❼believe in <u>cures</u> ❽untested by science.
/ bɪ'liv /　　療法　　/ ʌn'tɛstɪd /　/ 'saɪəns /

重要字詞

fatality

/ fe'tælətɪ /

4

名詞　**致命性；死亡**

<u>Racecar driving is a dangerous sport in which</u>
　　賽車　　　　　　　　　…的危險運動

fatalities <u>can occur</u>.
　　可能會致命

賽車是一種可能致命的危險運動。

● dangerous　/ 'dendʒərəs /　危險的 (adj.)

patient

/ 'peʃənt /

2

名詞　**病人；患者**

The hospital was crowded with <u>three or four</u> ***patients***
　　　　　　　　　　　　　　　三或四名

<u>per room</u>.
　每間病房

這間醫院每間病房都擠滿三或四名病患。

● crowd　/ kraud /　擠滿；塞滿 (v.)

● be crowded with...　擠滿…、塞滿… (phr.)

● per　/ pɚ /　每；每一 (prep.)

seek
/ sik /
3

動詞　尋求；徵詢

Unsure of what to do, Maya *sought* advice from her
不確定　　做什麼　　　　　　　　　　　　　…的建議
friend.

因為不確定該怎麼做，所以瑪雅尋求朋友的建議。

- seek（現在式），sought　/ sɔt /　（過去式）
- unsure　/ ˌʌnˈʃur /　無把握的；不確定的（adj.）
- be unsure of　不確定…（phr.）

immediate
/ ɪˈmidɪət /
3

形容詞　立即的；馬上的

The *immediate* effect of the storm was
　　　…的立即後果
to shut down all airport traffic.
　　造成所有航空運輸停擺

這場暴風雨的直接影響，是造成所有航空運輸停擺。

- effect　/ ɪˈfɛkt /　效應；影響（n.）
- shut down　/ ʃʌt daʊn /　工廠、商店等關閉；機器停止運轉（phr.）
- traffic　/ ˈtræfɪk /　交通；運輸（n.）

medical attention
/ ˈmɛdɪkḷ əˈtɛnʃən /
3 2

片語　醫藥治療

Help! Our friend is hurt and needs *medical attention*.

幫幫忙吧！我們的朋友受傷了，而且需要醫療。

- hurt　/ hɝt /　受傷的（adj.）

superstitiously
/ ˌsupɚˈstɪʃəslɪ /
6

副詞　迷信地

A surprising number of people *superstitiously*
　　　…的人數驚人的多
base their plans on astrology.
　　用占星術作為計畫根據

會迷信地根據占星術安排計畫的人，出乎意料的多。

- surprising　/ sɚˈpraɪzɪŋ /　令人吃驚的；出人意料的（adj.）
- a number of＋名詞　（一些、一群…）（phr.）

- base / bes / 以…作為基礎 (v.)
- base A on B 以 B 作為 A 的基礎、根據 (phr.)
- astrology / ə'strɑlədʒɪ / 占星術;占星學 (n.)

believe in...
/ bɪ'liv ɪn /
[1]

片語 相信;信仰;信任

I don't care how many people think <u>the house is haunted</u>
房子鬧鬼

—I <u>don't **believe in** ghosts</u>.
不相信有鬼

我不在乎有多少人認為這間房子鬧鬼—我不相信有鬼。

- haunted / 'hɔntɪd / 鬧鬼的 (adj.)
- ghost / gost / 鬼魂;幽靈 (n.)

untested
/ ʌn'tɛstɪd /
[2]

形容詞 未經試驗的;未經考驗的

We think our <u>medicine will work</u>, but it's still **untested**.
藥方有效   尚未經過測試

我們認為我們的藥方會有效,但它尚未經過測試。

- medicine / 'mɛdəsn̩ / 藥;內服藥 (n.)
- work / wɝk / 奏效;產生預期的結果 (v.)

實用表達法整理

— 致命的風險　　　　　　the risk of fatality
— 未尋求立即就醫　　　　do not seek immediate medical attention
— 迷信…　　　　　　　　superstitiously believe in...
— 相信未經科學證實的偏方　believe in cures untested by science

空白筆記頁

空白一頁，讓你記錄學習心得，也讓下一則短文，能以跨頁呈現，方便於對照閱讀。

臍帶血 1

儲存臍帶血蔚為風潮

❶歸功於 ❷多位 ❸名人 ❹代言，❺儲存 ❻臍帶血 ❼似乎已蔚為 ❽風潮。

※

❶Thanks to ❹endorsements from ❷a number of ❸celebrities,
/ θæŋks /   / ɪnˈdɔrsmənts /   / ˈnʌmbɚ /   / səˈlɛbrətɪz /

❺preserving ❻umbilical cord blood ❼appears to have become a ❽fad.
/ prɪˈzɝvɪŋ /   / ʌmˈbɪlɪkḷ ˈkɔrd blʌd /   / əˈpɪrz /   / fæd /

關於 "代言" 的英語表達

※ 要用英語表達 "代言" 的意思，本書曾提到兩個方式：

　（1）用單字表達：endorsement（代言；背書）〈名詞〉

　（2）用句子表達出 "代言" 的概念：

　　　（p172）products <u>pitched</u> by Wang invariably sell better

　　　（任何商品只要由王建民<u>代言</u>，總是會賣得更好。〈原形：pitch / pɪtʃ / 〉）

重要字詞

thanks to...	片語 多虧；歸功於
/ θæŋks tu /	***Thanks to*** the city's brave firefighters, <u>no one was killed</u> 無人傷亡
1	in the blaze.
	多虧本市勇敢的消防隊員，這場大火無人傷亡。
	● thanks to＋名詞（多虧…；歸功於…）
	● brave / brev / 勇敢的；無畏的 (adj.)
	● firefighter / ˈfaɪrˌfaɪtɚ / 消防員 (n.)
	● blaze / blez / 烈火；火災 (n.)

endorsement

/ ɪn'dɔrsmənt /

★

名詞　代言；背書

Many <u>star athletes</u> <u>make more money from</u> product
　　　　明星運動員　　　　　　從…賺更多錢

endorsements than <u>they do on the court</u>.
　　　　　　　　　　　　　　他們在運動場上的收入

許多明星運動員代言產品的收入，超過本業收入。

- athlete　/ 'æθlit /　運動員 (n.)
- court　/ kort /　球場 (n.)

a number of...

/ ə 'nʌmbɚ ʌv /

1

片語　一些的；部分的

A number of <u>Taiwanese film directors</u> have
　　　　　　　台灣電影導演

<u>received critical acclaim</u> abroad.
　　獲得了影評的肯定

一些台灣電影導演，在海外都獲得了影評的肯定。

- a number of ＋名詞複數型（一些的…）
- director　/ də'rɛktɚ /　（電影、戲劇等的）導演 (n.)
- critical　/ 'krɪtɪkl̩ /　評論性的 (adj.)
- acclaim　/ ə'klem /　喝采；稱讚 (n.)
- abroad　/ ə'brɔd /　在國外地；到國外地 (adv.)

celebrity

/ sə'lɛbrətɪ /

5

名詞　名人；名流；著名

<u>The success of</u> her book <u>made her a</u> ***celebrity***.
　　…的成功　　　　　　　使她聲名大噪

著作的成功使她聲名大噪。

preserve

/ prɪ'zɜv /

4

動詞　保存；保藏；防腐

<u>Even in the fridge</u>, <u>fresh milk</u> can't be ***preserved***
　即使放在冰箱　　　　鮮奶

<u>for very long</u>.
　長期

即使把鮮奶放在冰箱，還是無法長期保存。

- fridge　/ frɪdʒ /　冰箱 (n.)

umbilical cord
/ ʌmˈbɪlɪk̩ ˈkɔrd /
　④

名詞　臍帶

A few seconds after the baby girl was born, a nurse cut
幾秒鐘
her **umbilical cord** with a pair of scissors.
　　　　　　　　　　　　　　　一把剪刀
當小女嬰出生幾秒後，一名護士用剪刀剪斷她的臍帶。

● scissors　/ ˈsɪzɚz /　剪刀 (n.)

appear to...
/ əˈpɪr tu /
①

片語　看來；似乎；好像

This vending machine **appears to** be broken.
　　　這台自動販賣機　　　　　　　　　　是故障的
這台自動販賣機好像故障了。

● vend　/ vɛnd /　出售；販賣 (v.)

● machine　/ məˈʃin /　機器 (n.)

● broken　/ ˈbrokən /　破損的；出毛病的 (adj.)

fad
/ fæd /
⑤

名詞　一時的風尚；短暫的狂熱

Bell-bottom jeans were a **fad** of the 1970s. ※
喇叭褲　　　　　　　　　　　　　　　70年代
喇叭褲在 1970 年代蔚為風潮。

● bell-bottom　/ ˈbɛlˌbɑtəm /　褲管成喇叭狀的 (adj.)

● jeans　/ dʒinz /　牛仔褲；斜紋工作褲 (n.)

● 1970s　/ ˈnaɪnˌtin ˈsɛvn̩tɪz /　1970 年代，指 1970～1979 年

關於 "年代" 的英語表達

※ 英語中，「～年代」是以「年份＋s」表示，如上方句子中的「1970s」。1980、
1990…等年代的說法是：

1980s / ˈnaɪnˌtin ˈetɪz /，指 1980 ～ 1989年

1990s / ˈnaɪnˌtin ˈnaɪntɪz /，指 1990 ～ 1999年

2000s / tu ˈθauzn̩dz /，指 2000 ～ 2009年

2010s / ˈtwɛntɪ tɛnz / 或 / tu ˈθauzn̩d tɛnz /，指2010 ～ 2019年

實用表達法整理

― 歸功於⋯、導因於⋯	thanks to...
― ⋯的代言	endorsements from...
― 多位名人	a number of celebrities
― 儲存臍帶血	preserve umbilical cord blood
― 似乎已蔚為風潮	appear to have become a fad

— 10 —
臍帶血 ₂

適合學習的
較慢速度MP3
短文
109
字詞
110

人類察覺臍帶血的珍貴價值

"臍帶血" ❶意指臍帶和❷胎盤中的血液。多虧醫藥科技的❸進步，人類❹察覺到這是一項❺珍貴的❻資源。

"Cord blood" ❶refers to blood in the <u>umbilical cord</u> and the ❷placenta.
／ rɪˈfɝz tu ／　　　　　　　　　臍帶　　　　　　／ pləˈsɛntə ／

<u>Thanks to</u> ❸advances in <u>medical technology</u>, humans have ❹realized
多虧　　　／ ədˈvænsɪz ／　　醫藥科技　　　　　　　　　　／ ˈriəˌlaɪzd ／

that this is a ❺valuable ❻resource.
　　　　　／ ˈvæljuəbl̩ ／　／ ˈrisɔrs ／

重要字詞

refer to...
／ rɪˈfɝ tu ／
4

片語　意指；指的是

Newspapers <u>are beginning to use</u> <u>the term "G2"</u> to
正開始使用　　　　　G2 這個詞語

refer to the United States and China.

報社正開始使用"G2"這個詞語來指稱美國和中國。

● newspaper　／ ˈnjuzˌpepɚ ／　報社 (n.)

---

placenta
／ pləˈsɛntə ／
★

名詞　胎盤

Because the ***placenta*** is <u>no longer necessary</u>
不再必要

<u>once a baby is born</u>, it <u>comes out along with</u> the baby.
當嬰兒出生後　　　　　　　和…一起排出

因為胎盤在嬰兒一出生後即失去效用，所以會和嬰兒一起排出。

● once　／ wʌns ／　一旦；一…就 (conj.)

● along with...　與…一起 (phr.)

advance

/ əd'væns /

2

名詞　先進；進步；進展

Despite recent **advances**, India remains far behind
仍遠遠落後…

China in the area of elementary education.
　　　在…領域　　　　　初等教育

印度雖然近期進步不少，但在初等教育的領域上仍遠遠落後中
國。

- despite　/ dɪ'spaɪt /　儘管；任憑 (prep.)
- recent　/ 'risnt /　最近的；近來的 (adj.)
- remain　/ rɪ'men /　仍然是；保持不變 (v.)
- elementary　/ ˌɛlə'mɛntərɪ /　初級的；基礎的 (adj.)

realize

/ 'riə͵laɪz /

2

動詞　理解；領會；認識到

He didn't **realize** that he loved her until after she was
　　　　　　　　　　　　　　　　　　　　　　　　　　　直到她離開後

gone.

直到她離開後，他才意識到自己愛著她。

valuable

/ 'væljuəb͵l /

3

形容詞　有價值的；珍貴的

It can be hard to tell which old books are **valuable** and
　　　要…並不容易　　　　　　　　　　舊書

which are just old.
　　　　只是陳年老書

要分辨舊書是珍貴或只是老舊並不容易。

- tell　/ tɛl /　識別；分辨 (v.)

resource

/ 'risɔrs /

3

名詞　資源；財力

Creativity can be just as important a **resource** as
　　　　　　正如同…

knowledge.

創造力正如同知識，是一項重要的資源。

- creativity　/ ˌkrie'tɪvətɪ /　創造力 (n.)

10
臍帶血 3

適合學習的
較慢速度MP3

短文　字詞
111　112

臍帶血富含 "零歲幹細胞"

臍帶血❶富含 "零歲" ❷幹細胞，是人體❸製造血液，以及❹建構❺免疫系統的主要來源。

Cord blood ❶abounds in "zero-year-old" ❷stem cells, the main source
/ əˈbaʊndz /　　　　　零歲　　　　　/ stɛm sɛlz /　　　　…的主要來源

from which the body ❸manufactures blood and ❹builds its ❺immune
　　　　　　　　　　/ ˌmænjəˈfæktʃɚz /　　　　　/ bɪldz /　　　　/ ɪˈmjun /

system.
/ ˈsɪstəm /

重要字詞

abound in...	**片語 大量存在；有許多**
/ əˈbaʊnd ɪn /	<u>Much of Central Asia</u> ***abounds in*** <u>natural gas</u>.
6	大部分的中亞地區　　　　　　　　　　天然氣

大部分的中亞地區都富含天然氣。

- natural / ˈnætʃərəl / 自然的；自然界的 (adj.)
- gas / gæs / 氣體；可燃氣；煤氣 (n.)

stem	**名詞 枝幹；莖；柄**
/ stɛm /	He gave his wife a dozen long-***stemmed*** roses for
4	Valentine's Day.

情人節時，他送給妻子 12 朵長梗玫瑰。

- dozen / ˈdʌzn̩ / 一打；12 個 (n.)
- long-stemmed / lɔŋ stɛmd / 長柄；長莖 (adj.)
- Valentine / ˈvæləntaɪn / 情人 (n.)

cell

/ sɛl /

2

名詞 **細胞**

Hair <u>is made up of</u> dead **_cells_**.
_{由…所構成}

頭髮由死掉的細胞所構成。

- dead / dɛd / 死亡的；枯萎的 (adj.)

manufacture

/ ˌmænjəˈfæktʃɚ /

4

動詞 **（用機器）大量生產、成批製造**

Her uncle's factory **_manufactures_** shoelaces.

她叔叔的工廠生產鞋帶。

- shoelace / ˈʃuˌles / 鞋帶 (n.)

build

/ bɪld /

1

動詞 **建造；興建；建立**

<u>It takes years of</u> responsible <u>money management</u> to
_{需要數年的…} _{理財}
build <u>a good credit rating</u>.
_{建立良好信用評等}

建立良好的信用評等，需要數年的可靠理財。

- responsible / rɪˈspɑnsəbl̩ / 可信賴的；有責任感的 (adj.)
- credit / ˈkrɛdɪt / 信譽；信用 (n.)
- rating / ˈretɪŋ / 等級；級別 (n.)

immune system

/ ɪˈmjun ˈsɪstəm /

6 3

片語 **免疫系統**

<u>Being sick a lot</u> is <u>a sign of</u> a weak **_immune system_**.
_{多病} _{…的一項徵兆}

多病是免疫系統虛弱的一項徵兆。

- weak / wik / 衰弱的；軟弱的 (adj.)

實用表達法整理

─ "零歲" 幹細胞	"zero-year-old" stem cells
─ 身體製造血液	the body manufactures blood
─ 身體建構免疫系統	the body builds its immune system
─ …的主要來源	the main source from...

10

臍帶血 ₄

適合學習的
較慢速度MP3
短文
113
字詞
114

臍帶血可替代 "骨髓移植"

醫師❶表示，利用❷骨髓移植❸可以治療的❹疾病，也可以透過移植臍帶

血❺進行治療。

Doctors❶assert that ❹diseases ❸treatable by ❷bone marrow transplants
　　　　/ ə'sɝt / 　　　 / dɪ'zizɪz / 　　/ 'tritəbḷ / 　　　 / bon　'mæro / 　/ 'træns,plænts /

can also be ❺treated by <u>transplanting cord blood</u>.
　　　　　　　/ 'tritɪd / 　　　　　　移植臍帶血

重要字詞

assert

/ ə'sɝt /

6

動詞　聲稱；表示

"This toothpaste will <u>whiten your yellow teeth</u>," the ad
　　　　　　　　　　　　　使你的黃牙變得亮白無暇
asserted.

這個廣告聲稱"本牙膏將使你的黃牙變得亮白無暇"。

- toothpaste　/ 'tuθ,pest /　牙膏 (n.)
- whiten　/ 'waɪtṇ /　使變白，變得更白 (v.)

disease

/ dɪ'ziz /

3

名詞　疾病；病症

<u>Taiwan was once</u> <u>home to</u> <u>nasty</u> ***diseases*** like malaria
　台灣一度是　　　　 …的溫床　 麻煩疾病
and typhoid.

台灣一度是瘧疾和傷寒等麻煩疾病的好發地。

- home　/ hom /　棲息地；產地 (n.)
- nasty　/ 'næstɪ /　惡劣的；嚴重的；難以處理的 (adj.)
- malaria　/ mə'lɛrɪə /　瘧疾 (n.)
- typhoid　/ 'taɪfɔɪd /　傷寒 (n.)

treatable
/ 'tritəbļ /
2

形容詞　**可治療的**

Unfortunately, ALS <u>is not a</u> ***treatable*** <u>disease</u>.
是一種不治之症

不幸地，漸凍人是一種不治之症。

● unfortunately　/ ʌn'fɔrtʃənətlɪ /　不幸地；遺憾地（adv.）

● ALS　漸凍人症（n.）

bone marrow
/ bon 'mæro /
1　★

片語　**骨髓**

<u>White blood cells</u> <u>are manufactured by</u> ***bone marrow***.
白血球　　　　　　　　　　由…所製造

白血球是由骨髓所製造。

transplant
/ 'træns,plænt /
6

名詞　**移植（器官、皮膚等）**

<u>The patient needs</u> <u>a liver</u> ***transplant*** <u>or she'll die</u>.
肝臟移植　　　　　　　否則她就會不治

這名病患需要肝臟移植，否則就會不治。

● patient　/ 'peʃənt /　病人（n.）

● liver　/ 'lɪvɚ /　肝臟（n.）

treat
/ trit /
2

動詞　**醫治；治療**

<u>Knee injuries like</u> Tyler's <u>can be</u> ***treated*** <u>without surgery</u>.
像…那樣的膝蓋傷勢　　　　　便可治癒　　　　不用開刀

像泰勒那樣的膝蓋傷勢，不用開刀便可治癒。

● knee　/ ni /　膝蓋；膝關節（n.）

● injury　/ 'ɪndʒərɪ /　傷害；損傷（n.）

● surgery　/ 'sɝdʒərɪ /　外科手術（n.）

實用表達法整理

— 醫師聲稱、醫師表示　　doctors assert that...
— 可藉由…進行治療的疾病　diseases treatable by...
— 藉由骨髓移植　　　　　by bone marrow transplants
— 疾病能透過…方法治療　diseases can be treated by＋動詞ing

— 10 —

臍帶血 ₅

適合學習的
較慢速度MP3
短文
115
字詞
116

臍帶血的移植成功率高於骨髓

❶不同於骨髓，臍帶血容易收集，又對❷捐贈者不會引發❸副作用。❹而且臍帶血的❺配對率和移植成功率，❻遠遠高於骨髓。

❶Unlike <u>bone marrow</u>, cord blood <u>is easy to collect</u> and <u>causes no</u>
/ ʌnˈlaɪk /　　骨髓　　　　　　　　　　　　　　　容易取得　　　　　　　不會引發

❸side effects in the ❷donor. ❹Moreover, the ❺match rate and
/ saɪd ɪˈfɛkts /　　　　　/ ˈdonɚ /　　/ mɔrˈovɚ /　　　　/ mætʃ /

<u>transplant success rate</u> of cord blood are ❻considerably higher than for
移植成功率　　　　　　　　　　　　　　　　/ kənˈsɪdərəblɪ /

bone marrow.

重要字詞

unlike

/ ʌnˈlaɪk /

3

介系詞 （用於對比）**與…不同**

Unicycles, **unlike** bicycles, are very difficult to <u>learn to</u>
　　　　　　　　　　　　　　　　　　　　　　　　　　　　學會騎乘
<u>ride</u>.

單輪車不像腳踏車，要學會騎乘非常困難。

● unicycle / ˈjunɪˌsaɪkl̩ / 單輪腳踏車 (n.)

---

side effect

/ saɪd ɪˈfɛkt /

1　2

片語 副作用

<u>One common</u> **side effect** of this <u>allergy medication</u> is
一項常見　　　　　　　　　　　　　　　　過敏藥
constipation.

這種過敏藥的一項常見副作用是便秘。

● allergy / ˈælɚdʒɪ / 過敏反應 (n.)

● constipation / ˌkɑnstəˈpeʃən / 便秘 (n.)

donor

/ ˈdonɚ /

6

名詞　器官捐獻者；捐血者

The money for this research program came from an
…的經費　　　　　　　　　研究計畫　　　　　源自

anonymous **donor**.

此次研究計畫的經費源自一位匿名捐贈者。

● anonymous　/ əˈnɑnəməs /　匿名的；不具名的 (adj.)

moreover

/ mɔrˈovɚ /

4

副詞　此外；而且

Having a sense of humor costs you nothing, but it
　　　　幽默感　　　　不花半毛錢

brings you all kinds of benefits. **Moreover**, it
　　　　　為你帶來各種好處

makes you more fun to be around.
　　　　　　讓別人更樂於與你相處

擁有幽默感不花半毛錢，但它可以為你帶來各種好處。此外，
也讓別人更樂於與你相處。

● benefit　/ ˈbɛnəfɪt /　優勢；益處 (n.)

match

/ mætʃ /

1

名詞　相配的人、物

If you're waiting to meet your perfect **match**,
　　　　　　　　　　　　完美的另一半

you'll probably be waiting a long time.
　　　　那可能有得等了

如果你正在等待完美的另一半，那你可能有得等了。

● probably　/ ˈprɑbəblɪ /　很可能地；大概地 (adv.)

considerably

/ kənˈsɪdərəblɪ /

3

副詞　非常地；很；相當多地

In the United States, black men are **considerably** more
　　　　　　　　　　黑人　　　　　更極有可能

likely than white men to spend time in jail.
　　　　　　白人　　　　坐牢

在美國，黑人比白人更極有可能坐牢。

● be likely　/ ˈlaɪklɪ /　to＋動詞原形　（可能…） (phr.)
● in jail　/ ɪn dʒel /　入獄；坐牢 (phr.)

臍帶血 ₆

適合學習的
較慢速度MP3
短文 字詞
117 118

儲存臍帶血並不便宜

臍帶血的醫療❶益處❷無庸置疑，但是，在臍帶血銀行❸儲存臍帶血的❹
費用並不便宜。

❷There is no d[※]oubt about the medical ❶usefulness of cord blood.
　　　　　　　　/ daʊt /　　　　　　　　　　　　　 / 'jusfəlnɪs /

However, the ❹cost of ❸storing cord blood in a <u>blood bank</u> is not
　　　　　　　　　　　　　　/ 'stɔrɪŋ /　　　　　　　　臍帶血銀行

cheap.

特別說明這個字

※doubt（懷疑；不相信）的 b 不發音，唸作 / daʊt /。
　其他 b 不發音的字還有：debt / dɛt /（負債；借款）、subtle / 'sʌtl̩ /（微妙的）。

重要字詞

there is no
doubt...

/ ðɛr ɪz no daʊt /

2

片語　**毫無疑問；無庸置疑**

There is no doubt that women, <u>on average</u>, <u>live longer</u>
　　　　　　　　　　　　　　　　　平均而言　　　　活得較久

than men.

無庸置疑地，女性平均活得比男性久。

● there is no doubt that＋子句（毫無疑問、無庸置疑地…）

● there is no doubt about＋事物（關於某事、某物是毫無疑問、無
　　庸置疑的）

● average / 'ævərɪdʒ / 平均的 (adj.)

● on average　平均而言 (phr.)

usefulness

/ ˈjusfəlnɪs /

1

不可數名詞 有用；有益；有效

※

After <u>yet another</u> <u>boring lecture</u> <u>on</u> literary theory, Clara
又一堂　　　　　無趣的授課　　關於
<u>began to doubt</u> the ***usefulness*** of her education.
開始懷疑

在又一堂關於文學理論的無趣授課後，克萊拉開始懷疑自己所受教育的益處。

- yet another　/ jɛt əˈnʌðə /　再一個；再一…　(phr.)
- lecture　/ ˈlɛktʃə /　（通常指大學裏的）講座；講課　(n.)
- literary　/ ˈlɪtəˌrɛrɪ /　文學的　(adj.)
- theory　/ ˈθiərɪ /　理論；原理　(n.)
- doubt　/ daʊt /　懷疑；不相信　(v.)

after 形成的介系詞片語

※上述句中的 after 是介系詞，用法為 after ＋人事物（在某人、事、物之後）。要注意，當「after 與 after 所接的字詞（稱為介系詞片語）」在句首時，「介系詞片語」的後方要加上"逗號"。因此是「After yet another..., Clara began....」。

store

/ stɔr /

1

動詞 保存；儲存；保管

Meat has to <u>be ***stored***</u> in a freezer <u>or it will go bad</u>.
被保存　　　　　　　　否則會腐壞

肉類必須存放在冰箱，否則會腐壞。

- meat　/ mit /　肉類　(n.)
- have to＋原形動詞（必須…）
- freezer　/ ˈfrizə /　冰箱　(n.)
- go bad　/ go bæd /　（食物）開始腐壞　(phr.)

實用表達法整理

— 關於…是無庸置疑的　　　there is no doubt about...
— …在醫療上的益處　　　　medical usefulness of＋名詞
— 做…的花費　　　　　　　the cost of＋動詞ing
— 費用高昂、費用不便宜　　the cost is not cheap

10

臍帶血 7

適合學習的
較慢速度MP3

短文 119　字詞 120

移植臍帶血，並非健保的給付範圍

而且，臍帶血的❶移植並非台灣全民❷健康保險（健保）所❸包含的❹醫療行為，百萬元的❺手術費用對一般家庭來說，是❻昂貴到無法負擔的。

Also, cord blood ❶transplantation is not a ❹treatment ❸covered by
/ ˌtrænsplænˈteʃən / 　 / ˈtritmənt / 　 / ˈkʌvəd /

Taiwan's national ❷health insurance, and the million-NT cost of the
/ ɪnˈʃurəns / 　 百萬台幣的費用

❺procedure is ❻prohibitively expensive for ordinary families.
/ prəˈsidʒə / 　 / proˈhɪbɪtɪvlɪ ɪkˈspɛnsɪv / 　 一般家庭

重要字詞

transplan-tation
/ ˌtrænsplænˈteʃən /
6

不可數名詞　移植；移植法

Even with the best available **transplantation** technology,
以現存最好的　　　　　　　　　移植技術
it's rare for a new heart to last more than ten years.
　　　　　　　　　　　維持超過…
即便採用現存最好的移植技術，新植心臟鮮少維持 10 年以上。
- available　/ əˈveləbl /　可獲得的；可利用的 (adj.)
- technology　/ tɛkˈnɑlədʒɪ /　科技；工程技術 (n.)

treatment
/ ˈtritmənt /
2

名詞　治療；療法

No **treatment** for depression is effective 100% of the time.
　　　　　　　　　　　　　　　百分之百有效的　　當今
當今沒有任何憂鬱症療法是百分之百有效的。
- depression　/ dɪˈprɛʃən /　憂鬱症；精神憂鬱 (n.)
- effective　/ ɪˈfɛktɪv /　有效的；起作用的 (adj.)

cover

/ ˈkʌvɚ /

☐1

動詞 包含；涵蓋

The price ***covers*** <u>airfare and accommodation</u> <u>but not</u>
　　　　　　　　　機票和住宿　　　　　　　　　　但不包括餐費

<u>meals</u>.

這個價格包含了機票、住宿，但不包括餐費。

- airfare ／ ˈɛrfɛr ／ 飛機票價 (n.)
- accommodation ／ əˌkɑməˈdeʃən ／ 住宿 (n.)
- meal ／ mil ／ 餐；一頓飯 (n.)

insurance

/ ɪnˈʃurəns /

☐4

名詞 保險

The other driver's ***insurance*** <u>paid for</u> the damage to
　　　　　　　　　　　　　　　　　用於支付

Dave's car.

另一位駕駛的保險，支付了戴夫車子的損壞。

- damage ／ ˈdæmɪdʒ ／ 破壞；損失 (n.)

procedure

/ prəˈsidʒɚ /

☐4

名詞 手術

Don't worry, <u>extracting a tooth</u> is a very simple
　　　　　　　　拔牙

procedure.

別擔心，拔牙是一項非常簡單的手術。

- extract ／ ɪkˈstrækt ／ 取出；拔出 (v.)

be prohibitively expensive

/ bi proˈhɪbɪtɪvlɪ ɪkˈspɛnsɪv /

☐6 ☐2

片語 價格昂貴到令人卻步；貴到承擔不起

<u>Recreational space travel</u> ***is prohibitively expensive***
　　太空休閒旅遊

for <u>all but the very rich</u>.
　　除了巨富之外的所有人

昂貴的太空休閒旅遊，除了巨富可以負擔外，一般人是消受不起的。

- recreational ／ ˌrɛkrɪˈeʃənl̩ ／ 娛樂的；消遣的 (adj.)

11

王建民熱潮 1

適合學習的較慢速度MP3
短文 121 字詞 122

2000 年王建民前往美國

2000 年，王建民前往美國打❶職業棒球。他花了四年多的時間，在❷默默無聞的情況下，在❸小聯盟❹磨練自己的球技。

In 2000, <u>Chien-Ming Wang</u> went to the United States to play
王建民

❶professional baseball. He spent <u>more than four years</u> in ❷obscurity,
/ prə'fɛʃən̩ /　　　　　　　　　　　　　　四年多　　　　　　/ əb'skjurətɪ /

❹honing his skills in the ❸minor leagues,
/ honɪŋ /　　　　　　　/ 'maɪnɚ ligz /

最貼切的英語表達

※ 三年多、四年多…可如此描述：
more than three years（三年多）、more than five years（五年多）。要注意，"一年多" more than one year 的 year 不需要加「s」。

重要字詞

professional
/ prə'fɛʃən̩ /
4

形容詞　**專業的；職業的**

Aren't these pictures great? We <u>had them taken by</u> a
讓它們被某人拍

professional photographer.

這些照片不錯吧？這是我們找一位專業攝影師拍的。

● take a picture（單數）take pictures（複數）拍照 (phr.)
● photographer / fə'tɑgrəfɚ / 攝影師 (n.)

"拍照" 的另一種英語表達

※「拍照」除了用 take a piture 來表示，也可以用 take a photograph 或 take a photo 來表達。（photograph / 'fotə,græf /、photo / 'foto /）

obscurity

/ əb'skjurətɪ /

6

不可數名詞　默默無聞；無名

<u>Too many</u> good teachers labor <u>in **obscurity**</u> without ever
　　　太多的…　　　　　　　　　　　　　　　默默無聞地

<u>receiving the recognition</u> they deserve.
獲得肯定；without（介系詞）＋動詞 ing

太多好老師默默無聞地努力工作，卻未曾得到應有的肯定。

- labor　/ 'lebɚ /　努力幹活 (v.)
- recognition　/ ,rɛkəg'nɪʃən /　認可；讚譽 (n.)
- deserve　/ dɪ'zɝv /　值得；應得 (v.)

hone

/ hon /

★

動詞　磨練；訓練

To **hone** her <u>writing skills</u>, she <u>made a goal to</u> <u>write in</u>
　　　　　　　　寫作技巧　　　　　　定下…的目標　寫（她的）日記

<u>her journal</u> every night.

為了磨練寫作技巧，她定下每晚寫日記的目標。

- goal　/ gol /　目標；目的地 (n.)
- journal　/ 'dʒɝnḷ /　日誌；日記 (n.)

minor leagues

/ 'maɪnɚ ligz /

3　5

片語　（職業球隊）小聯盟

<u>Nearly every</u> <u>major league player</u> has <u>spent time</u> in the
幾乎每一位　　　　大聯盟球員　　　　　　花費時間

minor leagues.

幾乎每位大聯盟的球員都待過小聯盟。

- nearly　/ 'nɪrlɪ /　幾乎；差不多 (adv.)
- major　/ 'medʒɚ /　主要的；大的 (adj.)
- league　/ lig /　聯盟；同盟 (n.)
- major league　（職業球隊）大聯盟 (phr.)

實用表達法整理

— 打職業棒球	play professional baseball
— 花費數年多的時間	spent more than ... years
— 默默無聞地	in obscurity
— 磨練某人的技藝	hone one's skills

11
王建民熱潮 ₂

適合學習的
較慢速度MP3
短文 字詞
123 124

2005 年掀起 "王建民熱潮"

直到 2005 年 4 月，王建民以紐約洋基隊❶先發投手的身分在❷鎂光燈下
❸嶄露頭角。就是這束❹火花，❺引燃了台灣的「王建民❻熱潮」。

（續上頁句子）until he ❸emerged into the ❷limelight in April 2005 by
/ ɪˈmɝdʒd /   / ˈlaɪmˌlaɪt /

becoming a ❶starting pitcher for <u>the New York Yankees</u>. This was the
/ ˈstɑrtɪŋ ˈpɪtʃɚ /   紐約洋基隊

❹spark that ❺ignited "Chien-Ming Wang ❻fever" in Taiwan.
/ spɑrk /   / ɪɡˈnaɪtɪd /   / ˈfivɚ /

重要字詞

emerge
/ ɪˈmɝdʒ /
[4]

動詞　嶄露頭角；興起；出現

<u>To our horror</u>, a bear ***emerged*** <u>from behind the rock</u>.
使我們恐懼 從石頭後面

一隻熊從石頭後方出現，讓我們感到害怕。

● horror / ˈhɔrɚ / 震驚；恐懼 (n.)
● to one's horror 使某人非常震驚、恐懼 (phr.)

limelight
/ ˈlaɪmˌlaɪt /
[★]

不可數名詞　聚光燈；公眾關注的焦點

I <u>wonder if</u> celebrities <u>ever get tired of</u> <u>living life</u> in the
想知道是否… 曾經厭倦 過生活
limelight.

我好奇名人是否曾經厭倦鎂光燈下的生活。

● wonder / ˈwʌndɚ / 想知道 (v.)
● celebrity / səˈlɛbrətɪ / 名人；名流 (n.)
● get tired of+動詞 ing（厭倦於做…）(phr.)

starting pitcher
/ ˈstɑrtɪŋ ˈpɪtʃɚ /

1️⃣ 6️⃣

片語 先發投手

In baseball, there are ***starting pitchers***, <u>relief pitchers</u>
後援投手
and <u>closers</u>.
終場投手

棒球比賽中，有先發投手、後援投手、及終場投手。

● relief / rɪˈlif / 解圍；救援 (n.)
● closer / ˈklozɚ / 終場投手 (n.)

spark
/ spɑrk /

4️⃣

名詞 火花；誘因

Their marriage seems to <u>have lost</u> its romantic ***spark***.
已經失去

他們的婚姻似乎已經失去了浪漫的火花。

● marriage / ˈmærɪdʒ / 結婚；婚姻 (n.)
● romantic / roˈmæntɪk / 浪漫的；愛情的 (adj.)

ignite
/ ɪgˈnaɪt /

⭐

動詞 點燃；激起

The fire <u>was ***ignited*** by</u> a <u>cigarette butt</u>.
由…所引起 香煙煙蒂

這場火災是由一根煙蒂所引起的。

● cigarette / ˌsɪgəˈrɛt / 香煙 (n.)
● butt / bʌt / 煙蒂；煙頭 (n.)

fever
/ ˈfivɚ /

2️⃣

名詞 狂熱；熱潮

<u>Cycling ***fever***</u> is sweeping Taiwan <u>as</u> more and more
單車熱潮 隨著
people dream of <u>completing</u> <u>a trip around the island</u>.
完成 環島旅行

單車熱潮正席捲台灣，有越來越多人夢想要完成環島旅行。

● cycling / ˈsaɪkl̩ɪŋ / 騎自行車運動 (n.)
● sweep / swip / 席捲；橫掃 (v.)
● dream of＋動詞ing（夢想做某事）(phr.)

11
王建民熱潮 ₃

適合學習的
較慢速度MP3
短文 125 字詞 126

王建民被冠上 "台灣之光"

當報導有關王建民的新聞時，許多❶媒體絕不會忘了冠上"台灣之光"的❷
稱號，來❸美化他的名字。

When reporting <u>on</u> Wang, many ❶<u>media outlets</u> never <u>fail to</u>
　　　　　　　　有關　　　　　　　　傳播媒體　　　　　　忘了
　　　　※
❸embellish his name with the ❷epithet, "<u>the glory of Taiwan</u>."
/ ɪmˈbɛlɪʃ /　　　　　　　　　/ ˈɛpəˌθɛt /　　　台灣之光

最貼切的英語表達

※ 經常耳聞的 "在姓名前面加上台灣之光"，用英文可如此描述：
　embellish his name / with the epithet, / "the glory of Taiwan."
　（　美化他的名字　/　用這個稱號　/　　台灣之光　　）

重要字詞

**media
outlets**
/ ˈmidɪə ˈaʊtˌlɛts /
3　6

片語　**傳播媒體**

I like <u>public television</u> because it reports on interesting
　　　　公共電視
stories <u>neglected by</u> other ***media outlets***.
　　　　被…所忽略
我喜歡看公共電視，因為它有被其他媒體所忽略的有趣報導。
● report on（報導有關於…）
● neglect　/ nɪɡˈlɛkt /　忽略；忽視（v.）

fail to…
/ fel tu /
2

片語　**未能；忘記；忽視**

She ***failed to*** finish the report <u>on time</u>.
　　　　　　　　　　　　　　　　準時、及時

她未能及時完成報告。

● fail to＋動詞原形（未能完成、忘記做某事）

embellish
/ ɪmˈbɛlɪʃ /
★

動詞　對…加以渲染；美化

My uncle likes to **embellish** his stories with <u>details that</u>
虛構的情節
<u>are not entirely true</u>.

我叔叔喜歡用虛構的情節來美化他的故事。

● detail　/ ˈditel /　細節；詳情；情節 (n.)
● entirely　/ ɪnˈtaɪrlɪ /　完整地；完全地 (adv.)

epithet
/ ˈɛpəθɛt /
★

名詞　修飾語；綽號；別稱

<u>Opponents</u> of gay marriage <u>are often given the</u> **epithet**
…的反對者　　　　　　　常會被冠上…的稱號
of bigots.

反對同性戀婚姻的人，常會被冠上"偏執者"的稱號。

● opponent　/ əˈponənt /　反對者；阻止者　(n.)
● gay　/ ge /　同性戀的　(adj.)
● gay marriage　同性婚姻　(phr.)
● bigot　/ ˈbɪgət /　（種族、宗教或政治的）頑固盲從者，偏執者　(n.)

glory
/ ˈglɔrɪ /
3

名詞　榮耀；榮譽

His courage <u>won him</u> **glory** on the battlefield.
為他贏得榮耀　　　　　　在戰場上

他的勇氣為他在戰場上贏得榮耀。

● courage　/ ˈkɝɪdʒ /　勇敢；無畏 (n.)
● battlefield　/ ˈbætḷˌfild /　戰場 (n.)

實用表達法整理

— 媒體從來不會忘了要…　　media outlets never fail to...
— 在姓名前面冠上…美名　　embellish one's name with the epithet, "..."

11
王建民熱潮 ₄

適合學習的
較慢速度MP3
短文 字詞
127 128

大家關注王建民的一舉一動

王建民在美國的生活各❶面向（一舉一動），都是大家❷關注的❸焦點。

❹不論是戰績幾勝幾敗、防禦率、年薪、❺肩膀手術、或是升格當爸爸等。

Every ❶aspect of Wang's life in America is a ❸focus of ❷attention,
　　　　/ ˈæspɛkt /　　　　　　　　　　　　　　　 / ˈfokəs /　　 / əˈtɛnʃən /

❹no matter if it's wins and losses, ERA, salary, ❺shoulder surgery, or
　 / ˈmætɚ /　　　戰績幾勝幾敗　　防禦率　年薪　/ ˈʃoldɚ / ˈsɝdʒərɪ /

becoming a father.
升格當爸爸

重要字詞

aspect

/ ˈæspɛkt /

④

名詞　**面向；層面**

His temper is an ***aspect*** of his personality that I find
　　　　　　　　　　　　　　　　　　　　　　　　　　我覺得困擾的

troubling.

我覺得他的壞脾氣，是他的個性中令人困擾的一面。

● temper　/ ˈtɛmpɚ /　脾氣；易怒的性情 (n.)

● troubling　/ ˈtrʌblɪŋ /　令人困擾的 (adj.)

focus

/ ˈfokəs /

②

名詞　**焦點，中心點**

The president's personal life is always a ***focus*** of media
　　　　　　　　私生活　　　　　　　　　　　　　　　　　媒體的監督

scrutiny.

總統的私生活總是媒體監督的焦點。

● president　/ ˈprɛzədənt /　總統；國家主席 (n.)

● one's personal life　某人的私生活 (phr.)

● scrutiny　/ ˈskrutn̩ɪ /　仔細檢查；認真徹底的審查 (n.)

---

attention

/ əˈtɛnʃən /

2

名詞　注意；關注

Children often <u>act up</u> because they want ***attention***.
調皮搗蛋

小朋友通常會用調皮搗蛋來引起關注。

● act up　表現不好；搗亂；做頑皮的事 (phr.)

---

no matter if...

/ no ˈmætɚ ɪf /

1

片語　無論；不管

No matter if it rains or snows, the mail must <u>be delivered</u>.
被送達

不論下雨或下雪，郵件一定要送達。

● no matter if＋子句（無論、不管…）

● deliver　/ dɪˈlɪvɚ /　遞送；交付 (v.)

---

shoulder

/ ˈʃoldɚ /

1

名詞　肩膀

My ***shoulders*** <u>are sore from</u> <u>helping our neighbors move</u>
　　　　　　　　因為…而酸痛　　　　　幫鄰居搬家

yesterday.

我的肩膀因為昨天幫忙鄰居搬家而酸痛。

● sore　/ sɔr /　疼痛的；酸痛的 (adj.)

● neighbor　/ ˈnebɚ /　鄰居 (n.)

---

surgery

/ ˈsɝdʒərɪ /

4

名詞　手術；開刀

The doctors told her she needed ***surgery*** to <u>remove her</u>
　　　　　　　　　　　　　　　　　　　　切除她的腫瘤

<u>tumor</u>.

醫生告訴她必須動手術切除腫瘤。

● tumor　/ ˈtjumɚ /　腫瘤 (n.)

── 11 ──
王建民熱潮 5

適合學習的
較慢速度MP3
短文 129　字詞 130

原本不看棒球的人，也關心起棒球

許多過去從來不看棒球的人，突然對這項運動❶產生❷興趣，全都❸歸功於王建民。

Lots of people who never used to watch baseball have suddenly
許多的…　　　　　　　　　　　過去從來不

❶developed an ❷interest in the sport ❸thanks to Wang.
/ dɪ'vɛləpt /　　　/ 'ɪntrəst /　　　　　　/ θæŋks /

最貼切的英語表達

※ 表達「過去未曾做…」、「過去從來不做…」的想法時，英語的慣用文型是：

never used to＋動詞原形。例如：

never used to / watch baseball（過去從來不 / 看棒球）

never used to / drink coffee（過去從來不 / 喝咖啡）

never used to / eat beef（過去從來不 / 吃牛肉）

重要字詞

used to
/ 'just tu /

2

助動詞　過去經常、過去曾經

I *used to* play tennis a lot, but now I don't even have a
常打網球　　　　　　　　　　甚至連…都沒有

racket.

我以前常打網球，但現在我連球拍都沒有。

- play＋球類運動（打…球；踢…球）

  （play 如用來表示「演奏某樂器」，句型則是「play the＋樂器」）

- tennis　/ 'tɛnɪs /　網球 (n.)

- racket　/ 'rækɪt /　（網球、羽毛球等的）球拍 (n.)

develop
/ dɪˈvɛləp /
2

動詞　發展；使成長；產生；養成

Recently a scientist ***developed*** the technology to make
研發出…的技術
batteries out of paper.
利用紙張

最近，一位科學家研發出用紙張製造電池的技術。

- scientist　/ ˈsaɪəntɪst /　科學家 (n.)
- technology　/ tɛkˈnɑlədʒɪ /　技術 (n.)
- make＋A＋out of＋B（利用 B 做出 A）(phr.)
- battery　/ ˈbætərɪ /　電池 (n.)

interest
/ ˈɪntrəst /
1

名詞　興趣；關注；愛好

He just doesn't have any ***interest*** in math.

他就是對數學沒有任何興趣。

- have an interest in...　對…感興趣 (phr.)
- math　/ mæθ /　數學 (n.)
  （是 mathematics / ˌmæθəˈmætɪks / 的口語說法）

thanks to...
/ θæŋks tu /
1

片語　多虧；歸功於

Thanks to her teacher's help and encouragement, she
was able to get into the college she wanted.
能夠　　　　　進大學

多虧老師的幫忙及鼓勵，她才能進入自己希望的大學。

- thanks to＋某人、某事（多虧、歸功於某人、某事）
- encouragement　/ ɪnˈkɝɪdʒmənt /　鼓舞；鼓勵 (n.)
- college　/ ˈkɑlɪdʒ /　大學 (n.)

實用表達法整理

— 過去未曾做…　　　　　never used to＋動詞原形
— 突然對…產生了興趣　　suddenly developed an interest in...
— 多虧某人、歸功於某人　thanks to＋某人

11

王建民熱潮 6

王建民代言，就能帶來商機

許多人穿著背號 40 號的❶球衣，任何商品只要由王建民❷代言，❸總是
會賣得更好。

Many people wear #40 ❶jerseys, and products "❷pitched" by Wang
/ ˈdʒɝ·zɪz /　　　　　　　　　　　　　/ pɪtʃt /　　　　※
　　　　　　　　　　　　　　　　　　　　　　　　　被王建民

❸invariably sell better.
/ ɪnˈvɛrɪəblɪ /　　銷售更好

特別說明這個字

※pitch 同時有「投球」和「推銷」的意思，pitched by Wang＝被王建民推銷、被王建民
　投出。

※短文中把 "pitched" 當成一個趣味的「雙關語」（pun / pʌn /），並加上 " " 符號
　來顯示這個字另藏玄機。隱喻王建民不但善於投球，也有助於促銷商品，帶來商機。

重要字詞

jersey
/ ˈdʒɝ·zɪ /
★

名詞　球衣；運動衫

This is the **_jersey_** I wear when I play basketball with my
　　　　　　　　　　　　　　　　　　　　　　跟我的球隊打籃球
team.

這就是我跟我的球隊打籃球時所穿的球衣。

pitch (1)
/ pɪtʃ /
2

動詞　投球

Clay Buchholz **_pitched_** a no-hitter in 2007.
　　　　　　　　　　　　　　　無安打比賽
克雷 · 布克霍爾茲於 2007 年投出一場 "無安打" 的比賽。

● no-hitter　/ ˈnoˈhɪtɚ /　無安打比賽 (n.)

pitch (2)

/ pɪtʃ /

2

動詞 推銷

That actor is always <u>on TV</u> *pitching* products like <u>stain</u>
　　　　　　　　　在電視上　　　　　　　　　　　　　　　　去漬劑

<u>remover</u> and <u>super glue</u>.
　　　　　　　　強力膠

那個演員總是在電視上推銷去漬劑和強力膠之類的產品。

- actor　/ 'æktɚ /　演員 (n.)
- stain　/ sten /　污點；污跡 (n.)
- remover　/ rɪ'muvɚ /　清除劑 (n.)
- super　/ 'supɚ /　超級的；特級的 (adj.)
- glue　/ glu /　膠；膠水 (n.)

invariably

/ ɪn'vɛrɪəblɪ /

6

副詞 總是；一貫地

It seems like <u>American romantic movies</u> *invariably*
　　　　　　　　　美國的愛情電影

have a <u>happy ending</u>.
　　　　　美好結局

美國的愛情電影似乎總有一個美好的結局。

- it seems like＋子句（看起來、似乎…）(phr.)
- romantic　/ rə'mæntɪk /　富浪漫色彩的 (adj.)
- ending　/ 'ɛndɪŋ /　結局；結尾 (n.)

實用表達法整理

— 穿著背號…號的球衣　　wear #... jerseys（# 唸作 / 'nʌmbɚ /）
— 由某人代言、由某人推銷　pitched by＋某人

王建民熱潮 7

適合學習的
較慢速度MP3
短文 字詞
133 134

美國球探，開始注意台灣球員

因為王建民，許多年輕球員以到美國打職棒為目標；也讓許多美國❶球探，開始❷注意年輕的台灣球員。

<u>Because of</u> Chien-Ming Wang, many <u>young players</u> have <u>set a goal of</u>
　因為　　　　　　　　　　　　　　　　　　年輕球員　　　　　以…為目標 / gol /

<u>playing pro ball</u> in America, and many American ❶scouts have begun to
　打職棒　　　　　　　　　　　　　　　　　　　　　　　/ skaʊts /

❷take notice of <u>young Taiwanese players</u>.
　/ ˈnotɪs /　　　年輕的台灣球員

重要字詞

set a goal
of...

/ sɛt ə gol ʌv /

2

片語　以…為目標；立定…的目標

We've decided to ***set a goal of*** spending <u>at least one</u>
　　　　　　　　　　　　　　　　　　　　　　　每週至少一小時

<u>hour a week</u> <u>doing volunteer work</u>.
　　　　　　　投身義務工作

我們決定立定一個目標，每週至少做一小時義工。

● set a goal of＋動詞ing（以做…為目標）

● decide ／ dɪˈsaɪd ／　決定（v.）

● decide to＋動詞原形（決定做…）

● at least　至少（phr.）

● spend ／ spɛnd ／　花（時間）（v.）

　（過去式、過去分詞是 spent / spɛnt /）

● spend＋動詞ing（花時間做…）

● volunteer ／ ˌvɑlənˈtɪr ／　義務工作者；志願者（n.）

scout	名詞　偵察員；球探
/ skaut /	NBA **scouts** <u>go all over the world</u> looking for <u>new talent</u>. 　　　　　　　　　　　到全球各地　　　　　　　傑出新秀
3	NBA 球探會在全球各地尋找傑出新秀。

- NBA（＝National Basketball Assosiation）美國職籃協會 (n.)
- go＋動詞 ing（去做…）
- look for　尋覓…、希望得到… (phr.)
- talent / 'tælənt /　人才；天才 (n.)

take notice of...	片語　注意到；關注；理會
/ tek 'notɪs ʌv /	The CEO never **takes** any **notice of** my work. ※
1	執行長從不注意我的工作。

- CEO（＝chief executive officer）執行長 (n.)
- chief / tʃif /　首要的；最高級的 (adj.)
- executive / ɪg'zɛkjətɪv /　行政領導；領導階層 (n.)
- officer / 'ɔfəsɚ /　高級職員 (n.)

最貼切的英語表達

※ 「never take any notice of」是「從來沒有注意…」，never（從來不）是修飾 take notice of（注意到）的頻率。

※ 如果要形容「注意到、關注到」的程度多寡時，可以這樣描述：

take no notice of...（完全沒有注意到…）

take much notice of...（非常注意…）

實用表達法整理

— 以做…為目標	set a goal of＋動詞ing
— 在美國打職棒	play pro ball in America
— 開始注意…	begin to take notice of...
— 年輕的台灣球員	young Taiwanese players

12
電視台選秀節目 1

適合學習的
較慢速度MP3
短文 135 / 字詞 136

選秀節目爆紅

近幾年來，❶電視台選秀比賽變得❷極度受歡迎（突然爆紅），❸吸引❹超越以往的眾多❺觀眾（收視創佳績）。

<u>Over the past few years,</u> ❶televised talent competitions have grown
近幾年來　　　　　　　　/ ˈtɛləˌvaɪzd / / ˈtælənt / / ˌkɑmpəˌtɪʃənz /

❷hugely popular, ❸attracting ❹record <u>numbers of</u> ❺viewers.
/ ˈhjudʒlɪ /　　　　　/ əˈtræktɪŋ /　/ ˈrɛkəd /　眾多　　/ ˈvjuəz /

重要字詞

talent	名詞　天資；天賦
/ ˈtælənt /	Her sister <u>has a real **talent** for</u> acting.
②	非常具有…的天分
	她姐姐非常具有表演天分。
	● acting　/ ˈæktɪŋ /　（戲劇、電影等的）表演 (n.)

competition	名詞　比賽；競爭
/ ˌkɑmpəˌtɪʃən /	You should <u>enter</u> your picture into the <u>photography</u>
④	報名參加…　　　　　　　　　　　攝影比賽
	competition.
	你應該把你拍的照片拿去參加攝影比賽。
	● enter　/ ˈɛntə /　報名參加（考試、比賽等）(v.)
	● photography　/ fəˈtɑgrəfɪ /　攝影 (n.)

hugely	副詞　極度地；極其地
/ ˈhjudʒlɪ /	The iPod has been a **_hugely_** <u>profitable product</u> for Apple.
①	一項高獲利產品

iPod 一直是蘋果公司的高獲利產品。

- profitable ／ ˈprɑfɪtəbl̩ ／ 有利潤的；盈利的 (adj.)

attract
／ əˈtrækt ／
3

動詞　吸引；使喜愛

The <u>street musician</u> had ***attracted*** <u>quite a crowd</u>.
街頭音樂家　　　　　　　　　　　　　　相當可觀的觀眾

這位街頭音樂家吸引了一大群觀眾。

- musician ／ mjuˈzɪʃən ／ 音樂家；作曲家 (n.)
- quite a＋名詞（相當…的、頗為…的）(phr.)
- crowd ／ kraud ／ 人群；觀眾 (n.)

record
／ ˈrɛkəd ／
2

形容詞　破紀錄的；甚於以往的

The <u>weather forecast</u> says that temperatures will
氣象預報
<u>reach ***record*** highs</u> this week.
創新高紀錄

氣象預報表示本週氣溫將創新高。

- temperature ／ ˈtɛmprətʃə ／ 溫度；氣溫 (n.)
- reach ／ ritʃ ／ 達到（某點）；進入（某階段）(v.)
- high ／ haɪ ／ 最高水平；最大數量 (n.)

viewer
／ ˈvjuə ／
5

名詞　電視觀眾；觀看者

We're <u>conducting a survey of</u> television ***viewers***
　　　對…進行一項民意調查　　　　　　收視群
<u>between the ages of 18 and 25</u>.
18 到 25 歲之間

我們正針對 18 到 25 歲的收視群進行一項民意調查。

- conduct ／ kənˈdʌkt ／ 實施；進行 (v.)
- survey ／ ˈsɜve ／ 民意調查；民意測驗 (n.)

實用表達法整理

— …突然爆紅　　　　　　　　　　…has / have grown hugely popular
— 吸引破紀錄的收視人次（收視創佳績）attracting record numbers of viewers

12
電視台選秀節目 2

適合學習的
較慢速度MP3
短文 字詞
137 138

捧紅了參賽者、評審與主持人

這類節目❶不僅將❷參賽者與❸主持人❹推進❺鎂光燈的焦點（捧紅了參賽者與主持人），❶而且❻評審們對參賽者的❼評分方式，也❽引發了❾廣泛的❿討論。

❶<u>Not only</u> have these programs ❹<u>thrust</u> their ❷contestants and
不僅… / θrʌst / / kənˈtɛstənts /

❸hosts ❹<u>into</u> the ❺limelight, ❶<u>but</u> the <u>way</u> the ❻judges ❼evaluated
/ hosts / / ˈlaɪmˌlaɪt / 而且… 方式 / dʒʌdʒɪz / / ɪˈvæljuˌetɪd /

the contestants has ❽provoked ❾widespread ❿discussion.
/ prəˈvokt / / ˈwaɪdˌsprɛd / / dɪˈskʌʃən /

重要字詞

not only...,
but...

/ nɑt ˈonlɪ bʌt /

1

片語　不僅…也…；不但…而且…

Not only <u>was</u> she <u>rude to</u> my parents, ***but*** she
對…無禮
<u>even offended</u> my wife.
甚至冒犯

她不但對我的父母親無禮，甚至冒犯我的妻子。

- not only＋子句, but＋子句（不僅…也…）

【接續說明】
not only 所接子句的「主詞和 be 動詞」，或是「主詞和助動詞」要倒裝，所以此處是「Not only was she...」，上方短文是「Not only have these programs...」。
（主詞）she 和（be 動詞）was 倒裝
（主詞）these programs 和（助動詞）have 倒裝

- rude / rud / 粗魯的；無禮的 (adj.)
- offend / əˈfɛnd / 得罪；冒犯 (v.)

thrust... into...
/ θrʌst 'ɪntə /
5

片語　推入；推向

<u>Suddenly</u> he <u>found himself</u> ***thrust into***
　　　意外地　　　　　　發現自己

<u>the stressful environment</u> of <u>a stock exchange</u>.
　　　…的緊張情境　　　　　　　　證券交易所

他驚覺自己陷入證券交易所的緊張情境中。

- stressful　/ 'strɛsfəl /　壓力重的；緊張的　(adj.)
- environment　/ ɪn'vaɪrənmənt /　環境　(n.)
- stock　/ stɑk /　股票　(n.)
- exchange　/ ɪks'tʃendʒ /　交易（所）　(n.)

contestant
/ kən'tɛstənt /
6

名詞　參賽者；競爭者

<u>Wouldn't it be fun</u> to be a ***contestant*** on a game show?
　　　不是會很有趣嗎　　　　　　　　　…的參賽者

作為一個遊戲節目的參賽者不是會很有趣嗎？

- game show（電視）遊戲表演；競賽節目　(phr.)

host
/ host /
2

名詞　節目主持人

It's easy for <u>a quiz show ***host***</u> to look smart when he's
　　　　　　益智節目的主持人

<u>holding the answers</u> <u>in his hand</u>.
　將…握在手中

當益智節目的主持人把答案握在手中，很容易就會讓他們看起來很聰明。

- quiz　/ kwɪz /　機智問題　(n.)
- quiz show（益智節目）　(phr.)

limelight
/ 'laɪm,laɪt /
★

不可數名詞　聚光燈；公眾關注的焦點

After <u>a five-year break</u> from <u>making movies</u>, she's now
　　　　五年的休息　　　　　　　拍片

back in the ***limelight***.

暫停拍片五年後，她再度回到鎂光燈下。

judge
/ dʒʌdʒ /
2

名詞 裁判；評審

My daughter's school has <u>asked me</u> to be <u>a ***judge*** for</u>
邀請我   …的裁判
their <u>science fair</u>.
科展

我女兒的學校邀請我擔任科展的評審。

- science / 'saɪəns / 科學 (n.)
- fair / fɛr / 展覽會；博覽會 (n.)

evaluate
/ ɪ'vælju‚et /
4

動詞 評估；評價；評分

I don't understand how <u>figure skating routines</u> are
花式溜冰表演
evaluated.

我不懂花式溜冰表演要如何評分。

- figure / 'fɪgjɚ / （冰上表演動作的）花樣 (n.)
- skating / 'sketɪŋ / 溜冰 (n.)
- figure skating 花式溜冰 (phr.)
- routine / ru'tin / （演出中的）一套動作（n.)

provoke
/ prə'vok /
6

動詞 激起；引發

Her new <u>film</u> has ***provoked*** <u>a great deal of controversy</u>.
電影   很大的爭議
她的新電影引起很大的爭議。

- a great deal of+事物（大量的、許多的某事、某物）(phr.)
- controversy / 'kɑntrə‚vɝsɪ / 爭議；爭論 (n.)

widespread
/ 'waɪd‚sprɛd /
5

形容詞 普遍的；廣泛的

The <u>economic crisis</u> has caused ***widespread***
經濟危機
unemployment.

這次的經濟危機造成大量的失業人口。

- economic / ‚ikə'nɑmɪk / 經濟的；經濟上的 (adj.)

- crisis　/ ˈkraɪsɪs /　危機 (n.)
- unemployment　/ ˌʌnɪmˈplɔɪmənt /　失業；失業人數 (n.)

discussion
/ dɪˈskʌʃən /
[2]

名詞　討論；談論

Let's not argue—I want to have a civil ***discussion***.
平和的討論

我們不要吵了－我想要平心靜氣地談談。

- argue　/ ˈɑrgju /　爭論；爭吵 (v.)
- civil　/ ˈsɪvl̩ /　有禮貌的；客氣的 (adj.)

實用表達法整理

— 不僅…而且…　　　　Not only... , but...
— 捧紅了…；　　　　　thrust ... into the limelight
　將…推向鎂光燈的焦點
— 評審的評分風格　　　the way the judges evaluated the contestants
— 引發普遍的討論　　　provoke widespread discussion

── 12 ──
電視台選秀節目 ₃

每周都有參賽者遭到淘汰

這一類節目的主要❶觀眾❷包含學生與上班族，每周都呈現不同的❸競賽
主題，而當周❹得分最低的參賽者將會❺被淘汰。

The main ❶audience for these programs ❷consists of students and
　　　　　/ ˈɔdɪəns /　　　　　　　　　　　/ kənˈsɪsts /

young office workers. Each week brings a different ❸competitive event,
年輕的上班族　　　　　　　　　每周呈現…　　　　　　　　/ kəmˈpɛtətɪv /　/ ɪˈvɛnt /

and each week the contestants with the lowest ❹scores ❺are eliminated.
　　　　　　　　　參賽者　　　　獲得最低的　　/ skɔrz /　　/ ɪˈlɪməˌnetɪd /

重要字詞

audience
/ ˈɔdɪəns /
③

名詞　觀眾；聽眾；讀者

As the curtain fell, the **audience** stood up and
　　謝幕　　　　　　　　　　　起立；stood 是 stand 的過去式
applauded enthusiastically.
　　　　熱情鼓掌

幕一落下，觀眾便起立熱情鼓掌。

- curtain　/ ˈkɝtn̩ /　舞台上的帷幕 (n.)
- applaud　/ əˈplɔd /　鼓掌 (v.)
- enthusiastically　/ ɪnˌθjuzɪˈæstɪk̬l̩ɪ /　熱心地；熱情地 (adv.)

consist of...
/ kənˈsɪst əf /
④

片語　由…組成；包含

His diet **consists** mainly **of** junk food.
　　　　　　　　大部分地　　　垃圾食物

他的日常飲食大部分都是垃圾食物。

- diet / ˈdaɪət / 日常飲食；日常食物 (n.)
- junk / dʒʌŋk / 無用、無價值的東西 (n.)
- junk food 垃圾食物 (phr.)

competitive
/ kəmˈpɛtətɪv /
4

形容詞 競爭的；具競爭力的

We're <u>not really</u> ***competitive***—we just play basketball
　　　　　並非真的…
<u>for fun</u>.
　為了消遣

我們打籃球只是為了消遣，並非真的想一較高下。

event
/ ɪˈvɛnt /
2

名詞 比賽項目；競爭項目（尤指運動比賽）

The decathlon <u>consists of</u> <u>ten different</u>
　　　　　　　　包含…　　　　十種不同的
<u>track and field</u> ***events***.
　田徑運動項目

「十項全能競賽」包含十種不同的田徑運動項目。

- decathlon / dɪˈkæθlən / 十項全能運動 (n.)
- track / træk / 比賽跑道；徑賽運動 (n.)
- field / fild / 運動場 (n.)
- track and field 田徑運動 (phr.)

score
/ skɔr /
2

名詞 得分；成績

In golf, the <u>player</u> <u>with the lowest</u> ***score*** wins.
　　　　　　選手　　　　獲得最低分

在高爾夫比賽中，得分最低者獲勝。

eliminate
/ ɪˈlɪməˌnet /
4

動詞 （比賽中）淘汰；刪除

If you don't know the <u>right answer</u>, you can <u>start by</u>
　　　　　　　　　　　正確答案　　　　　　　由…開始
trying to ***eliminate*** the answers <u>you know are wrong</u>.
by（介系詞）＋動詞 ing　　　　　　　　　你知道是錯的…

如果你不知道正確答案，可以試著從刪除你認為是錯的答案著
手。

12

電視台選秀節目 4

觀眾能感受到極大的戲劇性

❶除了欣賞表演，觀眾還能在❷等待評分結果時，❸感受到❹強烈的戲劇性。

❶Besides <u>enjoying the performances</u>, <u>viewers</u> can ❸savor the ❹intense
／ bɪˈsaɪdz ／　　　　欣賞表演　　　　　　觀眾們　　　　　／ ˈsevɚ ／　　　／ ɪnˈtɛns ／

<u>drama</u> as they ❷<u>wait</u> for <u>the results of the judging</u>.
戲劇性　　　　　／ wet ／　　　　評分結果

重要字詞

besides

／ bɪˈsaɪdz ／

②

介系詞　**除了…之外，還…**

Besides <u>hiking trails</u>, <u>Taiwan's mountains</u> <u>offer</u>
　　　　　　　登山步道　　　　　　台灣的山區　　　　提供
<u>hot springs</u>, <u>bike paths</u> and many other <u>attractions</u>.
　溫泉　　　　可騎自行車的路徑　　　　　　　　　風景名勝

除了登山步道，台灣的山區還有溫泉、可騎自行車的路徑、以及其他許多風景名勝。

- hiking　／ ˈhaɪkɪŋ ／　健行；徒步旅行 (n.)
- trail　／ trel ／　（散步用）鄉間小徑 (n.)
- offer　／ ˈɔfɚ ／　提供；貢獻 (v.)
- spring　／ sprɪŋ ／　泉 (n.)
- bike　／ baɪk ／　自行車 (n.)
- path　／ pæθ ／　路徑 (n.)
- attraction　／ əˈtrækʃən ／　吸引人之處、吸引人之物 (n.)

savor

/ ˈsevɚ /

★

動詞　品嚐；欣賞

She ate her steak slowly, ***savoring*** its delicious flavor.

美味

她慢條斯里地吃著牛排，細細品嘗箇中美味。

- steak　/ stek /　牛排 (n.)
- delicious　/ dɪˈlɪʃəs /　美味的；可口的 (adj.)
- flavor　/ ˈflevɚ /　味道 (n.)

intense

/ ɪnˈtɛns /

4

形容詞　激烈的；強烈的

After two hours of ***intense*** fighting, Napoleon's army

2 小時的…　　　　　　激戰

won the battle.

贏得戰役

歷經兩個小時的激戰後，拿破崙的軍隊贏得勝利。

- fighting　/ ˈfaɪtɪŋ /　打仗；作戰 (n.)
- battle　/ ˈbætl̩ /　戰役；戰鬥 (n.)

wait for...

/ wet fɔr /

4

片語　等候；等待

He ***waited for*** the bus for an hour, but it never came.

始終沒來

他等了一小時的公車，但公車始終沒來。

- wait for＋人、物（等候、等待某人或某物）

實用表達法整理

— 享受表演；欣賞表演　　enjoying the performances
— 感受到強烈的戲劇張力　savor the intense drama
— 評分結果　　　　　　　the results of the judging

— 12 —
電視台選秀節目 ₅

節目內容有別傳統，令人耳目一新

這類節目❶獨樹一格地，❷不同於觀眾❸習以為常的❹傳統的歌唱或❺綜
藝節目。

Shows like this are ❶refreshingly ❷different from the ❹traditional
  像這樣的節目   / rɪˈfrɛʃɪŋlɪ /   / ˈdɪfrənt /   / trəˈdɪʃənḷ /

singing and ❺variety programs that viewers ❸are used to.
                / vəˈraɪətɪ /   / just /

重要字詞

refreshingly

/ rɪˈfrɛʃɪŋlɪ /

4

副詞　別具一格地；具新鮮感地

Compared with her coworkers' black suits, her yellow
  比起…   黑色套裝

dress looked **_refreshingly_** cheerful.
      看起來格外令人神清氣爽

比起她同事們的黑色套裝，她的黃色洋裝看起來令人神清氣
爽。

- compared　/ kəmˈpɛrd /　比較的；對照的　(adj.)
- coworker　/ ˈkoˌwɝkə /　同事；幫手　(n.)
- suit　/ sut /　套裝　(n.)
- dress　/ drɛs /　連身裙　(n.)
- cheerful　/ ˈtʃɪrfəl /　令人愉快的　(adj.)

**different
from...**

/ ˈdɪfrənt ˈfrʌm /

1

片語　異於；不同於

How is a panda **_different from_** other bears?
                                              熊、熊類

貓熊跟其他熊類有何不同？

- panda　/ ˈpændə /　貓熊　(n.)

traditional

/ trəˈdɪʃən̩l /

②

形容詞　傳統的；習俗的；慣例的

It's ***traditional*** for married women to visit their
　　　　傳統上　　　　　　　　　已婚婦女　　　　　　回娘家
families on the second day of Chinese New Year.
　　　　　　　　　　　　　　農曆大年初二

已婚女性在大年初二回娘家，是傳統習俗。

● married　/ ˈmærɪd /　已婚的 (adj.)

variety

/ vəˈraɪətɪ /

③

名詞　綜藝（包括歌舞、雜耍等舞台演出）

Most ***variety*** shows are too silly for me.
　　　綜藝節目　　　　　　太荒唐　　對我而言

大部分的綜藝節目對我而言都太過荒唐。

● silly　/ ˈsɪli /　無聊的；荒唐的 (adj.)

be used to...

/ bɪ just tu /

②

片語　習慣於

She doesn't like to stay out late because she's ***used to***
　　　　　　　　　在外面待太晚

going to bed early.
　　　早睡

因為習慣早睡，所以她不喜歡在外面待太晚。

● be used to＋動詞ing （習慣於…） (phr.)
● stay out　待在戶外；（晚上）不回家 (phr.)

實用表達法整理

— 這類的節目；像這樣的節目　　Shows like this
— 歌唱節目　　　　　　　　　　singing programs
— 綜藝節目　　　　　　　　　　variety programs
— …令人耳目一新的不同　　　　...be refreshingly different
— 觀眾覺得習以為常的　　　　　viewers are used to

— 12 —
電視台選秀節目 6

節目成為藝人重新出發的跳板

許多❶久未露面的藝人，利用這樣的節目作為❷跳板❸重新開始他們的演藝事業。希望❹充份利用節目的❺高收視率來拉抬自己的❻人氣。

Many <u>stars</u> who have been ❶out of the public eye <u>for a long time</u> have
藝人　　　　　　　　　　　　　　　 / 'pʌblɪk /　　　 長時間

<u>used</u> these shows as a ❷springboard to ❸relaunch their <u>careers</u>, hoping
利用　　　　　　　 / 'sprɪŋ,bɔrd /　　 / ri'lɔntʃ /　　 / kə'rɪrz / 事業

to <u>increase</u> their ❻popularity by ❹capitalizing on the shows' ❺high
　　 拉抬·提升　　 / ,pɑpjə'lærəti /　 / 'kæpət!,aɪzɪŋ /

ratings.
/ 'retɪŋz /

重要字詞

out of the public eye
/ aut ʌv ðə 'pʌblɪk aɪ /

1

片語　被世人遺忘；不在公眾場合露面

The president <u>took a vacation</u> to enjoy some
　　　　　　　　去渡假
time ***out of the public eye***.
　　　　　 私人時光
總統去渡假，以享有些許私人時光。

springboard
/ 'sprɪŋ,bɔrd /

名詞　跳板；基礎；出發點

We hope this meeting will be a ***springboard*** for future
　　　　　　　　　　　　　　　　　　　　 …的起點
<u>cooperation between</u> our companies.
　　…之間的合作
希望此次會議將是我們的公司未來彼此合作的起點。

● cooperation　/ ko,ɑpə'reʃən /　合作；配合 (n.)

relaunch

/ ri'lɔntʃ /

4

動詞　重新開始；重新出發

Our website will soon be ***relaunched*** <u>with an all-new</u>
以全新的風貌

<u>design</u>.

很快地，我們網站將以全新風貌重新出發。

- website　/ 'wɛb,saɪt /　網站　(n.)

capitalize on

/ 'kæpətḷ,aɪz ɑn /

★

片語　充份利用；從⋯中獲得更多的好處

<u>Now is a good time</u> to ***capitalize on*** <u>low interest rates</u>
現在是⋯好時機低利率

by <u>buying a home</u>.
by（介系詞）＋動詞 ing

現在是充分利用低利率購屋的好時機。

- interest　/ 'ɪntrəst /　利息　(n.)
- interest rate　利率　(phr.)
- by＋動詞 ing　藉由、採用某種方式　(prep.)

ratings

/ 'retɪŋz /

3

名詞　收視率；收聽率

<u>Advertisers</u> <u>pay more money</u> <u>to advertise on shows with</u>
廣告商支付更多金錢在⋯的節目中打廣告

higher ***ratings***.

廣告商為了在收視率高的節目中打廣告而付出更多費用。

- advertiser　/ 'ædvɚ,taɪzɚ /　廣告商；廣告公司　(n.)
- advertise　/ 'ædvɚ,taɪz /　做廣告；登廣告　(v.)

實用表達法整理

─ 久被世人遺忘	has / have been out of the public eye for a long time
─ 利用⋯作為跳板	use... as a springboard
─ 重振某人的事業	to relaunch one's career
─ 拉抬某人的人氣	increase one's popularity

13
藝人吸毒 1

事件揭露，引發震撼

台灣、日本、及南韓，均因❶揭露❷知名❸藝人❹吸毒，而引發❺震撼。

Taiwan, Japan and <u>South Korea</u> have all been ❺rocked by ❶revelations
　　　　　　　　　 南韓　　　　　　　　　　　　　 / rɑkt /　　　 / ˌrɛvəˈlɛʃənz /

of ❹drug use by ❷well-known ❸entertainers.
　　 / drʌg /　　　　　 / ˈwɛlˈnon /　 / ˌɛntəˈtenəz /

重要字詞

rock

/ rɑk /

[2]

動詞　震驚；震撼；撼動

<u>Every decade or two</u>, a <u>major earthquake</u> ***rocks***
　　 每十年或二十年　　　　　　 大地震　　　　（主詞為第三人稱單數）
California.

加州每十或二十年，便遭受一次強震震憾。

- decade　/ ˈdɛked /　十年；西元一個年代的十年期 (n.)
- major　/ ˈmedʒə /　較大的；主要的 (adj.)
- earthquake　/ ˈɜˌθ,kwek /　地震 (n.)

revelation

/ ˌrɛvəˈleʃən /

[6]

名詞　揭露；揭示；揭發

<u>Consumers have been shocked by</u> ***revelations*** of
　　 消費者因⋯感到震驚不已
<u>major international companies</u> <u>profiting from</u> <u>child labor</u>.
　　 大型跨國企業　　　　　　　　 利用⋯獲利　　 童工
大型跨國企業利用童工謀利的揭露，震驚了消費者。

- consumer　/ kənˈsjumə /　消費者 (n.)
- revelations of （揭露⋯情事） (phr.)

- profit / 'prɑfɪt / 獲益；得到好處 (v.)
- labor / 'lebɚ / 勞工；工人 (n.)

drug
/ drʌg /
2️⃣

| 名詞 | 毒品；藥物 |

<u>Supposedly</u> a lot of ***drugs*** <u>can be found</u> in Kenting
據傳　　　　　　　　　　　會被發現
during <u>Spring Scream</u>.
　　　　春吶音樂季

據說在墾丁春吶音樂季的期間，會發現很多毒品。

- supposedly / sə'pozɪdlɪ / 據信；據傳 (adv.)
- scream / skrim / 尖叫；吶喊 (n.)

well-known
/ 'wɛl'non /
1️⃣　1️⃣

| 形容詞 | 知名的；眾所皆知的 |

Recently <u>a number of</u> ***well-known*** <u>Japanese manga series</u>
　　　　　　一些　　　　　　　　　　　　　　日本連載漫畫
<u>have been made into</u> movies.
　　　被翻拍成…

最近一些知名的日本連載漫畫都被翻拍成電影。

- manga / 'manga / 日本漫畫 (n.)

entertainer
/ ˌɛntɚ'tenɚ /
4️⃣

| 名詞 | 藝人；演藝人員；娛樂界人士 |

<u>These days</u> <u>it seems like</u> every ***entertainer*** has her own
　　如今　　　　　看來…
<u>talk show</u>.
　脫口秀

現在看來每位藝人都有個人脫口秀節目。

- these days 如今；而今（尤其用於拿現在和過去相比較時）(phr.)

實用表達法整理

— 因…而感到震撼　　　　has / have been rocked by...
— 揭露…情事　　　　　　revelation of...
—（某人、某些人）吸毒　　drug use by...

—— 13 ——
藝人吸毒 ₂

適合學習的
較慢速度MP3
短文 字詞
149 150

檢驗報告出爐，粉絲心碎

當事件爆發的第一時間，粉絲們❶反應出❷錯愕和❸不可置信。隨著檢驗結果呈現❹陽性反應，粉絲們❺轉而變成❻心碎。

When <u>the story first broke</u>, fans ❶reacted with ❷astonishment and
　　　　事件爆發的第一時間　　　　　/ rɪˈæktɪd /　　　　/ əˈstɑnɪʃmənt /

❸disbelief, which ❺turned to ❻heartbreak <u>as</u> the <u>test results</u> <u>came back</u>
/ ˌdɪsbəˈlif /　　　　/ tɜnd /　　　/ ˈhɑrtˌbrek /　隨著　　檢驗結果　　　呈現

❹positive.
/ ˈpɑzətɪv /

重要字詞

react
/ rɪˈækt /
③

動詞　做出…的反應；反應

When his boss criticized his work <u>for the first time</u>, he
　　　　　　　　　　　　　　　　　　　　　　第一次

reacted angrily.

老闆第一次批評他的工作時，他表現出憤怒。

● criticize　/ ˈkrɪtəˌsaɪz /　批評；指責 (v.)
● angrily　/ ˈæŋgrɪlɪ /　憤怒地；生氣地 (adv.)

astonishment
/ əˈstɑnɪʃmənt /
⑤

名詞　驚訝；訝異

"She married a man <u>twice her age</u>?!" exclaimed Natasha
　　　　　　　　　　　　年紀大她一倍

in ***astonishment***.
　　驚訝地、詫異地

娜塔莎詫異地大叫：「她嫁給一位年紀大她一倍的男人？」

● twice　/ twaɪs /　兩倍 (adv.)
● exclaim　/ ɪkˈsklem /　驚叫；呼喊 (v.)

disbelief

/ ˌdɪsbəˈlif /

⑤

名詞　懷疑；不相信

Skeptics tend to look with ***disbelief*** at people who
　　　　　傾向　　　　　質疑…　　　　　　那些…樣的人
claim to have all the answers.
宣稱

懷疑論者往往質疑那些聲稱知道所有答案的人。

- skeptic　/ ˈskɛptɪk /　慣持懷疑態度的人；懷疑論者 (n.)
- claim　/ klem /　宣稱；聲稱 (v.)

turn to

/ tɝn tu /

①

片語　轉變成為

As the temperature dropped, the rain ***turned to*** snow.
　　　氣溫降低　　　　　　（過去式，重複字尾 p + ed）

氣溫一降，雨就變成雪。

- temperature　/ ˈtɛmprətʃɚ /　溫度；氣溫 (n.)
- drop　/ drɑp /　降低；減少 (v.)

heartbreak

/ ˈhɑrtˌbrek /

①

名詞　心碎；心痛

Children who watch their parents get divorced have to
　　　目睹…的孩子　　　　　　　　離婚
deal with a lot of ***heartbreak***.
處理、面對　　心碎不已、很多的心痛

目睹雙親離異的孩子必須面對心碎不已。

- divorced　/ dɪˈvɔrst /　離婚的；離異的 (adj.)
- deal with　/ dil wɪð /　處理；面對 (phr.)

positive

/ ˈpɑzətɪv /

②

形容詞　呈陽性反應的

She took three pregnancy tests, and all of them came back
　　　驗孕三次　　　　　　　　　　　　都呈現
positive.

她驗孕三次的結果都呈現陽性反應。

- pregnancy　/ ˈprɛgnənsɪ /　懷孕；妊娠 (n.)

13
藝人吸毒 ₃

藝人進勒戒所，是演藝圈的一大警訊

當然，❶吸毒❷藝人❸遭移送至❹勒戒所進行❺戒毒，已成為❻演藝圈的❼一大警訊。

Of course, ❶drug-abusing ❷celebrities ❸being taken to ❹treatment
/ drʌɡ ə'bjuzɪŋ /　　　/ sə'lɛbrətɪz /　　　　/ 'tekən /　　/ 'tritmənt /

centers for ❺detoxification has been ❼a wake-up call for the
　　　　　　/ di,taksəfə'keʃən /　　　　　　/ wek ʌp /

❻entertainment industry.
/ ,ɛntɚ'tenmənt　'ɪndəstrɪ /

重要字詞

drug-abusing
/ drʌɡ ə'bjuzɪŋ /
2 6

形容詞　濫用藥物；濫用毒品；吸毒

Drug-abusing athletes are poor role models for kids.
　　　　　　　　　　　　　　　　對⋯是壞榜樣

濫用藥物的運動員是孩子們的壞榜樣。

- athlete　/ 'æθlit /　運動員 (n.)
- poor　/ pur /　劣質的；差的 (adj.)
- role model　/ rol 'madl̩ /　楷模；行為榜樣 (phr.)

celebrity
/ sə'lɛbrətɪ /
5

名詞　名人；名流

People never seem to get tired of ***celebrity*** gossip.
　　　　對⋯永遠樂此不疲

民眾對名人、明星的八卦永遠樂此不疲。

- get tired of　/ ɡɛt taɪrd ɑv /　（厭倦、厭煩⋯）(phr.)
- gossip　/ 'ɡɑsɪp /　流言蜚語；說三道四 (n.)

be taken to
/ bɪ ˈtekən tu /

[1]

片語　遭移至；被帶到

The suspect ***was taken to*** the <u>police station</u>
警察局、派出所

<u>for questioning</u>.
進行偵訊

嫌疑犯被移至警察局（派出所）接受偵訊。

- suspect　/ ˈsʌspɛkt /　嫌疑犯；可疑分子 (n.)
- station　/ ˈsteʃən /　站；所；局 (n.)
- questioning　/ ˈkwɛstʃənɪŋ /　提問；盤問 (n.)

treatment center
/ ˈtritmənt ˈsɛntɚ /

[2]　[1]

片語　治療中心

His drinking <u>became such a problem that</u> he decided to
變成嚴重的問題，以致⋯

<u>check himself into</u> a ***treatment center*** <u>for alcoholics</u>.
要自己加入專為酗酒人士設立

他的酗酒問題變得很嚴重，以致於他決定加入專為酗酒人士設立的治療中心。

- treatment　/ ˈtritmənt /　治療；治療法；對待 (n.)
- check into　在某場所登記、報到 (phr.)
- alcoholic　/ˈælkəˌhɔlɪk/　酒精中毒者；酒鬼 (n.)

detoxification
/ diˌtaksəfəˈkeʃən /

[★]

名詞　戒酒；戒毒

The ***detoxification*** <u>process for</u> heroin is <u>so painful that</u>
⋯的過程十分痛苦，以致⋯

some addicts <u>die from</u> it.
因⋯而喪命

海洛因的勒戒過程十分痛苦，以致有些上癮者因此喪命。

- process　/ ˈprɑsɛs /　過程 (n.)
- heroin　/ ˈhɛroɪn /　海洛因 (n.)
- addict　/ ˈædɪkt /　吸毒成癮的人；癮君子 (n.)

wake-up call
/ wek ʌp kɔl /

[2]　[1]

片語　警示；警訊

<u>The recent drop in stock prices</u> <u>should serve as</u> ***a wake-***
近日的股價下跌可作為

up call for investors.

近日的股價下跌，應可作為對於投資者的一項警訊。

- drop / dɑp / 下降；落下；掉下 (n.)
- stock price / stɑk praɪs / 股價 (phr.)
- serve as / sɝv æz / 充當…、作為… (phr.)
- investor / ɪnˈvɛstɚ / 投資者；投資機構 (n.)

entertainment industry
/ ˌɛntɚˈtenmənt ˈɪndəstrɪ /

[4] [2]

片語　娛樂圈；演藝圈

It's unclear how much money the ***entertainment***
　　…是難以掌握的
industry has lost from Internet piracy.
　　　　　　　　因…的損失　　　網路盜版

娛樂圈因網路盜版而造成的金錢損失是難以掌握的。

- entertainment / ˌɛntɚˈtenmənt / 娛樂；演藝；餘興 (n.)
- industry / ˈɪndəstrɪ / 工業；企業；行業 (n.)
- unclear / ʌnˈklɪr / 不確定的；難以掌握的 (adj.)
- piracy / ˈpaɪrəsɪ / 盜版行為；非法複製 (n.)

實用表達法整理

─ 吸毒的名人、藝人	drug-abusing celebrities
─ 遭移送至勒戒所	be taken to treatment centers
─ 已成為…的一大警訊	has been a wake-up call for...

空白筆記頁

空白一頁，讓你記錄學習心得，也讓下一則短文，能以跨頁呈現，方便於對照閱讀。

13
藝人吸毒 ₄

適合學習的較慢速度MP3
短文 153 ／ 字詞 154

演藝圈競爭激烈，藝人憂心被取代

一些藝人❶私下❷表示，他們所面對的❸競爭❹非常殘酷，即使現在走紅，他們也永遠不知道何時會被其他人❺取代❻鎂光燈下的❺位置。

Some <u>entertainers</u> have ❷remarked ❶in private that the ❸competition
　　　　藝人　　　　　　　　　/ rɪˈmɑrkt /　　/ ˈpraɪvət /　　　　　/ ˌkɑmpəˈtɪʃən /

they <u>face</u> is ❹fierce—<u>even if they're popular now</u>, they <u>never know</u> when
　　　面對　　　/ fɪrs /　　　　即使他們現在走紅　　　　　　永遠不會知道

<u>someone else</u> will ❺take their place in the ❻spotlight.
　　其他人　　　　　　　/ ples /　　　　　/ ˈspɑtˌlaɪt /

重要字詞

remark /rɪˈmɑrk/ ④	**動詞　說；談論；評論** "You're getting <u>taller every year</u>," Hannah's grandmother 　　　　　　　　　每年越長越高 ***remarked***. 漢娜的祖母說：「妳每年都越長越高。」 ● grandmother　/ ˈgrænd.mʌðɚ /　祖母；外婆 (n.)
in private / ɪn ˈpraɪvət / ②	**片語　私下** <u>What you do</u> ***in private*** is none of my business. 　　你所做的 你的私人行為與我無關。 ● none of one's business　和某人無關 (phr.)

competition

/ ˌkɑmpə'tɪʃən /

4

名詞　比賽；競爭

Free trade makes economic **competition** more intense.
自由貿易　　　　　　　　經濟競爭　　　　　　　更激烈

自由貿易使得經濟競爭更為激烈。

- economic　/ ˌikə'nɑmɪk /　經濟上的 (adj.)
- intense　/ ɪn'tɛns /　嚴肅緊張的；激烈的 (adj.)

fierce

/ fɪrs /

4

形容詞　強烈的；殘酷的；兇狠的

A **fierce** cat can scare away a bigger but more timid dog.
　　　　　　　　　　嚇跑　　　　體型較大但卻較膽小

一隻兇狠的貓可以嚇跑一隻體型較大但卻較膽小的狗。

- scare…away　/ skɛr ə'we /　嚇跑… (phr.)
- timid　/ 'tɪmɪd /　膽怯的；缺乏勇氣的 (adj.)

take one's place

/ tek wʌns ples /

1

片語　取代；代替…的位置

After her father died, her mom **took his place** as

head of the family.
　　　　一家之主

在她父親過世後，她的母親接掌一家之主的位置。

spotlight

/ 'spɑtˌlaɪt /

5

名詞　聚光燈；聚光燈照亮處；公眾的注意

The lights dimmed, and the hero walked out into the
燈光暗下　　（過去式，重複字尾 m+ed）　　　走進

spotlight.

燈光暗下後，英雄走進聚光燈下。

- dim　/ dɪm /　（使）變微弱；變昏暗 (v.)

實用表達法整理

― 私下表示…	remark in private that...
― 目前走紅	be popular now
― 他們永遠不知道何時…	they never know when...
― 其他人將取代某人的位置	someone else will take one's place

13
藝人吸毒 ₅

適合學習的
較慢速度MP3
短文 155 字詞 156

無法處理壓力和誘惑，染毒機率高

在如此沉重的❶精神❷壓力之下，藝人一旦無法❸妥善處理壓力或是❹抗拒❺誘惑，❻極有可能將會❼求助於毒品。

<u>Under</u> such <u>heavy</u> ❶psychological ❷pressure, ❻it is highly likely that an
在…之下　　　沈重的　　/ ˌsaɪkə'lɑdʒɪkḷ /　　/ 'prɛʃɚ /　　　　/ 'haɪlɪ　'laɪklɪ /

entertainer will ❼turn to <u>drugs</u> when he <u>is unable to</u> ❸cope with stress
藝人　　　　　/ tɝn /　毒品　　　　　無法　　　　　/ kop /

or ❹resist ❺temptation.
　/ rɪ'zɪst /　/ tɛmp'teʃən /

重要字詞

psychological
/ ˌsaɪkə'lɑdʒɪkḷ /
4

形容詞　心理的；精神上的
Humans have a ***psychological*** <u>need</u> <u>to be loved</u>.
　　　　　　　精神上的需求　　　　　被愛
人類都有被愛的心理需求。

---

pressure
/ 'prɛʃɚ /
3

名詞　壓力；精神負擔
Her family <u>has always given her</u> a lot of
　　　　　　總是帶給她
pressure <u>to succeed</u>.
　　成功的壓力
她的家庭一直帶給她龐大的成功壓力。
● succeed　/ sək'sid /　成功；有成就 (v.)

---

it is highly likely that...
/ ɪt ɪz 'haɪlɪ 'laɪklɪ ðæt /
4　1

片語　極有可能的
<u>With summer just around the corner</u>, ***it is highly likely***
　　隨著夏天的腳步近了
that people will <u>start turning on their air conditioners</u>.
　　　　　　　　　　　　　　開始打開冷氣

隨著夏天的腳步近了，人們很可能開始打開冷氣。

● around the corner　即將來臨；在附近 (phr.)

turn to...
/ tɝn tu /
1

片語　求助於；轉向；訴諸於

<u>Unable to</u> <u>pay his bills</u> with <u>such a low salary</u>, he
　　無法　　　支付帳單　　　　　非常微薄的薪資

turned to crime.
　鋌而走險

因為薪資過於微薄，無力支付帳單，他轉而訴諸犯罪。

● salary　/ 'sælərɪ /　薪資；薪水 (n.)
● crime　/ kraɪm /　罪行；犯罪活動 (n.)

cope with...
/ kop wɪð /
4

片語　（成功地）應付；（妥善地）處理

Harold <u>is having a hard time</u> ***coping with*** his father's
　　　　　正處於艱難期　　　　（去字尾 e＋ing）

death.

哈洛正處於處理父親逝世的艱難時期。

● have a hard time＋動詞 ing（處於做某事的困境、艱難時期）(phr.)

resist
/ rɪ'zɪst /
3

動詞　抵抗；抗拒

It's hard to ***resist*** the influence of popular culture.
　　　難以抵擋　　　　　　… 的影響　　　　　大眾文化

大眾文化的影響難以抵擋。

● influence　/ 'ɪnfluəns /　影響；作用 (n.)
● popular　/ 'pɑpjələ /　通俗的；大眾化的 (adj.)

temptation
/ tɛmp'teʃən /
5

名詞　誘惑

For some people, alcohol <u>is more of</u> a ***temptation*** than
　　對某些人而言　　　　　　較像是…

a pleasure.
　樂趣

對某些人而言，酒精較像是一種誘惑而不是樂趣。

● alcohol　/ 'ælkə,hɔl /　含酒精飲料；酒 (n.)
● pleasure　/ 'plɛʒə /　樂事；快事 (n.)

13

藝人吸毒 ₆

適合學習的
較慢速度MP3
短文 字詞
157 158

公眾人物染毒是最壞的示範

然而，身為❶公眾人物，藝人便應當❷肩負自身的❸社會責任，濫用毒品

❹無疑是❺樹立錯誤的❻榜樣（做了最壞的示範）。

As ❶public figures, <u>however</u>, entertainers should ❷shoulder their
　　身為　　/ 'pʌblɪk 'fɪgjɚz /　　　然而　　　　　　　　　　　　/ 'ʃoldɚ /

❸social responsibilities. <u>Drug abuse</u> is ❹definitely the wrong ❻example
/ 'soʃəl / / rɪ,spɑnsə'bɪlətɪz /　濫用毒品　　　/ 'dɛfənətlɪ /　　　　　/ ɪg'zæmpl̩ /

for them to be ❺setting.

重要字詞

public figure / 'pʌblɪk 'fɪgjɚ / ① ②	片語　公眾人物

<u>Before becoming</u> a ***public figure***, Kara <u>led</u> a
　在成為⋯之前　　　　　　　　　　　　　　　（lead 的過去式）
<u>fairly quiet life</u>.
　相當平靜的生活

卡拉在成為公眾人物前，一直過著相當平靜的生活。

- lead a... life　過著⋯樣的生活 (phr.)
- fairly　/ 'fɛrlɪ /　相當地；完全地 (adv.)

shoulder / 'ʃoldɚ / ①	動詞　肩負；承擔

<u>Whenever</u> Andy <u>got in trouble</u>, his best friend
　每當⋯　　　　　　陷入困境
shouldered the blame for him.

每當安迪陷入麻煩時，他最好的朋友便為他扛起責任。

- whenever / wɛnˈɛvɚ / 每當;無論何時 (conj.)
- get in trouble 惹上麻煩;陷入困境 (phr.)
- blame / blem / （壞事、錯事的）責任、指責 (n.)

social
/ ˈsoʃəl /
2

形容詞 社會的;社交的

Spending too much time online can
花太多時間上網

have a negative impact on your **social** life.
對…造成負面影響　　　　　　　　社交生活

花太多時間上網會對你的社交生活造成負面影響。

- online / ˈɑnˌlaɪn / 在網路上地 (adv.)
- negative / ˈnɛɡətɪv / 負面的;有害的 (adj.)
- impact / ˈɪmpækt / 巨大影響;強大作用 (n.)

responsibility
/ rɪˌspɑnsəˈbɪlətɪ /
3

名詞 職責;義務

Parents have a **responsibility** to take good care of their
妥善照顧…

children.

父母有義務妥善照顧自己的子女。

definitely
/ ˈdɛfənətlɪ /
4

副詞 肯定地;無疑是;絕對地

Using your credit card to buy a new car because you
信用卡

can't afford it otherwise is **definitely** a bad idea.
負擔不起　　　除此之外　　　　　　　　下策

因為無法負擔而用信用卡買車的作法,絕對是下策。

- afford / əˈfɔrd / 買得起
- otherwise / ˈʌðɚˌwaɪz / 否則;不然;用其他方法;除此之外 (adv.)

set an(a)... example
/ sɛt ɑn ɪgˈzæmpl̩ /
1　　1

片語 樹立…榜樣

Brianne's older sister always **set a** good **example** for her.

布萊安娜的姐姐總是為她樹立好榜樣。

── 14 ──
海角七號 ₁

適合學習的
較慢速度MP3
短文 159
字詞 160

『海角七號』創下票房奇蹟

台灣的❶電影產業已經❷持續處於❸低潮期❹數十年，在 2008 年 8 月，

『海角七號』一片卻❺締造了台幣五億三千萬的❻票房❼奇蹟。

Taiwan's ❶movie industry had ❷lingered in the ❸doldrums ❹for
/ 'muvɪ 'ɪndəstrɪ /   / 'lɪŋɚd /   / 'dɑldrəmz /

decades. Then, in August 2008, *Cape No.* 7 ❺created a NT$530
/ 'dɛkedz /   / krɪ'etɪd /

million ❻box-office ❼miracle.
/ 'bɑks,ɔfɪs /   / 'mɪrəkl̩ /

重要字詞

movie industry / 'muvɪ 'ɪndəstrɪ / ① ②	**片語　電影業；電影界** <u>Companies like</u> Pixar have <u>made</u> the ***movie industry*** …這類的公司　　　　　　　　　　使得… <u>more technologically advanced</u>. 技術更為先進 類似皮克斯這樣的公司使電影產業的技術更為先進。 ● technologically　/ ˌtɛknə'lɑdʒɪkl̩ɪ /　技術上 (adv.) ● advanced　/ əd'vænst /　先進的 (adj.)
linger / 'lɪŋɚ / ⑤	**動詞　徘徊；繼續存留** The sun <u>disappeared behind</u> the mountains, but its light 消失在…之後 still ***lingered***. 太陽消失在山之後，但餘暉仍然存在。 ● disappear　/ ˌdɪsə'pɪr /　消失；不見 (v.)

doldrums
/ ˈdɑldrəmz /
★

複數形名詞　低潮；低迷

Spring <u>has finally arrived</u>, <u>saving us from</u> <u>the **doldrums**</u>
　　　　　終於來臨　　　　　　　從…拯救我們　　　　…的低迷
<u>of</u> winter.

春天終於來臨，將我們從冬天的低迷中拯救出來。

decade
/ ˈdɛked /
3

名詞　十年，尤指一個年代

Taiwan's <u>period of martial law</u> <u>lasted for</u> nearly four
　　　　　戒嚴時期　　　　　　持續了
decades.

台灣的戒嚴時期持續了近四十年。

- martial　/ ˈmɑrʃəl /　戰爭的；軍事的（adj.）

create
/ krɪˈet /
2

動詞　創造；創建；締造

<u>South Korean singers like</u> Rain have <u>helped</u> **create**
　南韓歌手如…　　　　　　　　　　　　　help＋動詞原形
<u>a new kind of</u> <u>popular culture</u>.
　一種新的…　　　　　流行文化

南韓歌手如 Rain 等，幫助建立了一種新的流行文化。

box office
/ ˈbɑks ˌɔfɪs /
1　1

名詞　票房（短文中的 box-office 是形容詞用法，發音和名詞相同）

Critics loved the film, although it <u>wasn't much of a</u>
　　　　　　　　　　　　　　　　　算不上成功
<u>success</u> at the **box office**.
　　　　　　在票房上

影評們都喜愛那部電影，儘管它的票房不算成功。

- critic　/ ˈkrɪtɪk /　批評家；評論家（n.）
- not much of（稱不上是好的）（phr.）

miracle
/ ˈmɪrəkḷ /
3

名詞　奇蹟；不平凡之事

<u>The **miracle** of</u> the Internet has given us <u>educational</u>
　…的奇蹟　　　　　　　　　　　　　　　　　教育資源
<u>resources</u> our ancestors <u>never dreamed of</u>.
　　　　　　　　　　　　做夢也沒想到的

網際網路的奇蹟，提供我們前人做夢也沒想像到的教育資源。

- ancestor　/ ˈænsɛstɚ /　祖宗；祖先（n.）

—— 14 ——

海角七號 ₂

相關商品在一夕之間爆紅

❶相關於『海角七號』的所有人事物都❷大受歡迎，❸電影❹拍攝的地點、演員、以及❺原聲帶❻在一夕之間爆紅。

Everything and everybody ❶connected to *Cape No. 7* became
所有人事物　　　　　　　　　　/ kə'nɛktɪd /

❷fashionable. The places where the ❸film was ❹shot, the actors, and
/ 'fæʃənəbl̩ /　　　　地點　　　　　　　/ fɪlm /　　/ ʃɑt /　　演員

the ❺soundtrack became wildly popular ❻overnight.
　　/ 'saʊnd,træk /　　　　爆紅　　　　　　/ ,ovɚ'naɪt /

重要字詞

be connected to… / bɪ kə'nɛktɪd tu / ③	片語　**相關於；攸關於** The head of the advertising department has ***been*** 廣告部門 ***connected to*** the insider trading controversy. 內線交易 廣告部門的主管被牽扯入內線交易的紛爭中。 ● head ／ hɛd ／ 負責人；領導人 (n.) ● advertising ／ 'ædvɚ,taɪzɪŋ ／ 廣告業；做廣告 (n.) ● insider ／ ɪn'saɪdɚ ／ 知情者；內幕人 (n.) ● insider trading 內線交易 (phr.) ● controversy ／ 'kɑntrə,vɝsɪ ／ 爭議；爭論 (n.)
fashionable / 'fæʃənəbl̩ / ③	形容詞　**時尚；流行款式** Tinted contact lenses are becoming more and more 有色隱形眼鏡　　　　　　　　　　　越來越… ***fashionable***.

有色隱形眼鏡變得越來越流行。

- tinted ／ ˈtɪntɪd ／ 上色的 (adj.)
- contact lens 隱形眼鏡 (phr.)

film
／ fɪlm ／
2

名詞　電影；影片

Over his long career, he has <u>appeared in</u> <u>more than</u> 100
　　　　　　　　　　　　　　　　在…裡演出　　　超過
films.

在他漫長的職業生涯中，演出超過一百部電影。

- over ／ ˈovɚ ／ 在…期間 (prep.)
- appear ／ əˈpɪr ／ 演出 (v.)

shoot
／ ʃut ／
2

動詞　拍攝；攝影（短文中的 shot 是過去分詞，發音為 ／ ʃɑt ／）

BBC crews <u>traveled all over the world</u> to ***shoot*** <u>footage</u>
　　　　　行遍世界各地　　　　　　　　　　…的片段
<u>for</u> *Planet Earth*.

BBC 的工作小組行遍世界各地拍攝『行星地球』的畫面。

- crew ／ kru ／ （有專門技術的）一組工作人員 (n.)
- footage ／ ˈfutɪdʒ ／ （影片中的）連續鏡頭、片段 (n.)

soundtrack
／ ˈsaʊndˌtræk ／
2

名詞　電影、電視原聲帶

I loved the film's music so much that I <u>went out and</u>
　　　　　　　　　　　　　　　　　　　　出去買…
<u>bought</u> the ***soundtrack*** <u>the next day</u>.
　　　　　　　　　　　　　　　隔天

我非常喜歡這部電影的音樂，所以隔天就去買了電影原聲帶。

- so much that＋子句 （到如此的程度以致於…） (phr.)

overnight
／ ˌovɚˈnaɪt ／
4

副詞　一夜之間；旋即；突然

<u>A major change like that</u> <u>is not going to</u> happen
　　像那樣的巨變　　　　　　將不會…
overnight.

類似那樣的巨變不會在一夕之間發生。

──── 14 ────
海角七號 ₃

『海角七號』拍攝過程非常艱辛

儘管這部電影❶享有❷令人難以置信的成功，但『海角七號』的❸拍攝❹過程卻❺充滿❻考驗與❼挫折。

Although the movie has ❶enjoyed such ❷incredible <u>success</u>, the
/ ɪn'dʒɔɪd /　　　　　/ ɪn'krɛdəbļ /　　　成功

❹process of ❸making *Cape No. 7* ❺was rife with ❻trials and
/ 'prɑsɛs /　　　/ 'mekɪŋ /　　　　　　　/ raɪf /　　　/ 'traɪəlz /

❼frustrations.
/ frʌ'streʃənz /

重要字詞

enjoy
/ ɪn'dʒɔɪ /
2

動詞　享有；享受

<u>For the most part</u>, our company has ***enjoyed*** <u>fairly</u>
　　　大體上　　　　　　　　　　　　　　　相當正面的報導
<u>positive coverage</u> <u>in the media</u>.
　　　　　　　　　　　在媒體

大體上，我們公司在媒體上獲得相當正面的報導。

● fairly　/ 'fɛrlɪ /　相當地 (adv.)
● coverage　/ 'kʌvərɪʒ /　新聞報導 (n.)

incredible
/ ɪn'krɛdəbļ /
6

形容詞　難以置信的；不可思議的

That someone could <u>rise from</u> <u>such a</u> poor background
　　　　　　　　　從…崛起　如此（＋名詞）
and become <u>such a</u> great success is ***incredible***.
　　　　　如此

一個人能從如此貧困的背景中崛起並如此成功，是令人難以置信的。

- rise ／raɪs／ 崛起；升起 (v.)
- background ／'bæk,graund／ 出身背景；學經歷 (n.)

process
／'prɑsɛs／
3

名詞　過程；歷程

Building a democracy can be a long and difficult *process*.
創建一個民主國家
創建一個民主國家是一個漫長又艱辛的過程。

- democracy ／də'mɑkrəsɪ／ 民主國家 (n.)

make
／mek／
1

動詞　製作；創造

She's *making* a documentary on the lives of factory
關於　　…的生活
workers.
她正在拍攝一部有關工廠員工生活的紀錄片。

- documentary ／,dɑkjə'mɛntərɪ／ 紀錄影片 (n.)

be rife with...
／bɪ raɪf wɪð／
★

片語　充斥、充滿（壞事）

The current government of Afghanistan *is rife with*
現今的…政府
corruption.
現今的阿富汗政府充滿腐敗。

- current ／'kɝənt／ 現今的；當前的 (adj.)
- corruption ／kə'rʌpʃən／ 腐敗；貪污 (n.)

trial
／'traɪəl／
2

名詞　試煉；考驗

Every relationship has its *trials*.
每一種情感關係都有它的考驗。

- relationship ／rɪ'leʃən,ʃɪp／ 感情關係 (n.)

frustration
／frʌ'streʃən／
4

名詞　挫折；沮喪；懊惱

Success hardly ever comes without *frustration*.
幾乎不曾　　　不伴隨
成功鮮少不伴隨著挫折。

- hardly ever＋動詞　（幾乎不曾做某事）(phr.)

14

海角七號 4

傳聞導演為了籌資拍片而負債

❶傳聞❷導演❸背負了價值高達台幣三千萬元的❹債務，就為了❺籌資拍攝電影。而且由於❻缺乏資金，甚至暫停❼拍攝❽一段時間。

It is ❶<u>rumored</u> that the ❷<u>director</u> ❸<u>took on</u> NT$30 million <u>worth of</u>
/ ˈrumɚd /　　　　　　/ dəˈrɛktɚ /　/ tʊk ɑn /　　　　　　　　　…價值的

❹<u>debt</u> to ❺<u>fund</u> the movie, and ❼<u>shooting</u> stopped ❽<u>for a while</u>
/ dɛt /　　/ fʌnd /　　　　　　　　/ ˈʃutɪŋ /　　　　　　/ waɪl /

<u>due to</u> ❻a <u>lack</u> of <u>funds</u>.
由於　　/ læk /　資金

重要字詞

rumor

/ ˈrumɚ /

③

動詞　**謠傳；傳聞**

His new house <u>is **rumored** to be worth</u> NT$1 billion.
　　　　　　謠傳…　　　　　價值…

傳聞他的新居價值十億台幣。

● worth　/ wɝθ /　有…價值的 (adj.)
● billion　/ ˈbɪljən /　十億 (n.)

director

/ dəˈrɛktɚ /

②

名詞　**導演**

Most <u>Hollywood</u> **directors** are male.
　　　　好萊塢導演

大部分的好萊塢導演都是男性。

take on…

/ tek ɑn /

①

片語　**承擔；承受**（過去式為 took on）

When Company A acquired Company B, it **took on**
<u>all of</u> Company B's debt.
所有的…

當 A 公司併購 B 公司時，同時承擔了 B 公司的所有債務。

- acquire / əˈkwaɪr / 購得；獲得（v.）

debt
/ dɛt /
2

名詞　債務；負債；借款

The interest on credit card **debt** is extremely high.
　…的利息　　信用卡借款

信用卡借款的利息極高。

- interest / ˈɪntrəst / 利息（n.）
- extremely / ɪkˈstrimlɪ / 極其地；非常地（adv.）

fund
/ fʌnd /
3

動詞　籌款；出資　　名詞　資金

Avatar was partially **funded** by private investors.
　　　　（被）部分出資　　　　　　私人投資

電影『阿凡達』有部分的私人出資。

- partially / ˈpɑrʃəlɪ / 部份地；不完全地（adv.）
- private / ˈpraɪvət / 私營的；私人的（adj.）
- investor / ɪnˈvɛstɚ / 投資者；投資機構（n.）

for a while
/ fɔr ə waɪl /
1

片語　暫時；一陣子

He said he quit his job because he needed to take a
　　　　　　辭掉工作　　　　　　　　　　　　　休息
break **for a while**.

他說他辭掉工作是為了要休息一陣子。

a lack of…
/ ə læk ʌv /
1

片語　缺乏；不足

My bad grade on the exam was mainly due to **a lack of**
　　　…的成績　　　　　　主要是因為…
preparation.

我這次考試的成績不佳，主要是因為準備不足。

- preparation / ˌprɛpəˈreʃən / 準備（n.）

14
海角七號 5

劇情簡單，卻樸實溫馨

『海角七號』❶描述台灣南部的一個小鎮上，一群❷平凡人物的❸生活。
❹劇情雖然簡單，卻❺真誠又❻溫暖人心。

Cape No. 7 ❶describes the ❸lives of a group of ❷ordinary people in a
　　　　　　　/ dɪˈskraɪbz /　　　/ laɪvz /　　一群　　/ ˈɔrdṇ͵ɛrɪ /

town in southern Taiwan. The ❹plot, though simple, is ❺honest and
小鎮　　　在台灣南部　　　　　　/ plɑt /　雖然簡單　　/ ˈɑnɪst /

❻heartwarming.
/ ˈhɑrt͵wɔrmɪŋ /

重要字詞

describe
/ dɪˈskraɪb /
[2]

動詞　描述；描寫

In the interview, she ***described*** her experiences as an
　　　　　　　　　　　　　　　　　　　　身為⋯的經歷
illegal immigrant.
非法移民

在這次面談中，她描述了身為非法移民的經歷。

● interview　/ ˈɪntɚ͵vju /　面談；面試；會見 (n.)
● illegal　/ ɪˈligḷ /　不合法的；違法的 (adj.)
● immigrant　/ ˈɪməgrənt /　移民 (n.)

lives
/ laɪvz /
[1]

名詞　生活；人生（是 life / laɪf / 的複數）

I like reading about the ***lives*** of people I admire.
　喜歡閱讀關於⋯　　　　　　　　　　　我敬仰的人

我喜歡閱讀關於敬仰對象的人生故事。

● like＋動詞 ing ／like to＋動詞原形　（喜歡做⋯）(phr.)
● admire　/ ədˈmaɪr /　欽佩；仰慕 (v.)

ordinary
/ ˈɔrdn̩ˌɛrɪ /
2

形容詞　普通的；平常的；一般的

A great photographer can <u>find beauty</u> even <u>in places</u>
發掘美感　　　　　在某些地方

that most people find quite ***ordinary***.

傑出的攝影師可以發掘常人眼中看似平凡的美感。

● photographer　/ fəˈtɑgrəfə /　攝影師（n.）

plot
/ plɑt /
4

名詞　故事情節；劇情

The movie had some great <u>action scenes</u> but <u>not much</u>
動作場面　　　　　　劇情普通

<u>of a</u> ***plot***.

那部電影有一些很棒的動作場面，但是劇情普通。

● action　/ ˈækʃən /　（富刺激性的）動作、行為（n.）
● scene　/ sin /　片段；鏡頭（n.）
● not much of a　稱不上是好的（phr.）

honest
/ ˈɑnɪst /
2

形容詞　坦率的；坦誠的

Please be ***honest*** about how you feel.
　　　對…誠實　　你的感覺

請誠實說出你的感覺。

heartwarming
/ ˈhɑrtˌwɔrmɪŋ /
1

形容詞　激發同情心；暖人心房的

His new book tells the ***heartwarming*** story of a
　　　　　　　　…的動人故事

father's love for his son.

他的新書描寫一位父親深愛兒子的動人故事。

實用表達法整理

— 平凡小人物的生活　　the lives of ordinary people
— 台灣南部的一個小鎮　a town in southern Taiwan
— 雖然簡單，卻真誠　　though simple, is honest

14
海角七號 6

電影賣座，鼓舞了許多電影工作者

這部電影的成功，❶重燃許多電影工作者的❷熱情，也❸使得❹觀眾❸重返戲院欣賞❺國片。

The success of the film has ❶rekindled the ❷enthusiasm of many
這部電影的成功　　　　　　／ rɪˈkɪndl̩ ／　　　／ ɪnˈθuzɪˌæzəm ／

movie industry workers, and it has ❸gotten ❹audiences ❸back into
電影產業工作者　　　　　　　　　／ ˈgɑtn̩ ／　／ ˈɔdɪənsɪz ／　　重返

theaters to enjoy ❺local flicks.
戲院　　　　　　　／ ˈlokl̩　flɪks /

最貼切的英語表達

※「國片」除了短文中「local flick（flick 是口語說法的 "電影"）」外，也可以說：
　local film 或 domestic film （domestic / dəˈmɛstɪk / 國內的；國家的）

重要字詞

rekindle

/ rɪˈkɪndl̩ /

5

動詞　使重新活躍；使復甦

Marriage counseling helped them ***rekindle*** their love for
婚姻諮商　　　　　　　　　　　　　　　　　　　　　彼此間的愛情

each other.

婚姻諮商幫助他們重燃彼此之間的愛情。

● counseling　／ ˈkaʊnslɪŋ ／　諮詢；輔導 (n.)

enthusiasm

/ ɪnˈθuzɪˌæzəm /

4

名詞　熱誠；熱情

I'm always inspired by her ***enthusiasm*** for life.
被…鼓舞

我一直被她對生命的熱愛而鼓舞。

● inspire　／ ɪnˈspaɪr ／　啟發；鼓舞 (v.)

get back into

/ gɛt bæk ˈɪntə /

1

片語 **重返；重回**（過去式是 got back into）

I <u>returned from</u> the bathroom and ***got back into*** bed.
　　　　從⋯回來

我從浴室回來，回到床上。

- return ／ rɪˈtɝn ／　返回；回復（v.）

audience

/ ˈɔdɪəns /

3

名詞 **觀眾；聽眾；讀者**

This movie contains <u>violent content</u> that <u>may not be</u>
　　　　　　　　　　　暴力內容　　　　　不適合⋯

<u>suitable for</u> younger ***audiences***.

這部電影包含了青少年觀眾不宜的暴力內容。

- contain　／ kənˈten ／　包含；容納（v.）
- violent　／ ˈvaɪələnt ／　暴力的（adj.）
- content　／ ˈkɑntɛnt ／　內容（n.）
- suitable　／ ˈsutəbl̩ ／　合適的；適宜的（adj.）

flick

/ flɪk /

5

名詞 **電影**（常見於口語用法）

Let's rent a kung-fu ***flick***.

我們來租一部功夫電影。

- rent　／rɛnt／　租用；出租（v.）

實用表達法整理

— 重燃起⋯的熱情　　　　rekindled the enthusiasm of...
— 讓觀眾重返戲院　　　　get audiences back into theaters
— 國片／當地出品的電影　local flicks

216

15

哈利波特 1

適合學習的
較慢速度MP3
短文 字詞
171 172

近幾年最暢銷的奇幻小說

『哈利波特』是（❶暢銷度遠遠超越其他的）❷最暢銷❸奇幻小說——以❹近年來❺問世的作品而言。

Harry Potter is （❶by far） the ❷best-selling <u>work of</u> ❸fantasy to
/ fɑr /   / 'bɛst'sɛlɪŋ /   奇幻小說   / 'fæntəsɪ /

❺appear ❹in years.
/ ə'pɪr /   / jɪrz /

重要字詞

by far / baɪ fɑr / [1]	**片語　最為；大大地；…得多**（常用於修飾最高級，以加強語氣） India is **by far** <u>the biggest</u> country in South Asia. 最大的（形容詞最高級的表現形式） 印度是遠大於南亞其他國家許多的南亞最大國家。
best-selling / 'bɛst'sɛlɪŋ / [1]　[1]	**形容詞　最暢銷的** Apple's iPod is the **best-selling** <u>MP3 player</u> <u>on the market</u>. MP3 播放器　　　　　市場上 蘋果公司的 iPod 是市場上最暢銷的 MP3 播放器。 ● player　/ 'pleə /　播放器 (n.)
fantasy / 'fæntəsɪ / [4]	**名詞　想像產物；幻想作品** Is the story of <u>King Arthur</u> true, or is it just a **fantasy**? 亞瑟王 亞瑟王的故事是真實的？或只是想像的作品？

appear

/ ə'pɪr /

1

動詞　出現；（書或文章）發表、出版

The <u>title character</u> doesn't ***appear*** <u>until</u> <u>page 79 of the</u>
　　　主角　　　　　　　　　　　直到…　　小說的第 79 頁
<u>novel</u>.

這部小說的頭號主角直到第 79 頁才出現。

- title　/ 'taɪtḷ /　名稱；標題 (n.)
- character　/ 'kærəktɚ /　（書籍、戲劇或電影中的）角色 (n.)
- title character　主角；劇、書、片名角色 (phr.)
- not...until...　直到…才… (phr.)

in years

/ ɪn jɪrz /

1

片語　多年來；近年來

<u>It was the first time</u> she had <u>gone swimming</u> ***in years***.
　　這是第一次　　　　　　　　去游泳
這是多年來她第一次去游泳。

- go swinmming　（去游泳）(phr.)
- go＋動詞 ing　（去做…）

實用表達法整理

— 最暢銷的作品　　　　　　is the best-selling work
— 作品問世、發表　　　　　to appear
— 最暢銷的奇幻小說　　　　...is the best-selling work of fantasy

15
哈利波特 ₂

適合學習的
較慢速度MP3
短文 173
字詞 174

作者累積的財富超過英國女皇

『哈利波特』❶一系列共 7 本。作者 J.K. 羅琳開始寫作時，是一位❷仰賴救濟金的❸單親媽媽；然而，當❹極其成功的❺出版第一集的『哈利波特』，❻加上❼更為暢銷的❽續集，終於讓她成為史上第一位作家——曾經❾藉由寫書❾賺得❿超過十億美元；這也使她的財富甚至超越英國女皇。

There are seven books in the ❶series. The <u>author</u>, J.K. Rowling, was a
/ ˈsɪriz /　　　　　　　　作者

❸single mother ❷on welfare when she began writing; <u>however</u>, the
/ ˈsɪŋgl̩ /　　　　　　/ ˈwɛlˌfɛr /　　　　　　　　　　　　　然而

❹tremendously successful ❺publication of the <u>first</u> *Harry Potter* book
/ trəˈmɛndəslɪ /　　　　　/ ˌpʌblɪˈkeʃən /　　　　　第一集

❻combined with the ❼even greater <u>success</u> of its ❽sequels <u>eventually</u>
/ kəmˈbaɪnd /　　　　　/ ˈivən ˈgretɚ /　 暢銷、成功　　　/ ˈsikwəlz /

<u>made the first author</u> <u>ever to</u> ❾<u>earn</u> ❿more than US$1 billion ❾<u>from</u>
終於成為史上第一位作家　　曾經…　 / ɝn /

her books. This made her <u>even richer than</u> <u>the queen of England</u>!
　　　　　　　　　　　　　　甚至比…更富有　　　　　英國女皇

重要字詞

single
/ ˈsɪŋgl̩ /

2

形容詞　**單身的；未婚的**

He <u>was raised in</u> a ***single*-parent family**.
　　成長於…　　　　　　　　單親家庭

他成長於單親家庭。

- raise　/ rez /　撫養；養育 (v.)
- single-parent　/ ˈsɪŋgl̩ ˈpɛrənt /　單親的 (adj.)

on welfare
/ ɑn ˈwɛlˌfɛr /
2️⃣

片語　（失業、身障人士等）領福利救濟金

Her <u>older brother</u> has a job, but her <u>younger brother</u> is
　　　哥哥　　　　　　　　　　　　　　弟弟
on welfare.

她哥哥有工作，但弟弟卻在領失業救濟金。

tremendously
/ trəˈmɛndəslɪ /
4️⃣

副詞　極好地；極大地

I <u>always</u> find her movies ***tremendously*** <u>entertaining</u>.
　　向來　　　　　　　　　　　具有極大的娛樂性

我發現她的電影向來具有極大的娛樂性。

● entertaining　/ ˌɛntɚˈtenɪŋ /　有趣的；使人愉快的 (adj.)

publication
/ ˌpʌblɪˈkeʃən /
4️⃣

名詞　出版；發表；問世

The book did not <u>become widely known</u>
　　　　　　　　　變得廣為人知
<u>until several years after its</u> ***publication***.
　　直到問世數年後

這本書問世數年後才廣為人知。

● widely　/ ˈwaɪdlɪ /　普遍地；廣泛地 (adv.)
● known　/ non /　知名的；出名的 (adj.)

combine with...
/ kəmˈbaɪn wɪð /
3️⃣

片語　結合；加上；綜合

The <u>national debt</u> is <u>the result of</u> <u>falling government</u>
　　國家負債　　　　…的結果　　　　政府稅收減少
<u>revenues</u> ***combined with*** <u>an increasing trade deficit</u>.
　　　　　　　　　　　　　　貿易赤字增加

國家負債是政府稅收減少，加上貿易赤字增加的結果。

● debt　/ dɛt /　債務；負債 (n.)
● result　/ rɪˈzʌlt /　結果；產生 (n.)
● falling　/ ˈfɔlɪŋ /　落下的；下降的；減少的 (adj.)
● revenue　/ ˈrɛvəˌnu /　財政收入；稅收收入 (n.)
● increasing　/ ɪnˈkrisɪŋ /　增加的；增大的 (adj.)
● deficit　/ ˈdɛfəsɪt /　赤字；逆差 (n.)
● trade deficit　貿易赤字；貿易逆差 (phr.)

even greater
/ ˈivən ˈgretɚ /

1 1

片語　甚至更多、更棒、更偉大

In George's opinion, Victor Hugo was an ***even greater*** author than Charles Dickens.

喬治認為，雨果是一位比狄更斯更偉大的作家。

- opinion　/ əˈpɪnjən /　意見；看法 (n.)
- in one's opinion　依某人看來；按照某人看法 (phr.)
- author　/ ˈɔθɚ /　作家 (n.)

sequel
/ ˈsikwəl /

★

名詞　續集；續篇

Popular movies like *Taxi* or *Spider Man*
熱門電影
are often followed by several ***sequels***.
通常會有…來接續

像『終極殺陣』或『蜘蛛人』這一類的熱門電影，通常會接著拍攝幾部續集。

- follow　/ ˈfɑlo /　接着；跟隨 (v.)

earn... from...
/ ɝn ˈfrʌm /

2

片語　由…賺得；透過…得到

Last year she ***earned*** more than NT$1 million ***from*** her investments.
超過一百萬台幣

去年，她從投資獲利超過一百萬台幣。

- earn A from B　（從 B 賺得 A；從 B 得到 A）(phr.)
- investment　/ inˈvestmənt /　投資 (n.)

more than...
/ mɔr ðæn /

1

片語　超過；多於；勝過

More than a thousand people came to hear the
來聽
designer speak.

超過一千人來聽這位設計師的演講。

- designer　/ dɪˈzainɚ /　設計師 (n.)
- speak　/ spik /　演說；演講 (v.)

實用表達法整理

— 全系列共有⋯本書	There are … books in the series.
— 一位仰賴救濟金的單親媽媽	a single mother on welfare
— 著作極度暢銷	the tremendously successful publication
— 續集更加成功	the even greater success of the sequel
— 靠著寫作獲利超過十億美元	earn more than US$1 billion from his / her books
— 財富甚至超越英國女皇	even richer than the queen of England

── 15 ──
哈利波特 ₃

全系列已被翻譯成 67 種語言

『哈利波特』系列已經❶被翻譯成 67 種語言，已售出超過 4 億❷本，在全球擁有❸龐大的書迷。

The series has been ❶translated into 67 languages, and more than 400
/ træns'letɪd /　　　　　　　　　　　　　　　超過 4 億

million ❷copies have been sold to ❸throngs of fans all over the world.
/ 'kɑpɪz /　已售出給…　　/ θrɑŋz /　書迷、粉絲　　全球

重要字詞

| translate...
into...
/ træns'let 'ɪntə /
4 | **片語　譯為；翻成**
Canada ***translates*** all its important government documents
　　　　　　　　　　　　　　　　　　　　　官方文件
into French for the benefit of the people of Quebec.
　　　　　　為了…的權益
加拿大政府考量魁北克省人民的權益，將所有重要的官方文件
都譯成法文。
● translate（A 語言）into（B 語言）　將 A 翻譯成 B (phr.)
● document　/ 'dɑkjəmənt /　文件；公文 (n.)
● benefit　/ 'bɛnəfɪt /　益處 (n.)
● Quebec　/ kwɪ'bɛk /　加拿大的魁北克省 (n.) |
| copy
/ 'kɑpɪ /
2 | **名詞　（書、報紙、唱片等）一本、一份、一張**
Whose albums have sold more ***copies***, the Beatles or
　誰的唱片　　　銷量較多
Michael Jackson? |

223

誰的唱片銷量較多？是披頭四，還是麥可‧傑克森？

- album ／ˈælbəm／ 音樂專輯 (n.)

throngs of...

／θrɑŋz ʌv／

5

片語 **成群結隊的（人）；大群的（人）**

Princess Diana's death was lamented by
黛安娜王妃的死亡
                                              ※
***throngs* of mourners.**
大批哀悼者

大批哀悼者為黛安娜王妃的過世悲慟不已。

- throngs of 人（成群結隊的、大群的某人）
- lament ／ləˈmɛnt／ 對…感到悲痛；痛惜；哀悼 (v.)
- mourner ／ˈmɔrnɚ／ 弔唁者；哀悼者 (n.)

關於 "成群、眾多" 的說法

※ 英語裡，形容「成群的人、或成群的各種動物」會用不同的詞彙。例如上方「throngs
of」只能用來形容「人」。而其他形容成群動物的說法如下：

(1) flock of（成群的鳥類或家畜）：a flock of birds（一群鳥）、a flock of sheep（一群
羊；sheep 的單、複數同形）

(2) herd of（成群的有蹄動物）：a herd of elephants ／ horses（一群大象 ／ 馬）

實用表達法整理

— 已經翻譯成…種語言　　has ／ have been translated into ... languages
— 銷售量超過 4 億本　　more than 400 million copies have been sold
— 全球的大批書迷　　throngs of fans all over the world

——— 15 ———
哈利波特 4

適合學習的
較慢速度MP3

短文 字詞
177 178

書迷徹夜排隊等著買新書

每逢此系列❶最新的❷一集出版，書迷會徹夜在當地書店外面❸排隊，❹
引頸期盼能有機會❺買到新書。

Every time ❶the newest ❷installment in the series <u>was published</u>, fans
　　每逢　　　　　　 / nuɪst /　　 / ɪnˈstɔlmənt /　　　　　　　　 （書）出版

would ❸stand in line <u>all night outside their local bookstores</u>, ❹eagerly
　　　 / stænd ɪn laɪn /　　　　 徹夜在當地書店外面　　　　　　 / ˈigɚlɪ /

awaiting their chance to ❺get their hands on the new book.
/ əˈwetɪŋ /　　　　　　　　　　　 / hændz /

重要字詞

the newest / ðə nuɪst / 1	**片語　最新的** Montenegro is ***the newest*** <u>member of</u> <u>the United Nations</u>. 　　　　　　　　　　　　　　…的成員　　　　　聯合國 蒙特內哥羅是聯合國的最新成員。 ● Montenegro　/ ˌmɑntəˈnigro /　歐洲國家蒙特內哥羅 (n.)
installment / ɪnˈstɔlmənt / 6	**名詞　（書刊雜誌的）一期；（電影的）一集** The 2009 movie *Star Trek* was <u>the latest</u> ***installment*** in 　　　　　　　　　　　　　　　　　　 最新的 <u>an enduringly popular franchise</u>. 　　一部長期受歡迎的系列電影 2009 年上映的電影—星際爭霸戰，是一部長期受歡迎的系列電影的最新續集。 ● latest　/ ˈletɪst /　最新的；最近的 (adj.) ● enduringly　/ ɪnˈdurɪŋlɪ /　持久地；耐久地 (adv.) ● franchise　/ ˈfræntʃaɪz /　系列電影；系列影集 (n.)

stand in line
/ stænd ɪn laɪn /
1️⃣

片語　**排隊**

She ***stood in line*** <u>for hours</u> to meet her favorite
好幾小時

<u>comic book artist</u>.
漫畫家

為了見到心儀的漫畫家,她排隊好幾小時。

- stand　/ stænd /　(現在式),stood / stʊd /(過去式)站立 (v.)
- comic　/ ˈkɑmɪk /　漫畫 (n.)

eagerly
/ ˈigɚlɪ /
3️⃣

副詞　**熱切地;急切地**

The children ***eagerly*** <u>ran downstairs</u> to see
跑下樓

<u>what Santa had brought them</u>.
聖誕老人帶來什麼禮物

孩子們急切地跑下樓,想看看聖誕老人帶給他們什麼禮物。

- downstairs　/ ˌdaʊnˈstɛrz /　在樓下地;往樓下地 (adv.)
- Santa　/ ˈsæntə /　耶誕老人 (n.)

await
/ əˈwet /
1️⃣

動詞　**等候;期待**

Maria and her family <u>stayed up until midnight</u>
熬夜至凌晨

awaiting <u>the arrival of the new year</u>.
新年的來臨

瑪莉亞和家人熬夜到凌晨,等待新年的來臨。

- stay up　/ ste ʌp /　深夜不睡;熬夜 (phr.)
- arrival　/ əˈraɪvl̩ /　到達;到來 (n.)

get one's hands on...
/ gɛt wʌns hændz ɑn /
1️⃣

片語　**取得;拿到;擁有**

Wow, a Babe Ruth <u>baseball card</u>! How did you ***get your***
棒球卡

hands on that?

哇!一張貝比魯斯的棒球卡!你怎麼拿到的?

- get one's hands on +某物　(取得、拿到、擁有某物) (phr.)
- wow　/ waʊ /　(表示極大的驚奇、欽佩)哇;呀

— 15 —
哈利波特 5

適合學習的
較慢速度MP3
短文 179 字詞 180

華納兄弟公司買下電影版權

華納兄弟電影公司❶買下了這系列的❷電影版權，是以一筆非常龐大的❸

金額（以重資購買了這系列的電影版權）。

<u>Warner Bros.</u> ❶purchased ❷the film rights to the series <u>for</u> a very large
華納兄弟電影公司　　　/ ˈpɝtʃəst /　　　　　　　　/ raɪts /　　　　　　　　　　以⋯樣的金額

❸sum.
/ sʌm /

重要字詞

purchase	**動詞　購買；買下**
/ ˈpɝtʃəs /　⑤	In October 2006, Google **purchased** Youtube <u>for $1.65 billion</u>. 　　　　　　　　　　　　　　　耗資美金 16.5 億 2006 年 10 月，Google 耗資 16.5 億美元買下了 Youtube。 ● purchased A for ＋金額　（花費⋯的金額購買了 A）
the rights to... / ðə raɪts tu /　①	**片語　⋯的權利** If you're thinking of <u>making a personal website</u>, you 　　　　　　　　　　　製作個人網站 should buy **_the rights to_** a domain name. 　　　　　　　　　　　網域名稱的使用權 如果你想架設個人網站，就應該購買一個網域名稱的使用權。 ● the rights to...　⋯的權利 (phr.) ● think of ＋動詞 ing　（考慮、想到要做⋯）(phr.)

- website / ˈwɛbˌsaɪt / 網站 (n.)
- domain / doˈmen / 網域 (n.)
- domain name 網域名稱 (phr.)

sum
/ sʌm /
3

名詞　金額；款項

The government bought her <u>art collection</u>
　　　　　　　　　　　　　　　藝術收藏
※
<u>for an undisclosed **sum**</u>.
以一筆未公開的金額

政府以一筆未公開的金額，買下她的藝術收藏。

- collection / kəˈlɛkʃən / 收集物，收藏品 (n.)
- undisclosed / ˌʌndɪsˈklozd / 未披露的；未公開的 (adj.)

特別說明這個字

※ sum 除了表示短文及例句中的「金額、款項」，也可以表示「兩個數量以上的總和」，試算表常見的函數「SUM（求和函數）」就是這個字。「sum」用來當「總和」的用法則例如：

The <u>sum</u> of 11 and 35 is 47.（11 加 35 的總和是 47。）
<u>sum</u> from 1 to 100 （1 到 100 的總和）

實用表達法整理

― 這個系列的電影版權　　　the film rights to the series
― 重資；巨資　　　　　　　for a very large sum
― 花費巨資購買…　　　　　purchased ... for a very large sum

—————————————— 01 ——————————————

購屋趨勢
House-buying Trends

接近母語人士的
較快速度 MP3
文章
181

❶ Over the past few years, as the real estate market has gradually emerged from recession, more people are looking to buy a house. p16

❷ Every weekend, crowds of people flock to check out models of homes still under construction but already up for sale. p18

❸ Experts have observed two divergent trends in the housing market: people are either buying modest residential apartments or spacious luxury homes. p20

❹ The price of luxury homes in urban areas has continued to climb in recent years. These opulent residences are purchased by consumers at the top of the pyramid. p24

❺ At the other end of the spectrum, the popularity of small residential homes is connected with the trend toward lower marriage rates and fewer children. p26

❻ For many home buyers selecting a location, convenience of transportation is the most important consideration. As a result, real estate prices along MRT lines have always been high. p28

❼ Secondary criteria include proximity to parks and green space, ease of shopping, and the quality of local schools. p30

— 02 —
出生率
Birth Rate

接近母語人士的
較快速度 MP3
文章
182

❶ According to statistics, Taiwan's birth rate for 2009 was just 8.29 per thousand, one of the lowest in the world. In recent years the number of children born has been only half of what it was a decade ago. Many scholars worry that in another ten years Taiwan will start to see negative population growth. p32

❷ By way of comparison with neighboring countries, only Hong Kong has a lower birth rate than Taiwan. Japan and Korea's numbers are similar to Taiwan's, while China's birth rate is higher. p34

❸ Research reports indicate that the drop in birth rate will give rise to a number of calamities, such as slipping economic growth, a dwindling workforce, falling demand for housing, and recession in child-related industries. p36

❹ All over Taiwan, the story is the same: young people would rather take care of a pet than a child. Many couples simply do not want to have kids, while some confess that they are unable to handle the economic pressure of rearing a child. p40

❺ The elderly are living longer, and young people are getting scarcer. If the situation does not improve, one thing is certain: the burdens of the youth of the future will only get heavier. p42

--- 03 ---

NG 商品
NG Goods

接近母語人士的
較快速度 MP3
文章
183

❶ Amid widespread laments of recession, so-called "NG goods" are becoming a hit. p44

❷ "NG" stands for No Good. NG goods have no deficiency in quality, but they cannot be displayed for sale due to flaws in their appearance. In simple terms, they don't sell because they look bad. p46

❸ In the past, goods like these were thrown away. Now, however, many merchants are selling them at low prices. People on a tight budget figure, if there's nothing wrong with the quality, who cares if they look bad? If you can take them home for a great price, why not? p49

❹ "NG goods" are gradually finding their niche in the market, giving consumers an extra choice when they shop. p52

04

八八風災
The August 8 Typhoon Disaster

接近母語人士的
較快速度MP3
文章
184

---

❶ On August 8, 2009, Typhoon Morakot hit Taiwan, unleashing a year's worth of rainfall in just four days and causing the worst flooding and mudslides Taiwan has seen in 50 years. p54

❷ Large numbers of people were suddenly bereft of their homes and family members, while some aboriginal villages disappeared completely, buried beneath the mud. p56

❸ After the disaster, the government sent the army to the stricken villages to search for possible survivors. p58

❹ But the mud had yet to recede and the roads and bridges connecting the trapped villages to the outside world had been severely damaged, rendering rescue work doubly difficult. p60

❺ To help with the work of rebuilding, people from all walks of life took part in donation drives. p64

❻ Large quantities of aid flowed rapidly into the areas affected by the disaster. Even foreign search-and-rescue specialists and search-and-rescue dogs entered the stricken areas to help search for survivors. p66

❼ By contrast, the government was relatively slow to provide relief. Government officials who lacked a sense of the magnitude of the crisis were subject to harsh criticism from the people. p68

—————————— 05 ——————————

一生難忘的921大地震
The Unforgettable 9/21 Earthquake

接近母語人士的
較快速度 MP3
文章
185

❶ At 1:47 a.m. on September 21, 1999, Taiwan experienced its most severe earthquake in history: 9/21. p72

❷ Centered in Nantou County and measuring 7.3 on the Richter scale, the temblor lasted for nearly two minutes. p74

❸ Because the quake occurred in the middle of the night, many people were asleep when it hit and thus had no chance to save themselves. As a result, more than two thousand people died, thirty disappeared, and ten thousand were injured. p76

❹ Residents of the areas around the epicenter said that before the earthquake began, they could hear loud rumbling noises coming from the ground underneath them. p80

❺ Just as they were wondering what the noises might mean and before they had time to react, the earth started shaking violently. p82

❻ As they rushed out of their houses in a panic, they saw the buildings along the road fall like dominoes. The scene was truly terrifying. p84

❼ For a year or two after 9/21, many people were terrified of earthquakes. Sometimes, even during commonplace mild earthquakes, people would charge out of their houses without thinking simply because the experience of 9/21 was so terrifying. p86

— 06 —

電子書
E-books

接近母語人士的
較快速度 MP3
文章
186

❶ The term "e-book" was coined some time ago. In recent years, thanks to the appearance of various electronic readers like Amazon's Kindle and Sony's Reader, e-books have become a hot topic once again. p88

❷ The price of a typical electronic reader ranges from US$100 to $200, though it has been gradually trending downward. p90

❸ Using their electronic readers, consumers can purchase and download e-books via wireless Internet. p92

❹ A single electronic reader can store hundreds of e-books, and thanks to the elimination of paper and printing costs, e-books sell for about half the price of regular books. p94

❺ In addition to reading, consumers can use their electronic readers to search content, skip pages, enlarge print, add notes and more. p96

❻ The newer readers even boast functions like a touch screen and backlighting for reading in the dark. p98

❼ E-books do not have a wide following as yet. However, if the price of electronic readers continues to fall and their design becomes ever more elegant, perhaps e-books really will become a new way to read. 100

—————— 07 ——————

節能減碳
Saving Energy and Cutting Carbon

接近母語人士的
較快速度 MP3
文章
187

❶ In recent years, an excessively high concentration of CO_2 in the atmosphere has resulted in global warming, compelling humans to recognize the harm they have inflicted on nature and start facing up to environmental and ecological problems. p102

❷ Hence, nations all over the world have rushed to proclaim the importance of "saving energy and cutting carbon," and concrete measures are being taken toward achieving those goals. p106

❸ "Saving energy" means economizing on all types of energy and resources, while "cutting carbon" means reducing carbon dioxide emissions. If you're looking for specific steps toward saving energy and cutting carbon, you can begin by changing your daily routine. p110

❹ For example, you could start by: eating less meat (because the process of transporting and feeding livestock causes CO_2 pollution); unplugging appliances when you're not using them to cut CO_2 emissions; p114

❺ driving less, making an effort to utilize mass transit, or riding a bicycle, all of which reduce CO_2 pollution from exhaust; recycling everything you can; p116

❻ using products made from recycled materials; and buying products with simple packaging to cut down on trash. p118

—— 08 ——

生機飲食
Eating Raw and Organic

接近母語人士的
較快速度MP3

文章
188

❶ "Eating raw and organic" means eating organic food raw. "Organic food" is food grown purely with organic fertilizer, without the aid of pesticides or chemical fertilizers. It also refers to food free from chemical additives and preservatives. p120

❷ In addition to health benefits, eating raw and organic can help make the earth less polluted. Recent research has indicated, however, that eating raw and organic is not without its drawbacks. p124

❸ According to this research, although switching to organic fertilizer can reduce soil and water pollution, it is also conducive to the growth of parasites. If you do not wash organic food thoroughly before eating it, you may ingest a residual parasite and develop a fatal disease. p126

❹ Experts also suggest that since every body is different, you should only eat raw organic food in combination with other foods adapted to your unique biological needs. Paying attention to nutritional balance, not eating only raw organic food, is the real way to be healthy. p129

—— 09 ——

癌症
Cancer

❶ According to Ministry of Health data on the ten most common causes of death in Taiwan, cancer has been at the top of the list for 27 years running. p132

❷ Cancer is caused by pathological mutations in ordinary cells, and people of all ages are susceptible to it. p134

❸ So far, scientists have been unable to figure out what causes these mutations, nor have they discovered a vaccine or a cure for cancer. p136

❹ Though it cannot be prevented, cancer is not always fatal. As long as it is discovered in its early stages and properly treated, recovery rates can be as high as 90%. p138

❺ The three most common methods of treating cancer are surgical removal, radiation treatment and chemotherapy. p140

❻ The risk of fatality increases, however, for patients who do not seek immediate medical attention because they superstitiously believe in cures untested by science. p142

10

臍帶血
Umbilical Cord Blood

接近母語人士的
較快速度 MP3
(文章
190)

❶ Thanks to endorsements from a number of celebrities, preserving umbilical cord blood appears to have become a fad. p146

❷ "Cord blood" refers to blood in the umbilical cord and the placenta. Thanks to advances in medical technology, humans have realized that this is a valuable resource. p150

❸ Cord blood abounds in "zero-year-old" stem cells, the main source from which the body manufactures blood and builds its immune system. p152

❹ Doctors assert that diseases treatable by bone marrow transplants can also be treated by transplanting cord blood. p154

❺ Unlike bone marrow, cord blood is easy to collect and causes no side effects in the donor. Moreover, the match rate and transplant success rate of cord blood are considerably higher than for bone marrow. p156

❻ There is no doubt about the medical usefulness of cord blood. However, the cost of storing cord blood in a blood bank is not cheap. p158

❼ Also, cord blood transplantation is not a treatment covered by Taiwan's national health insurance, and the million-NT cost of the procedure is prohibitively expensive for ordinary families. p160

— 11 —

王建民熱潮
Chien-Ming Wang Fever

接近母語人士的
較快速度 MP3

文章
191

❶ In 2000, Chien-Ming Wang went to the United States to play professional baseball. He spent more than four years in obscurity, honing his skills in the minor leagues, p162

❷ until he emerged into the limelight in April 2005 by becoming a starting pitcher for the New York Yankees. This was the spark that ignited "Chien-Ming Wang fever" in Taiwan. p164

❸ When reporting on Wang, many media outlets never fail to embellish his name with the epithet, "the glory of Taiwan." p166

❹ Every aspect of Wang's life in America is a focus of attention, no matter if it's wins and losses, ERA, salary, shoulder surgery, or becoming a father. p168

❺ Lots of people who never used to watch baseball have suddenly developed an interest in the sport thanks to Wang. p170

❻ Many people wear #40 jerseys, and products "pitched" by Wang invariably sell better. p172

❼ Because of Chien-Ming Wang, many young players have set a goal of playing pro ball in America, and many American scouts have begun to take notice of young Taiwanese players. p174

———— 12 ————
電視台選秀節目
TV Talent Shows

接近母語人士的
較快速度 MP3
文章
192

❶ Over the past few years, televised talent competitions have grown hugely popular, attracting record numbers of viewers. p176

❷ Not only have these programs thrust their contestants and hosts into the limelight, but the way the judges evaluated the contestants has provoked widespread discussion. p178

❸ The main audience for these programs consists of students and young office workers. Each week brings a different competitive event, and each week the contestants with the lowest scores are eliminated. p182

❹ Besides enjoying the performances, viewers can savor the intense drama as they wait for the results of the judging. p184

❺ Shows like this are refreshingly different from the traditional singing and variety programs that viewers are used to. p186

❻ Many stars who have been out of the public eye for a long time have used these shows as a springboard to relaunch their careers, hoping to increase their popularity by capitalizing on the shows' high ratings. p188

─────────── 13 ───────────

藝人吸毒
Celebrity Drug Abuse

接近母語人士的
較快速度 MP3
文章
193

❶ Taiwan, Japan and South Korea have all been rocked by revelations of drug use by well-known entertainers. p190

❷ When the story first broke, fans reacted with astonishment and disbelief, which turned to heartbreak as the test results came back positive. p192

❸ Of course, drug-abusing celebrities being taken to treatment centers for detoxification has been a wake-up call for the entertainment industry. p194

❹ Some entertainers have remarked in private that the competition they face is fierce—even if they're popular now, they never know when someone else will take their place in the spotlight. p198

❺ Under such heavy psychological pressure, it is highly likely that an entertainer will turn to drugs when he is unable to cope with stress or resist temptation. p200

❻ As public figures, however, entertainers should shoulder their social responsibilities. Drug abuse is definitely the wrong example for them to be setting. p202

— 14 —

海角七號
Cape No.7

❶ Taiwan's movie industry had lingered in the doldrums for decades. Then, in August 2008, *Cape No. 7* created a NT$530 million box-office miracle. p204

❷ Everything and everybody connected to *Cape No. 7* became fashionable. The places where the film was shot, the actors, and the soundtrack became wildly popular overnight. p206

❸ Although the movie has enjoyed such incredible success, the process of making *Cape No. 7* was rife with trials and frustrations. p208

❹ It is rumored that the director took on NT$30 million worth of debt to fund the movie, and shooting stopped for a while due to a lack of funds. p210

❺ *Cape No. 7* describes the lives of a group of ordinary people in a town in southern Taiwan. The plot, though simple, is honest and heartwarming. p212

❻ The success of the film has rekindled the enthusiasm of many movie industry workers, and it has gotten audiences back into theaters to enjoy local flicks. p214

—— 15 ——

哈利波特
Harry Potter

接近母語人士的
較快速度 MP3
文章
195

❶ *Harry Potter* is (by far) the best-selling work of fantasy to appear in years. p216

❷ There are seven books in the series. The author, J.K. Rowling, was a single mother on welfare when she began writing; however, the tremendously successful publication of the first *Harry Potter* book combined with the even greater success of its sequels eventually made the first author ever to earn more than US$1 billion from her books. This made her even richer than the queen of England! p218

❸ The series has been translated into 67 languages, and more than 400 million copies have been sold to throngs of fans all over the world. p222

❹ Every time the newest installment in the series was published, fans would stand in line all night outside their local bookstores, eagerly awaiting their chance to get their hands on the new book. p224

❺ Warner Bros. purchased the film rights to the series for a very large sum. p226

單字・片語索引

● 單字A~Y

〈註〉各單字之級數認定，以教育部公布之「英文參考詞彙表」為標準，共分 1～6 級，1 級為最基礎，6級為最高級。此 1～6 級單字經教育部公布後，目前已成為「英語教學、英語學習」最常依循的「必學單字」指標。

〈★〉級數顯示為★的單字，表示未納入「英文參考詞彙表」的單字範疇，但仍屬外國人的常用字，提醒你行有餘力再多學！

單字	詞性	意義	音標	頁碼	級數
A					
able	形	有能力的	/ˈebḷ/	54	1
aboriginal	形	原住民的；土著的	/ˌæbəˈrɪdʒənḷ/	57	6
abound	動	大量存在；有許多	/əˈbaund/	152	6
abroad	副	在國外地；到國外地	/əˈbrɔd/	147	2
abuse	名	濫用；妄用	/əˈbjuz/	69	6
access	名	通道；入口；使用的機會	/ˈæksɛs/	31	4
accident	名	意外；（交通）事故；災禍	/ˈæksədənt/	78	3
accidentally	副	意外地	/ˌæksəˈdɛntḷɪ/	127	4
acclaim	名	喝采；稱讚	/əˈklem/	147	★
accommodation	名	住宿	/əˌkɑməˈdeʃən/	161	6
according	形	相應的；依據；依照	/əˈkɔrdɪŋ/	76	1
account	名	帳戶	/əˈkaunt/	37	3
ache	名	（持續性的）疼痛	/ek/	86	3
achieve	動	完成；達到；得到	/əˈtʃiv/	108	3
acquire	動	購得；獲得	/əˈkwaɪr/	211	4
act	動	行動；舉止；表現	/ækt/	169	1
acting	名	（戲劇；電影等的）表演	/ˈæktɪŋ/	176	1
action	名	（富刺激性的）動作；行為	/ˈækʃən/	213	1
actor	名	演員；男演員	/ˈæktɚ/	173	1
adapt	動	適應	/əˈdæpt/	68	4
add	動	增加	/æd/	97	1
addict	名	吸毒成癮的人；癮君子	/əˈdɪkt/	195	3
additive	名	添加物	/ˈædətɪv/	122	★
administration	名	政府；行政；機構	/ədˌmɪnəˈstreʃən/	37	6
admire	動	欽佩；仰慕	/ədˈmaɪr/	212	3
advance	名	進步；進展	/ədˈvæns/	139	2
advanced	形	先進的	/ədˈvænst/	204	2
adversely	副	不利地；有害地	/ædˈvɝslɪ/	67	★
advertise	動	做廣告；刊登廣告	/ˈædvɚˌtaɪz/	189	3
advertiser	名	廣告商；廣告公司	/ˈædvɚˌtaɪzɚ/	189	5
advertising	名	廣告業；做廣告	/ˈædvɚˌtaɪzɪŋ/	206	3
advice	名	忠告；建議	/ədˈvaɪs/	66	3
affair	名	公共事務；政治事務	/əˈfɛr/	45	2
affect	動	影響；對…發生作用	/əˈfɛkt/	67	3
afford	動	買得起；負擔得起	/əˈford/	203	3
afraid	形	害怕的；畏懼的	/əˈfred/	137	1
again	副	再；再一次	/əˈgɛn/	88	1
age	名	年齡	/edʒ/	86	1
ago	副	在…以前	/əˈgo/	88	1
agreement	名	協定；契約	/əˈgrimənt/	67	2
aid	名	援助；救援物資；援助款項	/ed/	66	2
AIDS	名	愛滋病	/edz/	132	4
air	名	空氣	/ɛr/	111	1

單字	詞性	意義	音標	頁碼	級數
airfare	名	飛機票價	/ˈɛrˌfɛr/	161	3
airport	名	機場	/ˈɛrˌport/	143	1
album	名	音樂專輯	/ˈælbəm/	222	2
alcohol	名	酒精；酒；含酒精飲料	/ˈælkəˌhɔl/	103	4
alcoholic	名	酒精中毒者；酒鬼	/ˌælkəˈhɔlɪk/	195	6
all	形	所有的；全部的	/ɔl/	98	1
allergy	名	過敏反應	/ˈælɚdʒɪ/	156	5
allow	動	允許；准許	/əˈlaʊ/	45	1
almost	副	幾乎；差不多	/ˈɔlˌmost/	77	1
alone	形	單獨的	/əˈlon/	115	1
along	介	沿著…；順著…	/əˈlɔŋ/	29	1
already	副	已經	/ɔlˈrɛdɪ/	18	1
also	副	也	/ˈɔlso/	120	1
although	連	雖然；儘管	/ɔlˈðo/	126	2
always	副	總是；經常	/ˈɔlwez/	28	1
amazing	形	令人驚喜；驚歎的	/əˈmezɪŋ/	94	3
ambassador	名	大使	/æmˈbæsədɚ/	25	3
amid	介	在…之中；四周是…	/əˈmɪd/	44	4
ancestor	名	祖宗；祖先	/ˈænsɛstɚ/	205	4
angrily	副	憤怒地；生氣地	/ˈæŋɡrɪlɪ/	192	1
animated	形	動畫的	/ˈænəˌmetɪd/	135	6
announce	動	宣佈；宣告	/əˈnaʊns/	44	3
anonymous	形	匿名的；不具名的	/əˈnɑnəməs/	157	6
another	形	另一個的	/əˈnʌðɚ/	108	1
Antarctica	名	南極洲	/ænˈtɑrktɪkə/	130	6
anthropology	名	人類學	/ˌænθrəˈpɑlədʒɪ/	30	★
any	形	盡可能多的；任何一個的	/ˈɛnɪ/	43	1
anyone	代	任何人	/ˈɛnɪˌwʌn/	101	2

單字	詞性	意義	音標	頁碼	級數
apartment	名	公寓	/əˈpɑrtmənt/	20	2
appear	動	出現；演出；（書或文章）發表；出版	/əˈpɪr/	146	1
appearance	名	出現；到來；外觀；外表	/əˈpɪrəns/	89	2
applaud	動	鼓掌	/əˈplɔd/	182	5
appliance	名	家用電器；器具	/əˈplaɪəns/	115	4
area	名	區域；範圍	/ˈɛrɪə/	22	1
argue	動	主張；論證；爭辯；爭論	/ˈɑrgju/	138	2
army	名	軍隊	/ˈɑrmɪ/	25	1
around	介	到處；周圍	/əˈraʊnd/	62	1
arrival	名	到達；到來	/əˈraɪvl̩/	225	3
arrive	動	到達；抵達	/əˈraɪv/	205	2
art	名	藝術；美術	/ɑrt/	19	1
article	名	文章；論文	/ˈɑrtɪkl̩/	132	2
artist	名	藝術家	/ˈɑrtɪst/	95	2
Asian	名	亞洲人	/ˈeʃən/	80	★
asleep	形	睡著的；熟睡（不會置於名詞前）	/əˈslip/	54	2
aspect	名	面向；層面	/ˈæspɛkt/	168	4
assert	動	聲稱；表示	/əˈsɝt/	154	6
astonishment	名	驚訝；訝異	/əˈstɑnɪʃmənt/	192	5
astrology	名	占星術；占星學	/əˈstrɑlədʒɪ/	143	★
astronomical	形	天文數字的；天文學的	/ˌæstrəˈnɑmɪkl̩/	60	6
athlete	名	運動員	/ˈæθlit/	147	3
atmosphere	名	大氣	/ˈætməsˌfɪr/	102	4
atomic	形	原子能的；原子武器的	/əˈtɑmɪk/	141	6
attack	名	（疾病的）發作；攻擊	/əˈtæk/	106	2
attention	名	注意；關注	/əˈtɛnʃən/	169	2

單字	詞性	意義	音標	頁碼	級數
attract	動	吸引；使喜愛	/əˋtrækt/	100	3
attraction	名	吸引人之處；吸引人之物	/əˋtrækʃən/	184	4
auction	名	拍賣	/ˋɔkʃən/	19	6
audience	名	觀眾；聽眾；讀者	/ˋɔdɪəns/	182	3
audio	形	錄音的	/ˋɔdɪo/	47	4
August	名	八月	/ˋɔgʌst/	37	1
author	名	作家；作者	/ˋɔθɚ/	31	3
available	形	可獲得的；可利用的	/əˋveləbḷ/	160	3
average	形	平均的	/ˋævərɪdʒ/	158	3
avoid	動	避免	/əˋvɔɪd/	55	2
await	動	等候；期待	/əˋwet/	225	4
awaken	動	（使）醒來	/əˋwekən/	75	3
awareness	名	認識；意識	/əˋwɛrnɪs/	104	3
away	副	離開	/əˋwe/	93	1

B

單字	詞性	意義	音標	頁碼	級數
baboon	名	狒狒	/bæˋbun/	20	★
baby	名	嬰兒；寶貝	/ˋbebɪ/	115	1
background	名	出身背景；學經歷	/ˋbækˏgraund/	209	3
backlighting	名	背光；逆光	/ˋbækˏlaɪtɪŋ/	99	★
bad	形	壞的；不好的	/bæd/	46	1
bag	名	袋子	/bæg/	117	1
balance	名	餘額；剩餘的部分	/ˋbæləns/	37	3
ball	名	球；球狀物	/bɔl/	174	1
bank	名	銀行	/bæŋk/	16	1
banquet	名	宴會；筵席	/ˋbæŋkwɪt/	103	5
base	動	以…為基礎	/bes/	143	1
baseball	名	棒球	/ˋbesˏbɔl/	162	1
basis	名	基準；根據	/ˋbesɪs/	35	2

單字	詞性	意義	音標	頁碼	級數
bathroom	名	浴室	/ˋbæθˏrum/	215	1
battery	名	電池	/ˋbætərɪ/	137	4
battle	名	戰役；戰鬥	/ˋbætḷ/	185	2
battlefield	名	戰場	/ˋbætḷˏfild/	167	2
bear	動	承受；忍受；生小孩	/bɛr/	43	2
beautiful	形	美麗的；漂亮的	/ˋbjutəfəl/	26	1
because	連	因為	/bɪˋkɔz/	28	1
become	動	變成	/bɪˋkʌm/	88	1
before	介	在…前面（地點）；…以前（時間）	/bɪˋfor/	17	1
begin	動	開始；展開	/bɪˋgɪn/	91	1
behind	介	在…的背後；在…的後面	/bɪˋhaɪnd/	164	1
believe	動	相信；信仰；信任	/bɪˋliv/	144	1
bell-bottom	形	褲管成喇叭狀的	/bɛl ˋbatəm/	148	1
beneath	介	在…之下	/bɪˋniθ/	57	3
benefit	名	利益	/ˋbɛnəfɪt/	96	3
bereft	形	沒有…的；喪失…的	/bɪˋrɛft/	56	★
besides	介	除了…之外，還…	/bɪˋsaɪdz/	184	2
best-selling	形	最暢銷的	/bɛst ˋsɛlɪŋ/	216	1
better	形	更好的	/ˋbɛtɚ/	47	1
between	介	在…之間	/bɪˋtwin/	188	1
Bible	名	聖經	/ˋbaɪbḷ/	76	3
bicycle	名	腳踏車	/ˋbaɪsɪkḷ/	116	1
bigot	名	（種族；宗教或政治的）頑固盲從者；偏執者	/ˋbɪgət/	167	★
bike	名	自行車	/baɪk/	184	1
billion	名	十億	/ˋbɪljən/	210	3
biological	形	生物的；生物學的	/ˏbaɪəˋladʒɪkḷ/	130	6
birth	名	出生；誕生	/bɝθ/	21	1

單字	詞性	意義	音標	頁碼	級數
bite	動	（用牙齒）咬	/baɪt/	86	1
blame	名	（壞事；錯事的）責任；指責	/blem/	202	3
blaze	名	烈火；火災	/blez/	146	5
block	動	阻塞住；封鎖住	/blɑk/	55	1
blocked	形	堵塞的；被封鎖的	/blɑkt/	55	1
blood	名	血液	/blʌd/	46	1
blue	名	藍色	/blu/	81	1
boast	動	有可取的特點；以…為優點	/bost/	98	4
body	名	身體	/ˋbɑdɪ/	129	1
bomb	名	炸彈	/bɑm/	85	2
bone	名	骨頭	/bon/	155	1
book	名	書籍	/buk/	89	1
bookstore	名	書店	/ˋbukˌstor/	81	1
boot	名	靴子	/but/	52	3
born	形	誕生的；出生的	/bɔrn/	89	1
boss	名	老闆	/bɔs/	112	2
bottom	名	底部	/ˋbɑtəm/	25	1
box	名	（戲院）包廂；分隔式的座位；箱子	/bɑks/	205	1
brand	名	商標	/brænd/	22	2
brave	形	勇敢的；無畏的	/brev/	146	1
break	名	休息；短期休假	/brek/	211	1
break	動	破；裂；碎（過去式 broke）	/brek/	53	1
breakup	名	中斷；分離；分手	/ˋbrekˌʌp/	128	6
breathe	動	呼吸；吸氣	/brið/	111	3
bridge	名	橋梁	/brɪdʒ/	60	1

單字	詞性	意義	音標	頁碼	級數
bring	動	帶來；拿來	/brɪŋ/	104	1
British	形	英國人的；英國的	/ˋbrɪtɪʃ/	52	★
broken	形	破損的；出毛病的	/ˋbrokən/	148	1
budget	名	預算	/ˋbʌdʒɪt/	33	3
build	動	建築；建造	/bɪld/	22	1
building	名	建築物	/ˋbɪldɪŋ/	73	1
burden	名	負擔；重擔	/ˋbɝdn/	43	3
bury	動	掩埋；埋藏	/ˋbɛrɪ/	57	3
bus	名	巴士；公車	/bʌs/	29	1
business	名	公司；商店；分內事；本分	/ˋbɪznɪs/	77	2
butt	名	煙蒂；煙頭	/bʌt/	165	★
buy	動	購買	/baɪ/	20	1
buyer	名	買主	/ˋbaɪɚ/	28	1

C

單字	詞性	意義	音標	頁碼	級數
cake	名	蛋糕	/kek/	131	1
calamity	名	災難；危機	/kəˋlæmətɪ/	37	★
camera	名	照相機	/ˋkæmərə/	98	1
camp	動	露營	/kæmp/	81	1
can	動	可以；可能	/kæn/	46	1
cancer	名	癌症	/ˋkænsɚ/	41	2
capitalize	動	利用；提供資本	/ˋkæpətḷˌaɪz/	189	★
car	名	汽車	/kɑr/	21	1
carbon	名	碳	/ˋkɑrbən/	110	5
card	名	卡片	/kɑrd/	94	1
cards	名	紙牌遊戲	/kɑrdz/	85	1
care	動	在乎；照顧	/kɛr/	49	1
career	名	職業；職涯	/kəˋrɪr/	29	4
careful	形	仔細的；小心的	/ˋkɛrfəl/	127	1
carrot	名	紅蘿蔔	/ˋkærət/	120	2

單字	詞性	意義	音標	頁碼	級數
carry	動	含有；帶有	/ˈkærɪ/	127	1
cat	名	貓	/kæt/	78	1
cause	動	造成	/kɔz/	54	1
celebrity	名	名人；名流；著名	/sɪˈlɛbrətɪ/	147	5
cell	名	細胞；電池	/sɛl/	93	2
center	動	以…為中心；位於…中央	/ˈsɛntɚ/	74	1
central	形	中央的；中心的	/ˈsɛntrəl/	152	2
CEO	名	執行長（＝chief executive officer）	/si i o/（/tʃif ɪgˈzɛkjutɪv ˈɔfəsɚ/）	175	★
certain	形	確信的	/ˈsɝtən/	42	1
chance	名	機會	/tʃæns/	76	1
change	動	改變；交換	/tʃendʒ/	103	2
character	名	品格；性格	/ˈkærɪktɚ/	97	2
characterize	動	是…的特徵；以…為典型	/ˈkærəktəˌraɪz/	134	6
charge	動	向…方向衝去	/tʃɑrdʒ/	87	2
charity	名	慈善機構（或組織）	/ˈtʃærətɪ/	69	4
charming	形	迷人的；吸引人的	/ˈtʃɑrmɪŋ/	85	3
cheap	形	便宜的	/tʃip/	158	2
check	動	查看；檢驗；核對	/tʃɛk/	19	1
cheerful	形	令人愉快的	/ˈtʃɪrfəl/	186	3
chemical	形	化學的	/ˈkɛmɪkl̩/	121	2
chemotherapy	名	化學療法；化學治療	/ˌkɛmoˈθɛrəpɪ/	141	★
chief	形	首要的；最高級的	/tʃif/	175	1
child	名	小孩；兒童	/tʃaɪld/	26	1
chocolate	名	巧克力	/ˈtʃɑkəlɪt/	131	2
choice	名	選擇	/tʃɔɪs/	52	2
cigarette	名	香煙	/ˌsɪgəˈrɛt/	165	3

單字	詞性	意義	音標	頁碼	級數
city	名	城市	/ˈsɪtɪ/	114	1
civil	形	有禮貌的；客氣的	/ˈsɪvl̩/	181	3
claim	動	宣稱；聲稱	/klem/	118	2
class	名	班級；課堂；等級	/klæs/	88	1
clean	形	乾淨的	/klin/	111	1
climb	動	增加；攀升	/klaɪm/	24	1
closer	名	（棒球）終場投手	/ˈklozɚ/	165	★
clothes	名	衣服	/kloz/	101	2
cloud	名	雲	/klaʊd/	17	1
CO_2	名	二氧化碳（＝carbon dioxide）	/si o tu/或 /ˈkɑrbən daɪˈɑksaɪd/	102	★
coast	名	海岸；海濱	/kost/	26	1
coin	動	創造新詞語	/kɔɪn/	88	2
cold	名	感冒	/kold/	133	1
collect	動	搜集；募集	/kəˈlɛkt/	65	2
collection	名	（常指同類的）收集物；收藏品	/kəˈlɛkʃən/	19	3
college	名	大學；學院	/ˈkɑlɪdʒ/	21	3
color	名	顏色	/ˈkʌlɚ/	26	1
combine	動	使結合；加上；兼具	/kəmˈbaɪn/	219	3
come	動	來；來自	/kʌm/	29	1
comic	名	漫畫	/ˈkɑmɪk/	225	4
common	形	常見的；普遍的	/ˈkɑmən/	133	1
commonplace	形	平凡的；普通的；普遍的	/ˈkɑmənˌples/	86	5
communication	名	傳遞；傳播	/kəˌmjunəˈkeʃən/	89	4
company	名	公司	/ˈkʌmpənɪ/	103	2
compared	形	比較的；對照的	/kəmˈpɛrd/	186	2
comparison	名	比較	/kəmˈpærəsn̩/	35	3
compel	動	強迫；迫使；使必須	/kəmˈpɛl/	103	5

單字	詞性	意義	音標	頁碼	級數
compensate	動	補償；彌補；抵銷	/ˋkɑmpənˏset/	111	6
competition	名	比賽；競爭	/ˏkɑmpəˋtɪʃən/	176	4
competitive	形	競爭的；具競爭力的	/kəmˋpɛtətɪv/	183	4
complain	動	抱怨；發牢騷	/kəmˋplen/	102	2
completely	副	完全地	/kəmˋplitlɪ/	56	2
computer	名	電腦	/kəmˋpjutɚ/	107	2
concentration	名	濃度	/ˏkɑnsɛnˋtreʃən/	103	4
concern	名	（尤指許多人共同的）擔心；憂慮	/kənˋsɝn/	119	3
concert	名	音樂會；演奏會	/ˋkɑnsɚt/	18	3
concrete	形	具體的；有形的	/ˋkɑnkrit/	107	4
conducive	形	有益的；有幫助的	/kənˋdjusɪv/	127	★
conduct	動	實施；執行	/kənˋdʌkt/	121	5
confess	動	坦白；承認	/kənˋfɛs/	41	4
connect	動	連結；使有關係	/kəˋnɛkt/	60	3
considerable	形	相當多（或大；重要等）的	/kənˋsɪdərəbḷ/	104	3
considerably	副	非常地；很；相當多地	/kənˋsɪdərəblɪ/	157	3
consideration	名	考慮因素；考量	/kənsɪdəˋreʃən/	29	3
consist	動	組成；包含	/kənˋsɪst/	182	4
constipation	名	便秘	/ˏkɑnstəˋpeʃən/	156	★
consumer	名	消費者	/kənˋsjumɚ/	24	4
contact	名	觸摸；接觸；隱形眼鏡	/ˋkɑntækt/	207	2
contain	動	含有；容納	/kənˋten/	122	2
content	名	內容；內涵	/kənˋtɛnt/	97	4
contestant	名	參賽者；競爭者	/kənˋtɛstənt/	179	6
continue	動	繼續；不斷發生	/kənˋtɪnju/	24	1
contract	名	契約；合約	/ˋkɑntrækt/	97	3
contrast	名	對比；對照	/ˋkɑnˏtræst/	68	4
contribution	名	貢獻；促成作用	/ˏkɑntrəˋbjuʃən/	103	4
control	動	控制	/kənˋtrol/	101	2
controversial	名	引起爭論的；有爭議的	/ˏkɑntrəˋvɝʃəl/	101	6
controversy	名	爭議；爭論	/ˋkɑntrəˏvɝsɪ/	180	6
convenience	名	便利性；方便性	/kənˋvinjəns/	28	4
convenient	形	方便的；省事的	/kənˋvinjənt/	28	2
convert	動	可轉變為；可變換成	/kənˋvɝt/	111	5
cooperation	名	合作；配合	/koˏɑpəˋreʃən/	188	4
cope	動	（成功地）應付；（妥善地）處理	/kop/	201	4
copy	名	（書；報紙；唱片等）一本；一份；一張	/ˋkɑpɪ/	222	2
copyrighted	形	獲得版權的；受版權保護的	/ˋkɑpɪˏraitɪd/	92	5
cord	名	細繩；粗線；韌帶；（身體）繩狀組織	/kɔrd/	150	4
corner	名	街角；角落	/ˋkɔrnɚ/	200	2
corruption	名	腐敗；貪污	/kəˋrʌpʃən/	209	6
cost	動	花費	/kɔst/	24	1
cost	名	成本；費用	/kɔst/	95	1
couch	名	長沙發	/kautʃ/	25	3
counseling	名	諮詢；輔導	/ˋkaunslɪŋ/	214	5
country	名	國家	/ˋkʌntrɪ/	22	1
courage	名	勇敢；無畏	/ˋkɝɪdʒ/	167	2
course	名	課程；講座	/kors/	124	1
court	名	球場	/kort/	147	2
cover	動	足以支付；夠付	/ˋkʌvɚ/	95	1
coverage	名	新聞報導	/ˋkʌvərɪdʒ/	208	6

單字	詞性	意義	音標	頁碼	級數
definitely	副	肯定地；無疑是；絕對地	/ˋdɛfənɪtlɪ/	203	4
delay	動	耽擱；延誤	/dɪˋle/	47	2
delicious	形	美味的；可口的	/dɪˋlɪʃəs/	185	2
deliver	動	遞送；交付	/dɪˋlɪvɚ/	169	2
demand	名	要求；需求	/dɪˋmænd/	36	4
demand	動	強烈要求	/dɪˋmænd/	87	4
democracy	名	民主國家	/dɪˋmɑkrəsɪ/	70	3
depression	名	經濟蕭條；不景氣	/dɪˋprɛʃən/	72	4
describe	動	描述；描寫	/dɪˋskraɪb/	212	2
deserve	動	值得；應得	/dɪˋzɝv/	163	4
design	名	設計	/dɪˋzaɪn/	100	2
design	動	設計；構思	/dɪˋzaɪn/	101	2
designer	名	設計師	/dɪˋzaɪnɚ/	220	3
despite	介	儘管；任憑	/dɪˋspaɪt/	151	4
detail	名	細節；詳情；情節	/ˋditel/	167	3
determine	動	查明；確認清楚（事實）	/dɪˋtɝmɪn/	133	3
detoxification	名	戒酒；戒毒	/diˌtɑksəfəˋkeʃən/	195	★
devastate	動	徹底破壞；摧毀	/ˋdɛvəsˌtet/	64	★
develop	動	發展；逐漸養成	/dɪˋvɛləp/	112	2
development	名	研製；發展	/dɪˋvɛləpmənt/	95	2
diabetes	名	糖尿病	/ˌdaɪəˋbitiz/	134	6
diamond	名	鑽石	/ˋdaɪəmənd/	106	2
die	動	死亡；逝世	/daɪ/	76	1
diet	名	日常飲食；日常食物	/ˋdaɪət/	182	3
diet	動	節食；依規定飲食	/ˋdaɪət/	130	3
different	形	不同的；各種的	/ˋdɪfərənt/	129	1
difficult	形	困難的	/ˋdɪfəˌkəlt/	102	1
digital	形	數位的	/ˋdɪdʒɪtḷ/	24	4

單字	詞性	意義	音標	頁碼	級數
dim	動	（使）變微弱；變昏暗	/dɪm/	199	3
director	名	（電影；戲劇等的）導演	/dəˋrɛktɚ/	147	2
disappear	動	消失；失蹤	/ˌdɪsəˋpɪr/	56	2
disaster	名	災難；災害	/dɪˋzæstɚ/	58	4
disbelief	名	懷疑；不相信	/ˌdɪsbəˋlif/	193	5
discover	動	（出乎意料地）發現；發覺	/dɪsˋkʌvɚ/	84	1
discussion	名	討論；談論	/dɪˋskʌʃən/	181	2
disease	名	疾病	/dɪˋziz/	126	3
disobedient	形	不順從的；違抗的	/ˌdɪsəˋbidɪənt/	41	4
display	動	陳列；展示	/dɪˋsple/	47	2
dispose	動	清除；銷毀	/dɪˋspoz/	139	5
distracting	形	使分散注意力的；分心的	/dɪˋstræktɪŋ/	127	6
divergent	形	分歧的；相異的	/daɪˋvɝdʒənt/	21	★
divorced	形	離婚的；離異的	/dəˋvɔrst/	193	4
do	動	做；完成	/du/	55	1
doctor	名	醫生	/ˋdɑktɚ/	119	1
document	名	文件；公文	/ˋdɑkjəmənt/	222	5
documentary	名	紀錄影片	/ˌdɑkjəˋmɛntərɪ/	209	6
dog	名	狗	/dɔg/	108	1
doldrums	名	低潮；低迷	/ˋdɑldrəmz/	205	★
dollar	名	（錢幣）元	/ˋdɑlɚ/	95	1
domain	名	網域	/doˋmen/	226	★
dominoes	名	骨牌遊戲	/ˋdɑməˌnoz/	85	★
donate	動	捐贈；捐獻	/ˋdonet/	46	6
donation	名	捐獻；捐贈	/doˋneʃən/	65	6
donor	名	器官捐獻者；捐血者	/ˋdonɚ/	157	6
door-to-door	副	挨家挨戶地	/ˋdortəˌdor/	65	★

單字	詞性	意義	音標	頁碼	級數
doubly	副	加倍地；越發	/ˈdʌblɪ/	62	2
doubt	名	懷疑；不相信	/daʊt/	158	2
doubt	動	懷疑；不相信	/daʊt/	159	2
down	副	向下地	/daʊn/	25	1
download	動	下載	/ˈdaʊnˌlod/	91	4
downstairs	副	在樓下地；往樓下地	/ˌdaʊnˈstɛrz/	225	1
downward	副	下降地；向下地	/ˈdaʊnwəd/	91	5
dozen	名	一打；12個	/ˈdʌzn̩/	152	1
drawback	名	缺點；不利條件	/ˈdrɔˌbæk/	125	6
dream	動	想像；幻想	/drim/	205	1
dress	動	裝扮成…	/drɛs/	135	2
drink	動	喝；喝酒	/drɪŋk/	103	1
drive	動	駕駛	/draɪv/	116	1
driver	名	駕駛員；司機	/ˈdraɪvə/	134	1
driving	名	駕駛（交通工具）	/ˈdraɪvɪŋ/	142	1
drop	名	下降；降低	/drɑp/	36	2
drought	名	久旱；旱災	/draʊt/	73	6
drowsiness	名	睡意；睏倦	/ˈdraʊzɪnɪs/	133	3
drug	名	毒品；藥物	/drʌg/	191	2
drug-abusing	形	濫用藥物；濫用毒品；吸毒	/drʌg əˈbjuzɪŋ/	194	26
drunk	形	酒醉的；陶醉的	/drʌŋk/	103	3
dryer	名	吹風機	/ˈdraɪə/	115	2
due	形	因為；由於	/dju/	210	3
dump	名	垃圾場；廢物堆	/dʌmp/	31	3
dung	名	（尤指大型動物的）糞便	/dʌŋ/	121	★
during	介	在…的整個期間	/ˈdjurɪŋ/	86	1
dwindle	動	逐漸衰減	/ˈdwɪndl̩/	37	★
dwindling	名	衰減	/ˈdwɪndl̩ɪŋ/	37	★

E

單字	詞性	意義	音標	頁碼	級數
each	形	每一	/itʃ/	139	1
eagerly	副	熱切地；急切地	/ˈigəlɪ/	225	3
eagle	名	鷹	/ˈigl̩/	84	1
early	形	早期的；早的	/ˈɜlɪ/	138	1
earn	動	賺取；得到	/ɜn/	220	2
earth	名	地表；地球	/ɜθ/	83	1
earthquake	名	地震	/ˈɜθˌkwek/	37	2
ease	名	容易；便利	/iz/	31	1
east	名	東方；東邊	/ist/	26	1
easy	形	容易的	/ˈizɪ/	99	1
eat	動	吃；進食	/it/	28	1
e-book	名	電子書	/i buk/	88	1
ecological	形	生態的	/ˌɛkəˈlɑdʒɪkəl/	104	6
economic	形	經濟上的	/ˌikəˈnɑmɪk/	103	4
economize	動	節省；節約	/ɪˈkɑnəˌmaɪz/	111	4
economy	名	經濟情況	/ɪˈkɑnəmɪ/	92	4
editor	名	（書籍的）編輯；審校者	/ˈɛdɪtə/	97	3
education	名	教育	/ˌɛdʒuˈkeʃən/	151	2
educational	形	有關教育的	/ˌɛdʒuˈkeʃənl̩/	205	3
effect	名	結果；影響；效應	/ɪˈfɛkt/	104	2
effective	形	產生預期結果的；有效的	/ɪˈfɛktɪv/	130	2
either	副	也；都	/ˈiðə/	20	1
elderly	名	老年人	/ˈɛldəlɪ/	42	3
electric	形	用電的；電動的	/ɪˈlɛktrɪk/	115	3
electronic	形	電子的	/ɪlɛkˈtrɑnɪk/	89	3

單字	詞性	意義	音標	頁碼	級數
electronics	名	電子；電子產品	/ɪlɛkˋtrɑnɪks/	38	4
elegant	形	講究；精美；優雅	/ˋɛləgənt/	101	4
elementary	形	初級的；基礎的	/ˌɛləˋmɛntərɪ/	151	4
elevator	名	電梯	/ˋɛlə͵vetɚ/	31	2
eliminate	動	排除；消除	/ɪˋlɪmə͵net/	27	4
elimination	名	排除；根除	/ɪ͵lɪməˋneʃən/	94	4
elite	形	上層階級的；菁英的	/eˋlit/	66	6
else	副	其他；另外	/ɛls/	198	1
embellish	動	對…加以渲染；美化	/ɪmˋbɛlɪʃ/	167	★
emerge	動	（從困境）擺脫；（從某處）浮現	/ɪˋmɝdʒ/	17	4
emission	名	排放物；散發物	/ɪˋmɪʃən/	107	★
emotion	名	激烈的情感	/ɪˋmoʃən/	83	2
employee	名	員工	/͵ɛmplɔɪˋi/	30	3
employment	名	雇用；職業	/ɪmˋplɔɪmənt/	103	6
encouragement	名	鼓舞；鼓勵	/ɪnˋkɝɪdʒmənt/	171	★
ending	名	結局；結尾	/ˋɛndɪŋ/	173	5
endorsement	名	代言；背書	/ɪnˋdɔrsmənt/	147	★
enduringly	副	持久地；耐久地	/ɪnˋdurɪŋlɪ/	224	4
energy	名	能源；能量	/ˋɛnɚdʒɪ/	107	2
engine	名	引擎	/ˋɛndʒən/	122	3
enjoy	動	享受；喜愛	/ɪnˋdʒɔɪ/	188	2
enlarge	動	放大	/ɪnˋlɑrdʒ/	97	4
enlisted	形	士兵的；部隊一員的	/ɪnˋlɪstɪd/	25	★
enormous	形	龐大的；極大的	/ɪˋnɔrməs/	88	4
enough	形	足夠的	/əˋnʌf/	127	1
enter	動	進入	/ˋɛntɚ/	66	1
entertainer	名	藝人；演藝人員；娛樂界人士	/͵ɛntɚˋtenɚ/	191	4

單字	詞性	意義	音標	頁碼	級數
entertaining	形	有趣的；使人愉快的	/͵ɛntɚˋtenɪŋ/	219	4
entertainment	名	娛樂；演藝；餘興	/͵ɛntɚˋtenmənt/	196	4
enthusiasm	名	熱誠；熱情	/ɪnˋθjuzɪ͵æzəm/	146	4
enthusiastically	副	熱心地；熱情地	/ɪn͵θjuzɪˋæstɪklɪ/	182	5
entirely	副	完整地；完全地	/ɪnˋtaɪrlɪ/	167	2
environment	名	環境	/ɪnˋvaɪrənmənt/	127	2
environmental	形	生態環境的；有關環境的	/ɪn͵vaɪrənˋmɛntl̩/	104	3
epicenter	名	震央	/ˋɛpɪ͵sɛntɚ/	80	★
epidemic	名	流行病；（迅速的）蔓延	/͵ɛpɪˋdɛmɪk/	137	6
epithet	名	修飾語；綽號；別稱	/ˋɛpɪθɛt/	167	★
equal	形	相同的；相等的	/ˋikwəl/	107	1
equal	動	與…相等；等於	/ˋikwəl/	28	1
essential	形	必不可少的；極其重要的	/ɪˋsɛnʃəl/	115	4
estate	名	地產；不動產	/ɪsˋtet/	16	5
evaluate	動	評估；評價；評分	/ɪˋvælju͵et/	180	4
even	副	甚至；連	/ˋivən/	98	1
evening	名	晚上	/ˋivnɪŋ/	29	1
event	名	重要事情；大事	/ɪˋvɛnt/	76	2
eventually	副	最後；終於	/ɪˋvɛntʃuəlɪ/	218	4
ever	副	（常用於口語）非常	/ˋɛvɚ/	101	1
everything	代	每件事；一切事物	/ˋɛvrɪ͵θɪŋ/	116	1
everywhere	副	到處；任何地方	/ˋɛvrɪ͵hwɛr/	89	1
evolution	名	進化；演化	/͵ɛvəˋluʃən/	130	6
exam	名	考試	/ɪgˋzæm/	102	1

單字	詞性	意義	音標	頁碼	級數
excellent	形	優秀的；極好的	/ˋɛkslənt/	96	2
excessively	副	過度地	/ɪkˋsɛsɪvlɪ/	102	6
exchange	名	交易（所）；市場	/ɪksˋtʃendʒ/	179	3
exclaim	動	驚叫；呼喊	/ɪksˋklem/	192	5
executive	名	行政領導；領導階層	/ɪgˋzɛkjutɪv/	175	5
exercise	名	運動；鍛鍊；健身	/ˋɛksɚˏsaɪz/	96	2
exhaust	名	（車輛；機器等排出的）廢氣	/ɪgˋzɔst/	117	4
exhausted	形	筋疲力盡的；疲憊不堪的	/ɪgˋzɔstɪd/	76	4
expect	動	預計；期待；認為	/ɪkˋspɛkt/	100	2
expense	名	開支；花費	/ɪkˋspɛns/	111	3
expensive	形	昂貴的	/ɪkˋspɛnsɪv/	106	2
experience	名	經驗；經歷	/ɪkˋspɪrɪəns/	86	2
experience	動	感受；體驗	/ɪkˋspɪrɪəns/	57	2
experiment	名	實驗；試驗	/ɪkˋspɛrəmənt/	121	3
expert	名	專家	/ˋɛkspɚt/	20	1
explain	動	解釋；說明	/ɪkˋsplen/	97	2
explode	動	爆炸；爆破	/ɪkˋsplod/	85	3
export	名	輸出；出口	/ɪksˋport/	38	3
exposed	形	暴露的；易招致危害的	/ɪkˋspozd/	141	4
expression	名	表情；神色	/ɪkˋsprɛʃən/	67	3
extra	形	額外的；附加的	/ˋɛkstrə/	53	2
extract	動	取出；拔出	/ɪkˋstrækt/	161	6
extremely	副	極其地；非常地	/ɪkˋstrimlɪ/	211	3

F

單字	詞性	意義	音標	頁碼	級數
face	動	面對；面臨	/fes/	70	1
facility	名	設施；設備	/fəˋsɪlətɪ/	96	4

單字	詞性	意義	音標	頁碼	級數
fact	名	事實	/fækt/	62	1
factor	名	因素；要素	/ˋfæktɚ/	29	3
factory	名	工廠	/ˋfæktɚɪ/	22	1
faculty	名	（高等院校中院；系的）全體教師	/ˋfækl̩tɪ/	98	6
fad	名	一時的風尚；短暫的狂熱	/fæd/	148	5
fail	動	不能；無法	/fel/	116	2
fair	名	展覽會；博覽會	/fɛr/	180	2
fairly	副	相當地；完全地	/ˋfɛrlɪ/	202	3
fall	名	秋天	/fɔl/	89	1
fall	動	下降；減少；成為⋯狀態	/fɔl/	36	1
famine	名	饑荒	/ˋfæmɪn/	73	6
famous	形	知名的	/ˋfeməs/	95	2
fan	名	狂熱愛好者；仰慕者	/fæn/	18	1
fantasy	名	想像產物；幻想作品	/ˋfæntəsɪ/	216	4
far	副	程度很大的	/far/	216	1
farm	名	農場	/farm/	44	1
farmer	名	農夫	/ˋfarmɚ/	114	1
fashion	名	流行款式	/ˋfæʃən/	47	3
fashionable	形	時尚；流行款式	/ˋfæʃənəbl̩/	206	3
fatal	形	致命的	/ˋfetl̩/	128	4
fatality	名	致命性；死亡	/fəˋtælətɪ/	142	4
favorite	形	特別喜愛的；最喜歡的	/ˋfevərɪt/	31	2
feed	動	餵養；飼養	/fid/	115	1
feel	動	感覺；認為	/fil/	55	1
female	形	女性的	/ˋfimel/	18	2
fertilizer	名	肥料	/ˋfɝtl̩ˏaɪzɚ/	121	5
fever	名	狂熱；熱潮	/ˋfivɚ/	165	2
few	形	很少數的	/fju/	16	1

單字	詞性	意義	音標	頁碼	級數
field	名	運動場	/ fild /	183	2
fierce	形	強烈的；殘酷的；兇狠的	/ fɪrs /	199	4
fighting	名	打仗；作戰	/ `faɪtɪŋ /	185	1
figure	名	（冰上表演動作的）花樣	/ `fɪgjə /	180	2
figure	動	認為	/ `fɪgjə /	50	2
fill	形	充斥；充滿…的	/ fɪl /	117	1
film	名	膠捲；底片	/ fɪlm /	126	1
finally	副	最後；終於	/ `faɪnlɪ /	104	1
financial	形	財政的	/ faɪ`nænʃəl /	66	4
find	動	找到；發現	/ faɪnd /	45	1
fine	形	很好的；舒適的	/ faɪn /	97	1
finish	動	結束；完成	/ `fɪnɪʃ /	166	1
firefighter	名	消防員	/ `faɪr͵faɪtə /	146	2
first	形	第一的；最初的	/ fɜst /	33	1
flavor	名	味道	/ `flevə /	185	3
flaw	名	瑕疵；缺點	/ flɔ /	47	5
flick	名	電影（常見於口語用法）	/ flɪk /	215	5
flight	名	航班；班機	/ flaɪt /	47	2
flock	動	湧入；聚集到	/ flak /	18	3
flood	名	洪水	/ flʌd /	37	2
flooding	名	水災；洪水；泛濫	/ `flʌdɪŋ /	55	2
flow	動	流動；湧出	/ flo /	91	2
fly	動	飛；飛行	/ flaɪ /	84	1
focus	名	焦點；中心點	/ `fokəs /	168	2
fog	名	霧	/ fag /	61	1
follow	動	沿著（道路；小徑等）	/ `falo /	21	1

單字	詞性	意義	音標	頁碼	級數
following	名	擁護者；追隨者；愛好者	/ `faləwɪŋ /	100	2
food	名	食物	/ fud /	17	1
footage	名	（影片中的）連續鏡頭；片段	/ `futɪdʒ /	207	★
footnote	名	註腳；註解	/ `fut͵not /	97	★
force	名	力量	/ fors /	85	1
forecast	名	預測；預報	/ `for͵kæst /	32	4
foreground	名	（景物；圖畫等的）前景	/ `for͵graund /	99	★
foreign	形	涉外的；外交的	/ `fɔrɪn /	45	1
forward	副	向前地	/ `fɔrwəd /	73	2
foundation	名	基本原理；基礎	/ faun`deʃən /	130	4
fox	名	狐狸	/ faks /	127	2
franchise	名	系列電影；系列影集	/ `frænt͵faɪz /	224	★
free	形	免費的；自由的	/ fri /	93	1
freezer	名	冰箱	/ `frizə /	159	2
fresh	形	新鮮的	/ freʃ /	147	1
fridge	名	冰箱	/ frɪdʒ /	147	2
friend	名	朋友	/ frend /	56	1
frighten	動	使驚嚇；使驚恐	/ `fraɪtn̩ /	81	2
frigid	形	寒冷的；嚴寒的	/ `frɪgɪd /	130	★
frustration	名	挫折；沮喪；懊惱	/ ͵frʌs`treʃən /	209	4
full	形	充滿的；飽滿的	/ ful /	54	1
fun	名	娛樂；愉快	/ fʌn /	99	1
function	名	功能	/ `fʌŋkʃən /	98	2
fund	動	籌款；出資	/ fʌnd /	211	3
fundraising	形	募款的	/ `fʌnd͵rezɪŋ /	65	3
future	名	未來；前途	/ `fjutʃə /	92	2

單字	詞性	意義	音標	頁碼	級數
grass	名	草坪；草地	/ græs /	115	1
great	形	極好的	/ gret /	31	1
greatly	副	非常地；大大地	/ `gretlɪ /	117	1
greedy	形	貪婪的	/ `gridɪ /	60	2
green	名	草坪；公共草地	/ grin /	30	1
grief	名	悲痛；傷心	/ grif /	67	4
ground	名	地面	/ graʊnd /	55	1
group	名	群體；團體	/ grup /	212	1
grow	動	漸漸變得；逐漸…	/ gro /	61	1
growth	名	成長；生長	/ groθ /	36	2
guilt	名	內疚；悔恨	/ gɪlt /	43	4
guitar	名	吉他	/ gɪ`tar /	132	1
gun	名	槍枝；槍械	/ gʌn /	138	1

G

單字	詞性	意義	音標	頁碼	級數
gambling	名	賭博	/ `gæmblɪŋ /	80	3
game	名	遊戲；競賽	/ gem /	179	1
garbage	名	垃圾；廢物	/ `garbɪdʒ /	31	2
gas	名	氣體；可燃氣；煤氣；汽油	/ gæs /	152	1
gasoline	名	汽油	/ `gæsə͵lin /	122	3
gay	名	同性戀	/ ge /	167	5
general	名	將軍；上將	/ `dʒɛnərəl /	25	2
generate	動	產生；引起	/ `dʒɛnə͵ret /	104	6
generation	名	一代；一輩	/ ͵dʒɛnə`reʃən /	45	4
generous	形	慷慨的；豐富的	/ `dʒɛnərəs /	66	2
get	動	獲得；得到	/ gɛt /	88	1
ghost	名	鬼魂；幽靈	/ gost /	144	1
girl	名	女孩	/ gɝl /	148	1
give	動	給予；提供	/ gɪv /	112	1
glad	形	高興的	/ glæd /	87	1
global	形	全世界的；全球的	/ `globḷ /	102	3
glory	名	榮耀；榮譽	/ `glorɪ /	167	3
glue	名	膠；膠水	/ glu /	173	2
goal	名	目標；目的	/ gol /	108	2
golf	名	高爾夫球運動	/ galf /	64	2
good	形	好的；良好的	/ gʊd /	112	1
goods	名	商品	/ gʊdz /	44	4
gossip	名	流言蜚語；說三道四	/ `gasəp /	194	3
government	名	政府	/ `gʌvɚnmənt /	103	2
grade	名	成績；年級	/ gred /	88	1
gradually	副	漸漸地	/ `grædʒʊəlɪ /	16	3
grandfather	名	祖父	/ `grænd͵faðɚ /	21	1
grandmother	名	祖母；外婆	/ `grænd͵mʌðɚ /	198	1

H

單字	詞性	意義	音標	頁碼	級數
hair	名	頭髮	/ hɛr /	115	1
hairline	名	髮線	/ `hɛr͵laɪn /	61	1
half	名	一半	/ hæf /	94	1
hand	名	手	/ hænd /	83	1
handicapped	形	身障的	/ `hændɪ͵kæpt /	31	5
handle	動	處理；控制	/ `hændḷ /	41	2
handling	名	處理；管理	/ `hændlɪŋ /	37	2
happy	形	高興的	/ `hæpɪ /	173	1
hard	副	（程度）嚴重地	/ hard /	17	1
hardly	副	艱難地；幾乎不…（加否定形）	/ `hardlɪ /	209	2
harm	動	傷害	/ harm /	102	3
harmful	形	（尤指對健康；環境）有害的	/ `harmfəl /	104	3
harsh	形	嚴苛的；殘酷的	/ harʃ /	70	4
hate	動	厭惡；仇恨	/ het /	61	1

單字	詞性	意義	音標	頁碼	級數
haunted	形	鬧鬼的	/ˋhɔntɪd/	144	5
head	名	負責人；領導人	/hɛd/	206	1
headline	名	頭版頭條新聞；頭版重要新聞；報紙的大標題	/ˋhɛdˌlaɪn/	62	3
health	名	健康	/hɛlθ/	27	1
healthy	形	健康的	/ˋhɛlθɪ/	131	2
hear	動	聽見；得知	/hɪr/	45	1
heart	名	心臟；內心	/hɑrt/	106	1
heartbreak	名	心碎；心痛	/ˋhɑrtˌbrek/	193	1
heartwarming	形	激發同情心；暖人心房的	/ˋhɑrtˌwɔrmɪŋ/	213	1
heavier	形	較重的	/ˋhɛvɪɚ/	42	1
heavily	副	大量地；重重地	/ˋhɛvɪlɪ/	16	1
heavy	形	重的	/ˋhɛvɪ/	200	1
help	動	幫助；援助	/hɛlp/	31	1
hence	副	因此；由此	/hɛns/	106	5
here	名	這裡	/hɪr/	90	1
hero	名	英雄	/ˋhɪro/	199	2
heroin	名	海洛因	/ˋhɛroˌɪn/	195	6
high	名	最高水平；最大數量	/haɪ/	177	1
high	形	高的	/haɪ/	28	1
higher	形	較高的	/haɪɚ/	34	1
hiker	名	健行者；徒步旅行者	/ˋhaɪkɚ/	91	3
hiking	名	徒步旅行；爬山	/haɪkɪŋ/	29	3
hire	動	雇用；聘用	/haɪr/	30	2
history	名	歷史	/ˋhɪstərɪ/	72	1
hit	名	紅極一時的人事物	/hɪt/	45	1
hit	動	產生不良影響；打擊	/hɪt/	17	1
HIV	名	愛滋病毒	/etʃ aɪ vi/	132	★
hold	動	握著；抓住	/hold/	103	1

單字	詞性	意義	音標	頁碼	級數
Hollywood	名	（美國影壇）好萊塢	/ˋhɑlɪˌwud/	210	★
home	名	家庭	/hom/	18	1
homework	名	家庭作業	/ˋhomˌwɝk/	61	1
hone	動	磨練；訓練	/hon/	163	★
honest	形	坦率的；坦誠的	/ˋanɪst/	213	2
horror	名	震驚；恐懼	/ˋhɔrɚ/	164	3
hospital	名	醫院	/ˋhɑspɪtl̩/	106	2
host	名	節目主持人	/host/	179	2
hostage	名	人質	/ˋhɑstɪdʒ/	62	5
hot	形	天氣炎熱的；燙的	/hɑt/	90	1
house	名	房子	/haus/	16	1
however	副	無論如何	/hauˋɛvɚ/	100	2
hugely	副	極度地；極其地	/ˋhjudʒlɪ/	176	1
human	名	人；人類	/ˋhjumən/	102	1
humid	形	潮濕的	/ˋhjumɪd/	90	2
humor	名	幽默	/ˋhjumɚ/	157	2
hundred	名	一百	/ˋhʌndrəd/	89	1
hurt	形	受傷的	/hɝt/	143	1

I

單字	詞性	意義	音標	頁碼	級數
idea	名	主意；想法	/aɪˋdɪə/	41	1
ignite	動	點燃；激起	/ɪgˋnaɪt/	165	★
illegal	形	非法的；違法的	/ɪˋligl̩/	22	2
illegally	副	不法地；非法地	/ɪˋligəlɪ/	92	2
image	名	形象；印象	/ˋɪmɪdʒ/	67	3
imbalance	名	失衡；不平衡	/ɪmˋbæləns/	121	3
immediate	形	立即的；馬上的	/ɪˋmidɪət/	143	3
immediately	副	立刻地；緊接地	/ɪˋmidɪtlɪ/	76	3
immigrant	名	移民	/ˋɪməgrənt/	212	4

單字	詞性	意義	音標	頁碼	級數
immune	形	有免疫力的	/ɪˋmjun/	135	6
impact	名	巨大影響；強大作用	/ˋɪmpækt/	203	4
importance	名	重要；重要性	/ɪmˋpɔrtn̩s/	106	2
important	形	重要的	/ɪmˋpɔrtn̩t/	28	1
impression	名	印象	/ɪmˋprɛʃən/	112	4
impressive	形	令人讚歎的；令人印象深刻的	/ɪmˋprɛsɪv/	62	3
improve	動	改進；改善	/ɪmˋpruv/	94	2
include	動	包含	/ɪnˋklud/	31	2
including	介	包括；包含	/ɪnˋkludɪŋ/	98	4
income	名	收入；所得	/ˋɪnˌkʌm/	33	2
increase	動	增長；增加	/ɪnˋkris/	21	2
increasing	形	增加的；增大的	/ɪnˋkrisɪŋ/	219	2
incredible	形	難以置信的；不可思議的	/ɪnˋkrɛdəbl̩/	208	6
independence	名	獨立	/ˌɪndɪˋpɛndəns/	107	2
indicate	動	指出；顯示	/ˋɪndəˌket/	36	2
industry	名	行業；產業	/ˋɪndəstrɪ/	17	2
inflation	名	通貨膨脹	/ɪnˋfleʃən/	103	4
inflict	動	使遭受；施加（打擊；傷害；苦痛等）	/ɪnˋflɪkt/	104	★
influence	名	影響；作用	/ˋɪnfluəns/	201	2
information	名	資訊	/ˌɪnfɚˋmeʃən/	94	4
ingest	動	攝入；食入	/ɪnˋdʒɛst/	127	★
injure	動	（尤指在事故中）傷害；使受傷	/ˋɪndʒɚ/	78	3
injury	名	（對軀體的）傷害；損傷	/ˋɪndʒərɪ/	128	3
insider	名	知情者；內幕人	/ɪnˋsaɪdɚ/	206	1
inspire	動	啟發；鼓舞	/ɪnˋspaɪr/	214	4

單字	詞性	意義	音標	頁碼	級數
installment	名	（書刊雜誌的）一期；（電影的）一集	/ɪnˋstɔlmənt/	224	6
insurance	名	保險	/ɪnˋʃurəns/	161	4
intelligent	形	有才智的；有理解力的	/ɪnˋtɛlədʒənt/	82	4
intense	形	激烈的；強烈的	/ɪnˋtɛns/	185	4
interest	名	興趣；關注	/ˋɪntrəst/	21	1
interesting	形	有趣的	/ˋɪntrəstɪŋ/	166	1
interior	名	內部；裏面	/ɪnˋtɪrɪə/	22	5
international	形	國際性的	/ˌɪntɚˋnæʃən̩l/	45	2
Internet	名	網際網路	/ˋɪntɚˌnɛt/	92	4
intersection	名	十字路口；交點	/ˌɪntɚˋsɛkʃən/	57	6
interview	名	面談；面試；會見	/ˋɪntɚˌvju/	212	2
interview	動	進行面試	/ˋɪntɚˌvju/	48	2
introduction	名	引言；序論	/ˌɪntrəˋdʌkʃən/	34	3
invariably	副	總是；一貫地	/ɪnˋvɛrɪəblɪ/	173	6
invent	動	發明；創造	/ɪnˋvɛnt/	122	2
invest	動	投資	/ɪnˋvɛst/	16	4
investigator	名	調查者；偵查員	/ɪnˋvɛstəˌgetɚ/	133	6
investment	名	投資	/ɪnˋvɛstmənt/	67	4
investor	名	投資者；投資機構	/ɪnˋvɛstɚ/	17	4
iron	名	鐵質	/ˋaɪɚn/	46	1
irregular	形	不規則的；無規律的	/ɪˋrɛgjələ/	112	2
irresponsible	形	不負責任的	/ˌɪrɪˋspɑnsəbl̩/	103	2
island	名	島嶼	/ˋaɪlənd/	165	2

J

單字	詞性	意義	音標	頁碼	級數
jail	名	監獄	/dʒel/	157	3
jeans	名	牛仔褲；斜紋工作褲	/dʒinz/	148	2

單字	詞性	意義	音標	頁碼	級數
liver	名	肝臟	/ˈlɪvɚ/	155	3
lives	名	生活；人生（是 life 的複數）	/laɪvz/	212	1
livestock	名	家畜；牲畜	/ˈlaɪvˌstɑk/	115	5
living	名	生計；謀生	/ˈlɪvɪŋ/	87	1
local	形	地方性的；當地的	/ˈlokl̩/	65	2
location	名	地點；位置	/loˈkeʃən/	28	4
logic	名	邏輯	/ˈlɑdʒɪk/	47	4
long	形	長的；遠的	/lɔŋ/	17	1
longer	形	更長的；更遠的	/ˈlɔŋgɚ/	91	1
longevity	名	壽命	/lɑnˈdʒɛvətɪ/	21	6
look	動	看；注意	/lʊk/	26	1
loss	名	失敗；遺失；減少	/lɔs/	168	2
lot	名	很多	/lɑt/	115	1
loud	形	喧鬧的；響亮的；大聲的	/laʊd/	81	1
love	動	喜愛；喜歡	/lʌv/	89	1
loving	形	充滿愛的	/ˈlʌvɪŋ/	41	1
low	形	（數量、值）低的；小的	/lo/	103	1
lower	形	較低的	/ˈloɚ/	21	2
luckily	副	幸運地；幸好	/ˈlʌkɪlɪ/	78	1
lunch	名	午餐	/lʌntʃ/	81	1
luxury	名	奢侈品	/ˈlʌkʃərɪ/	47	4
luxury	形	豪華的；奢侈的	/ˈlʌkʃərɪ/	22	4

M

單字	詞性	意義	音標	頁碼	級數
machine	名	機器	/məˈʃin/	148	1
magnitude	名	重大；巨大；規模	/ˈmægnəˌtjud/	69	6
mail	名	郵件	/mel/	169	1

單字	詞性	意義	音標	頁碼	級數
mainly	副	主要地；大部分地	/ˈmenlɪ/	211	2
maintain	動	維持；保持	/menˈten/	131	2
major	形	程度較大的；數量較多的	/ˈmedʒɚ/	104	3
make	動	做；使…	/mek/	45	1
malaria	名	瘧疾	/məˈlɛrɪə/	27	6
male	形	男性的	/mel/	52	2
man	名	男人	/mæn/	36	1
management	名	管理；經營	/ˈmænɪdʒmənt/	153	3
manager	名	經理	/ˈmænɪdʒɚ/	30	3
manga	名	日本漫畫	/ˈmænga/	191	★
manufacture	動	（用機器）大量生產；成批製造	/ˌmænjəˈfæktʃɚ/	153	4
many	形	許多的	/ˈmɛnɪ/	22	1
market	名	市場；銷路	/ˈmɑrkɪt/	12	1
marriage	名	婚姻	/ˈmærɪdʒ/	139	2
married	形	已婚的	/ˈmærɪd/	187	1
marrow	名	骨髓；髓	/ˈmæro/	156	★
martial	形	戰爭的；軍事的	/ˈmɑrʃəl/	205	5
mask	名	面具；面罩	/mæsk/	117	2
mass	名	大量；大眾；大部分	/mæs/	89	2
match	名	相配的人；物	/mætʃ/	157	1
material	形	物質的；關鍵的	/məˈtɪrɪəl/	118	2
math	名	數學（= mathmatics）	/mæθ/	88	2
maturity	名	（思想行為；作品等）成熟	/məˈtjʊrətɪ/	69	4
meal	名	餐；一頓飯	/mil/	161	2
mean	動	意指；表示	/min/	110	1
means	名	錢財；方式	/minz/	21	1

單字	詞性	意義	音標	頁碼	級數
measure	動	測量（尺寸；長短；數量等）	/ˈmɛʒɚ/	75	2
meat	名	肉類	/mit/	114	1
media	名	媒體（單數是 medium）	/ˈmidɪə/	168	3
medical	形	疾病的；醫療的	/ˈmɛdɪkl/	138	3
medication	名	藥物；藥物治療	/ˌmɛdɪˈkeʃən/	156	6
medicine	名	藥物；內服藥	/ˈmɛdəsn/	133	2
medium	形	中等的	/ˈmidɪəm/	87	3
member	名	成員	/ˈmɛmbɚ/	45	2
memory	名	記憶體	/ˈmɛmərɪ/	94	2
merchant	名	商人；商家	/ˈmɝtʃnt/	49	3
meter	名	公尺	/ˈmitɚ/	90	2
method	名	方法	/ˈmɛθəd/	140	2
microwave	名	微波爐	/ˈmaɪkroˌwev/	115	3
middle	形	中間的	/ˈmɪdl/	25	1
midnight	名	午夜；半夜十二點鐘	/ˈmɪdˌnaɪt/	225	1
might	動	（表示不確定）可能；可以	/maɪt/	82	3
mild	形	溫和的；不強烈的；輕微的	/maɪld/	87	4
milk	名	牛奶	/mɪlk/	147	1
million	名	百萬	/ˈmɪljən/	95	2
ministry	名	（政府的）…部	/ˈmɪnɪstrɪ/	45	4
minor	形	輕微的	/ˈmaɪnɚ/	75	3
minute	名	分鐘	/ˈmɪnɪt/	74	1
miracle	名	奇蹟；不平凡之事	/ˈmɪrəkl/	205	3
miraculous	形	奇蹟般的；不可思議的	/mɪˈrækjələs/	76	6
misinterpret	動	誤解	/ˌmɪsɪnˈtɝprɪt/	33	4
model	名	模型；模特兒	/ˈmɑdl/	18	2

單字	詞性	意義	音標	頁碼	級數
modern	形	當代的；近代的	/ˈmɑdɚn/	130	2
modest	形	不大的；樸素的	/ˈmɑdɪst/	21	4
money	名	金錢	/ˈmʌnɪ/	92	1
more	形	更多的	/mor/	24	1
moreover	副	此外；而且	/morˈovɚ/	157	4
most	形	最多的；最高程度的	/most/	28	1
motor	形	機動車的；汽車的	/ˈmotɚ/	139	3
motorcycle	名	摩托車	/ˈmotɚˌsaɪkl/	117	2
mountain	名	山	/ˈmauntn/	90	1
mourner	名	弔唁者；哀悼者	/ˈmornɚ/	223	5
move	動	移動；搬動	/muv/	31	1
movie	名	電影	/ˈmuvɪ/	21	1
much	副	非常；很	/mʌtʃ/	40	1
mud	名	泥巴；泥濘	/mʌd/	56	1
mudslide	名	土石流	/ˈmʌdˌslaɪd/	55	4
music	名	音樂	/ˈmjuzɪk/	81	1
musician	名	音樂家；作曲家	/mjuˈzɪʃən/	177	2
mutation	名	突變	/mjuˈteʃən/	135	★

N

單字	詞性	意義	音標	頁碼	級數
name	名	名稱；名字	/nem/	226	1
nasty	形	惡劣的；嚴重的；難以處理的	/ˈnæstɪ/	154	5
nation	名	民族；國家	/ˈneʃən/	106	1
national	形	國家的；民族的	/ˈnæʃənl/	160	2
natural	形	自然的；天然的	/ˈnætʃərəl/	111	2
nature	名	自然；自然界	/ˈnetʃɚ/	102	1
near	形	（距離）近的	/nɪr/	50	1

單字	詞性	意義	音標	頁碼	級數
nearly	副	幾乎；差不多	/ˈnɪrlɪ/	98	2
necessary	形	必要的；必需的	/ˈnɛsəˌsɛrɪ/	69	2
need	名	需求；需要	/nid/	131	1
need	動	需要；必須	/nid/	119	1
negative	形	負的；小於零的	/ˈnɛɡətɪv/	33	2
neglected	動	忽略；忽視	/nɪɡˈlɛktɪd/	166	4
neighbor	名	鄰居	/ˈnebɚ/	169	2
neighboring	形	鄰近的	/ˈnebərɪŋ/	34	2
new	形	新的	/nju/	30	1
newer	形	較新的	/njuɚ/	98	1
newspaper	名	報紙	/ˈnjuzˌpepɚ/	31	1
niche	名	市場定位；商機	/nɪtʃ/	52	★
niece	名	姪女；外甥女	/nis/	86	2
night	名	晚上	/naɪt/	76	1
nitrogen	名	氮氣	/ˈnaɪtrədʒən/	112	★
no-hitter	名	無安打比賽	/no ˈhɪtɚ/	172	1
noise	名	響聲；噪音；吵鬧聲	/nɔɪz/	81	1
noisy	形	吵鬧的；聒噪的	/ˈnɔɪzɪ/	127	1
none	代	一點也沒有；沒有任何（人或物）	/nʌn/	198	2
nonfiction	名	非虛構的；根據事實的文學	/ˌnɑnˈfɪkʃən/	97	4
nor	連	也不…；也未…	/nɔr/	136	1
nothing	代	沒有	/ˈnʌθɪŋ/	49	1
novel	名	小說	/ˈnɑvl̩/	217	2
now	副	現在；馬上	/nau/	91	1
nuclear	形	原子能的；核能的；核武器的	/ˈnjuklɪɚ/	44	4
number	名	數量；數字	/ˈnʌmbɚ/	108	1
nurse	名	護士	/nɝs/	112	1

O

單字	詞性	意義	音標	頁碼	級數
obscurity	名	默默無聞；無名	/əbˈskjurətɪ/	163	6
observe	動	觀察到；注意到	/əbˈzɝv/	20	3
occupy	動	佔滿；佔據	/ˈɑkjəˌpaɪ/	83	4
occur	動	發生；出現	/əˈkɝ/	76	2
ocean	名	海洋；海	/ˈoʃən/	83	1
offend	動	得罪；冒犯	/əˈfɛnd/	178	4
offer	動	提供；給予；奉獻；主動提出；自願給予	/ˈɔfɚ/	116	2
office	名	辦公室	/ˈɔfɪs/	182	1
officer	名	軍官；高級職員	/ˈɔfəsɚ/	25	1
official	名	官員；公務員	/əˈfɪʃəl/	68	2
official	名	官員；高級職員	/əˈfɪʃəl/	70	2
often	副	常常；通常	/ˈɔfən/	102	1
oil	名	油；石油	/ɔɪl/	139	1
older	形	較老舊的	/oldɚ/	61	1
on	介	關於；在	/ɑn/	132	1
once	副	一次；曾經；一度	/wʌns/	88	1
once	連	一旦；一…就	/wʌns/	150	1
online	副	在網路上地；在線上地	/ˈɑnˌlaɪn/	53	1
only	形	唯一的	/ˈonlɪ/	32	1
open	動	開業；開幕；打開	/ˈopən/	19	1
operating	形	外科手術的	/ˈɑpəretɪŋ/	140	2
opinion	名	意見；看法	/əˈpɪnjən/	220	2
opponent	名	反對者；阻止者	/əˈponənt/	167	5
opposed	形	反對的	/əˈpozd/	110	4

單字	詞性	意義	音標	頁碼	級數
phone	名	電話	/ fon /	93	2
photo	名	照片	/ `foto /	97	2
photograph	名	照片	/ `fotə،græf /	94	2
photographer	名	攝影師	/ fə`tagrəfə /	101	2
photography	名	攝影	/ fə`tɑgrəfɪ /	24	4
phrase	名	詞組；片語	/ frez /	88	2
picture	名	圖片；照片	/ `pɪktʃə /	99	1
pile	名	堆；疊	/ paɪl /	57	2
piracy	名	盜版行為；非法複製	/ `paɪrəsɪ /	196	★
pitch	動	投球；推銷	/ pɪtʃ /	172	2
placenta	名	胎盤	/ plə`sɛntə /	150	★
plan	名	計劃；方法	/ plæn /	103	1
plane	名	飛機	/ plen /	133	1
planet	名	行星	/ `plænɪt /	82	2
plant	名	植物；農作物	/ plænt /	111	1
plastic	形	塑料的；塑膠的	/ `plæstɪk /	117	3
play	動	播放（音樂或影片等）	/ ple /	81	1
player	名	播放器	/ `pleə /	216	1
please	動	請；拜託	/ pliz /	104	1
pleasure	名	樂事；快事	/ `plɛʒə /	201	2
plot	名	故事情節；劇情	/ plat /	213	4
plug	動	插上插頭	/ plʌg /	115	3
police	名	警察	/ pə`lis /	43	1
policy	名	政策；方針	/ `paləsɪ /	103	2
pollute	動	污染；弄髒	/ pə`lut /	124	4
pollution	名	污染	/ pə`luʃən /	114	4
poor	形	粗劣的；不佳的	/ pur /	37	1
popular	形	受歡迎的；當紅的；通俗的；大眾化的	/ `papjələ /	22	2
popularity	名	受歡迎；流行	/ ،papjə`lærətɪ /	24	4
population	名	人口	/ ،papjə`leʃən /	33	2
positive	形	正的；大於零的；正面的；良好的；呈陽性反應的	/ `pazətɪv /	33	2
possible	形	可能的	/ `pasəbl̩ /	46	1
postcard	名	明信片	/ `post،kard /	136	2
pound	動	反覆擊打；連續砰砰地猛擊	/ paund /	83	2
poverty	名	貧窮；貧困	/ `pavətɪ /	108	3
power	名	力量	/ `pauə /	104	1
practice	名	練習	/ `præktɪs /	52	1
predict	動	預告；預測	/ prɪ`dɪkt /	37	4
prefer	動	較喜歡；寧願	/ prɪ`fɝ /	85	2
pregnancy	名	懷孕；妊娠	/ `prɛgnənsɪ /	193	4
preparation	名	準備	/ ،prɛpə`reʃən /	211	3
present	動	展現；顯示	/ `prɛzn̩t /	48	2
preservative	名	防腐劑；保護劑	/ prɪ`zɝvətɪv /	122	4
preserve	動	保存；保藏；防腐	/ prɪ`zɝv /	147	4
president	名	總統；國家主席	/ `prɛzədənt /	168	2
pressure	名	壓力；精神負擔	/ `prɛʃə /	40	3
prevent	動	預防；防止	/ prɪ`vɛnt /	138	2
price	名	價格	/ praɪs /	24	1
primary	形	主要的；基本的	/ `praɪ،mɛrɪ /	30	3
prince	名	王子	/ prɪns /	85	2
princess	名	公主	/ `prɪnsɪs /	223	2
print	名	印刷字體	/ prɪnt /	97	1
prison	名	監獄；看守所	/ `prɪzn̩ /	70	2

單字	詞性	意義	音標	頁碼	級數
private	形	私營的；私人的；私下的	/ˈpraɪvɪt/	211	2
prize	名	獎賞；獎品	/praɪz/	98	2
pro	名	專業；職業 (=professional)	/pro/	174	4
probably	副	很可能地；大概地	/ˈprɑbəblɪ/	115	3
problem	名	問題；疑難問題	/ˈprɑbləm/	27	1
procedure	名	手術	/prəˈsidʒɚ/	161	4
process	名	過程；歷程	/ˈprɑsɛs/	114	3
proclaim	動	宣告；宣示；主張；宣導	/prəˈklem/	107	★
product	名	產品；產物	/ˈprɑdəkt/	118	3
productivity	名	生產力；生產效率	/ˌprodʌkˈtɪvətɪ/	127	6
professional	形	專業的；職業的	/prəˈfɛʃənḷ/	48	4
profit	名	利潤；收益	/ˈprɑfɪt/	108	3
profit	動	獲益；得到好處	/ˈprɑfɪt/	190	3
profitable	形	有利潤的；盈利的	/ˈprɑfɪtəbḷ/	176	4
program	名	計畫；方案；節目；計劃	/ˈprogræm/	44	3
prohibitively	副	（費用）過高地	/proˈhɪbɪtɪvlɪ/	161	6
project	名	方案；計畫	/prəˈdʒɛkt/	69	2
prolonged	形	持久的；長期的	/prəˈlɔŋd/	72	5
proof	形	防；抗；耐…的	/pruf/	73	3
properly	動	適切地；正確地	/ˈprɑpɚlɪ/	139	3
provide	動	提供；準備	/prəˈvaɪd/	31	2
provoke	動	激起；引發	/prəˈvok/	180	6
proximity	名	鄰近；接近	/prɑkˈsɪmətɪ/	31	★
psychological	形	心理的；精神上的	/ˌsaɪkəˈlɑdʒɪkḷ/	125	4
public	形	公眾的；公共的	/ˈpʌblɪk/	65	1

單字	詞性	意義	音標	頁碼	級數
publication	名	出版；發表；問世	/ˌpʌblɪˈkeʃən/	219	4
publish	動	（在報刊）發表；刊登	/ˈpʌblɪʃ/	132	4
punishment	名	懲罰；刑罰	/ˈpʌnɪʃmənt/	70	2
purchase	動	購買	/ˈpɝtʃəs/	24	5
purely	副	純粹地；完全地；僅僅	/ˈpjurlɪ/	121	3
purpose	名	意圖；目的	/ˈpɝpəs/	121	1
pyramid	名	金字塔；金字塔形	/ˈpɪrəmɪd/	25	5

Q

單字	詞性	意義	音標	頁碼	級數
quake	名	地震	/kwek/	76	4
quality	名	質量；品質；數量；眾多	/ˈkwɑlətɪ/	30	2
queen	名	女王	/kwin/	218	1
questioning	名	提問；盤問	/ˈkwɛstʃənɪŋ/	195	1
quickly	副	迅速地；馬上	/ˈkwɪklɪ/	64	1
quiet	形	安靜的	/ˈkwaɪət/	202	1
quit	動	離開；離任	/kwɪt/	211	2
quite	副	相當地	/kwaɪt/	22	1
quiz	名	機智問題	/kwɪz/	179	2

R

單字	詞性	意義	音標	頁碼	級數
racecar	名	賽車	/ˈreskɑr/	142	1
racket	名	（網球；羽毛球等的）球拍	/ˈrækɪt/	170	★
radiation	副	放射線；輻射能	/ˌredɪˈeʃən/	141	6
radio	名	收音機	/ˈredɪo/	89	1
rail	名	鐵路；鐵軌	/rel/	95	5
rain	名	雨；雨水	/ren/	17	1
rainbow	名	彩虹	/ˈrenˌbo/	26	1
raise	動	飼養；種植；養育；籌募；撫養	/rez/	115	1

單字	詞性	意義	音標	頁碼	級數
rapidly	副	立即;迅速地	/ˋræpɪdlɪ/	66	2
rare	形	稀有的;罕見的	/rɛr/	106	2
rate	名	佔率;比率	/ret/	21	3
rather	副	寧願;寧可	/ˋræðɚ/	40	2
rating	名	等級;級別	/ˋretɪŋ/	153	3
ratings	名	收視率;收聽率	/ˋretɪŋ/	189	3
raw	形	生的;未經烹煮的;未經加工的	/rɔ/	120	3
razor	名	刮鬍刀	/ˋrezɚ/	115	3
reach	動	(尤指用電話)取得聯繫;達到(某點);進入(某階段)	/ritʃ/	93	1
react	動	起反應;回應;做出…的反應;反應	/rɪˋækt/	83	3
read	動	閱讀	/rid/	97	1
reader	名	讀者	/ˋridɚ/	89	1
reading	名	閱讀;讀物	/ˋridɪŋ/	96	1
real	形	不動產的;真實的	/ˋriəl/	16	1
realize	動	理解;領會;認識到	/ˋriəˏlaɪz/	69	2
really	副	很;真的;(用來強調語氣)實在	/ˋrɪəlɪ/	100	1
rear	動	撫養;養育	/rɪr/	41	5
reason	名	原因;理由	/ˋrizn̩/	60	1
rebuild	動	重建;使重新恢復原貌	/riˋbɪld/	64	1
recede	動	後退;遠去	/rɪˋsid/	61	★
recent	形	最近的	/ˋrisn̩t/	24	2
recently	副	不久前;最近	/ˋrisn̩tlɪ/	137	2
recession	名	不景氣;經濟衰退	/rɪˋsɛʃən/	17	6
recognition	名	認可;讚譽	/ˏrɛkəgˋnɪʃən/	163	4
recognize	動	承認;意識到;(正式)認可;辨識出	/ˋrɛkəgˏnaɪz/	103	3
record	形	破紀錄的;甚於以往的	/ˋrɛkɚd/	177	2
record	動	記錄;記載	/ˋrɛkɚd/	33	2
recovery	動	康復;復原	/rɪˋkʌvrɪ/	139	4
recreational	形	娛樂的;消遣的	/ˏrɛkrɪˋeʃən̩l/	161	6
recycle	動	回收利用;再利用	/riˋsaɪkl̩/	111	4
reduce	動	減少;縮小;降低;減少;減肥	/rɪˋdjus/	108	3
reform	動名	改革;改善	/rɪˋfɔrm/	67	4
refreshingly	副	別具一格地;具新鮮感地	/rɪˋfrɛʃɪŋlɪ/	186	4
refrigerator	名	冰箱	/rɪˋfrɪdʒəˏretɚ/	115	2
refuse	動	拒絕;不願意	/rɪˋfjuz/	139	2
regular	形	普通的;一般的;尋常的;平凡的	/ˋrɛgjələ/	95	2
rekindle	動	使重新活躍;使復甦	/riˋkɪndl̩/	214	5
related	形	有關的;與…相關的	/rɪˋletɪd/	36	3
relationship	名	感情關係	/rɪˋleʃənˏʃɪp/	209	2
relative	名	親戚;親屬	/ˋrɛlətɪv/	74	4
relatively	副	相對地;相當地	/ˋrɛlətɪvlɪ/	69	4
relaunch	動	重新開始;重新出發	/riˋlɔntʃ/	189	4
relax	動	放鬆	/rɪˋlæks/	25	3
relief	名	救援;救濟金	/rɪˋlif/	69	3
religious	形	篤信宗教的;虔誠的	/rɪˋlɪdʒəs/	27	3
remain	動	仍然是;保持不變	/rɪˋmen/	141	3
remark	名	言論;評述	/rɪˋmɑrk/	101	4

單字	詞性	意義	音標	頁碼	級數
remark	動	說；談論；評論	/rɪˋmark/	198	4
removal	名	切除；移除	/rɪˋmuvl̩/	140	6
remove	動	去掉；拿開	/rɪˋmuv/	169	3
remover	名	清除劑	/rɪˋmuvɚ/	173	3
render	動	使變得；使處於…的狀態	/ˋrɛndɚ/	61	6
rent	動	租用；出租；租借	/rɛnt/	21	3
report	名	報告	/rɪˋport/	94	1
report	動	報導	/rɪˋport/	166	1
require	動	要求；規定	/rɪˋkwaɪr/	93	2
rescue	名	救援；拯救	/ˋrɛskju/	62	4
research	名	研究；調查；學術研究；探討	/ˋrɪsɝtʃ/	95	4
research	動	研究；探討	/rɪˋsɝtʃ/	127	4
researcher	名	研究員；調查員	/rɪˋsɝtʃɚ/	137	4
residence	名	住所；宅第	/ˋrɛzədəns/	25	5
resident	名	居民；住民	/ˋrɛzədənt/	80	5
residential	形	住宅的；適合居住的	/ˏrɛzəˋdɛnʃəl/	22	6
residual	形	剩餘的；殘留的	/rɪˋzɪdʒʊəl/	128	★
resist	動	抵抗；抗拒	/rɪˋzɪst/	201	3
resource	名	資源；財力	/rɪˋsors/	111	3
responsibility	名	職責；義務	/rɪˏspɑnsəˋbɪlətɪ/	203	3
responsible	形	可信賴的；有責任感的	/rɪˋspɑnsəbl̩/	153	2
restaurant	名	餐廳	/ˋrɛstərənt/	19	2
result	名	結果；產生	/rɪˋzʌlt/	219	2
return	動	返回；回復	/rɪˋtɝn/	215	1
reuse	動	重複使用	/ˏriˋjuz/	118	1
revelation	名	揭露；揭示；揭發	/ˏrɛvl̩ˋeʃən/	190	6
revenue	名	財政收入；稅收收入	/ˋrɛvəˏnju/	219	6

單字	詞性	意義	音標	頁碼	級數
rich	形	富有的；有錢的	/rɪtʃ/	21	1
richer	形	更有錢的；更富有的	/rɪtʃɚ/	218	1
ride	動	騎乘；乘坐	/raɪd/	116	1
rider	名	騎馬、自行車、摩托車的人	/ˋraɪdɚ/	117	1
rife	形	充斥；充滿（壞事）	/raɪf/	209	★
rise	名	源頭；起源	/raɪz/	37	1
risk	名	風險；危險	/rɪsk/	142	3
river	名	河流	/ˋrɪvɚ/	29	1
road	名	道路	/rod/	19	1
rock	名	石頭	/rɑk/	164	2
rock	動	震驚；震撼；撼動	/rɑk/	190	2
romantic	形	浪漫的；愛情的；富浪漫色彩的	/rəˋmæntɪk/	165	3
roof	名	頂部；屋頂	/ruf/	83	1
room	名	房間	/rum/	142	1
routine	名	日常的；例行的；（表演裡的）一套動作	/ruˋtin/	112	3
rude	形	粗魯的；無禮的	/rud/	178	2
rule	名	規則	/rul/	70	1
rumble	動	發出低沈而持續的聲音	/ˋrʌmbl̩/	81	5
rumor	名	謠言；傳聞	/ˋrumɚ/	44	3
rumor	動	謠傳；傳聞	/ˋrumɚ/	210	3
run	動	奔跑；跑步；（交通工具）行駛	/rʌn/	29	1
running	副	（至於時間性名詞後）連續的；不間斷的	/ˋrʌnɪŋ/	133	1
rural	形	鄉村的；農村的	/ˋrʊrəl/	24	4

單字	詞性	意義	音標	頁碼	級數
rush	動	衝出；趕緊	/rʌʃ/	106	2

S

單字	詞性	意義	音標	頁碼	級數
salary	名	薪資；薪水	/ˋsælərɪ/	96	4
sale	名	販賣；販售	/sel/	18	1
salt	名	鹽巴；鹽分	/ˋsɔlt/	122	1
same	形	同樣的	/sem/	40	1
Santa	名	耶誕老人	/ˋsæntə/	225	★
save	動	拯救；保存	/sev/	107	1
saving	名	儲金；存款	/ˋsevɪŋ/	37	1
savor	動	品嚐；欣賞	/ˋsevɚ/	185	★
scale	名	規模；範圍；程度；等級；刻度	/skel/	75	3
scarce	形	不足的；稀少的	/skɛrs/	42	3
scene	名	現場；場面；情景；片段；鏡頭	/sin/	85	1
scholar	名	學者	/ˋskɑlɚ/	32	3
school	名	學校	/skul/	30	1
science	名	科學	/ˋsaɪəns/	180	2
scientific	形	科學（上）的；關於科學的	/ˌsaɪənˋtɪfɪk/	48	3
scientist	名	科學家	/ˋsaɪəntɪst/	20	2
scissors	名	剪刀	/ˋsɪzɚz/	148	2
scold	動	訓斥，責罵	/skold/	61	4
score	名	得分；成績	/skor/	183	2
score	動	（在考試中）得分	/skor/	62	2
scout	名	偵察員；球探	/skaut/	175	3
scream	名	尖叫；吶喊	/skrim/	191	3
screen	名	螢幕	/skrin/	99	2
scrutiny	名	仔細檢查；認真徹底的審查	/ˋskrutṇɪ/	168	★

單字	詞性	意義	音標	頁碼	級數
sea	名	海；海洋	/si/	75	1
search	動	搜尋；尋找	/sɝtʃ/	96	2
second	形	第二的	/ˋsɛkənd/	187	1
secondary	形	次要的；第二的	/ˋsɛkənˌdɛrɪ/	30	3
see	動	看見；理解	/si/	106	1
seek	動	尋找；搜尋	/sik/	141	3
seem	動	似乎；看來好像	/sim/	19	1
select	動	選擇；挑選	/səˋlɛkt/	28	2
sell	動	販賣；販售	/sɛl/	119	1
selling	名	銷售；推銷	/ˋsɛlɪŋ/	216	2
semester	名	學期	/səˋmɛstɚ/	124	2
send	動	派遣；派往	/sɛnd/	58	1
sense	名	感覺；認知	/sɛns/	68	1
sentence	名	句子	/ˋsɛntəns/	82	1
September	名	九月	/sɛpˋtɛmbɚ/	72	1
sequel	名	續集；續篇	/ˋsikwəl/	220	★
series	名	（廣播、電視的）系列節目；系列	/ˋsiriz/	100	5
serious	形	嚴重的；有危險的	/ˋsɪrɪəs/	128	2
set	動	訂定；立定（計畫或目標）	/sɛt/	108	1
several	形	幾個的；數個的	/ˋsɛvərəl/	89	1
severe	形	極為惡劣的；十分嚴重的	/səˋvɪr/	73	4
severely	副	嚴重地；嚴格地	/səˋvɪrlɪ/	61	4
shake	動	搖晃；震動；（使）顫動	/ʃek/	75	1
shape	名	（健康、良好）狀態	/ʃep/	50	1
shave	動	刮除（毛髮）	/ʃev/	140	3
shock	動	震驚；震動	/ʃɑk/	59	2
shoe	名	鞋子	/ʃu/	52	1

單字	詞性	意義	音標	頁碼	級數
shoelace	名	鞋帶	/ˋʃuˌles/	153	3
shoot	動	拍攝；攝影	/ʃut/	207	2
shop	動	購物；逛商店	/ʃɑp/	53	1
shopping	名	買東西；購物	/ˋʃɑpɪŋ/	30	1
shortage	名	不足；短缺	/ˋʃɔrtɪdʒ/	73	5
should	動	應該；必須	/ʃud/	21	1
shoulder	名	肩膀	/ˋʃoldɚ/	169	1
shoulder	動	肩負；承擔	/ˋʃoldɚ/	202	1
show	名	表演；節目	/ʃo/	179	1
shut	動	關閉；停止營業	/ʃʌt/	143	1
sick	形	生病的	/sɪk/	62	1
side	名	邊緣；旁邊	/saɪd/	133	1
sign	動	簽名	/saɪn/	97	2
silly	形	無聊的；荒唐的	/ˋsɪlɪ/	187	1
similar	形	相仿的；類似的	/ˋsɪmələ/	21	1
simple	形	簡單的	/ˋsɪmpḷ/	118	1
simply	副	簡單地；完全地；僅；只	/ˋsɪmplɪ/	40	2
since	連	自…以來；從…	/sɪns/	129	1
singing	名	歌唱；歌聲	/ˋsɪŋɪŋ/	186	1
single	形	單一的；單身的；未婚的	/ˋsɪŋgḷ/	94	2
sister	名	姐妹	/ˋsɪstɚ/	115	1
situation	名	情況	/ˌsɪtʃuˋeʃən/	42	3
skating	名	溜冰	/ˋsketɪŋ/	180	3
skeptic	名	慣持懷疑態度的人；懷疑論者	/ˋskɛptɪk/	193	6
skill	名	技術；技能	/ˋskɪl/	162	1
skin	名	皮膚	/skɪn/	97	1
skip	動	跳過；略過	/skɪp/	97	3

單字	詞性	意義	音標	頁碼	級數
slip	動	下滑；下降	/slɪp/	37	2
slow	形	緩慢的	/slo/	68	1
small	形	小的；少量的	/smɔl/	24	1
smart	形	伶俐的；精明的	/smɑrt/	83	1
smile	動	微笑	/smaɪl/	141	1
smoke	動	抽煙	/smok/	27	1
snow	動	下雪	/sno/	169	1
so-called	形	所謂的	/so kɔld/	45	1
social	形	社會的；社交的	/ˋsoʃəl/	203	1
soil	名	土壤；泥土	/sɔɪl/	126	1
solar	形	太陽的	/ˋsolɚ/	74	4
solve	動	解決	/salv/	136	2
some	形	一些	/sʌm/	88	1
soon	副	很快地	/sun/	106	1
sore	形	疼痛的；酸痛的	/sor/	169	3
sound	名	聲音	/saund/	47	1
soundtrack	名	電影；電視原聲帶	/ˋsaundˌtræk/	207	2
source	名	來源；原始資料	/sors/	152	2
southern	形	南方的	/ˋsʌðɚn/	212	2
space	名	場所；空間	/spes/	30	1
spacious	形	寬敞的	/ˋspeʃəs/	22	6
spark	名	火花；誘因	/spɑrk/	165	4
speak	動	演說；演講	/spik/	220	1
special	形	特別的	/ˋspɛʃəl/	40	1
specialist	名	專員；專家	/ˋspɛʃəlɪst/	67	5
specialty	名	專業；專長	/ˋspɛʃəltɪ/	30	6
specific	形	明確的；具體的	/spɪˋsɪfɪk/	112	3
spectacular	形	壯觀的；令人驚歎的	/spɛkˋtækjəlɚ/	62	6
spectrum	名	範疇；光譜	/ˋspɛktrəm/	26	6

單字	詞性	意義	音標	頁碼	級數
speech	名	演講；致詞	/spitʃ/	34	1
speed	名	速度	/spid/	95	2
spend	動	花費（金錢）；花（時間）；度過	/spɛnd/	20	1
spicy	形	辛辣的	/ˈspaɪsɪ/	87	4
spite	名	惡意；怨恨	/spaɪt/	119	3
sport	名	運動	/sport/	69	1
spotlight	名	聚光燈；聚光燈照亮處；公眾的注意	/ˈspɑtˌlaɪt/	199	5
spray	動	向…噴灑	/spre/	121	3
spreadsheet	名	電子表格	/ˈsprɛdˌʃit/	50	★
spring	名	泉	/sprɪŋ/	184	2
springboard	名	跳板；基礎；出發點	/ˈsprɪŋˌbord/	188	★
stage	名	舞臺	/stedʒ/	138	2
stain	名	污點；污跡	/sten/	173	5
stand	動	站立；站著	/stænd/	225	1
start	動	開始；出發	/stɑp/	102	1
station	名	車站；電視台；站；所；局	/ˈsteʃən/	49	1
statistics	名	統計數據；統計資料	/stəˈtɪstɪks/	33	5
stay	動	保持；維持	/ste/	50	1
steak	名	牛排	/stek/	185	2
steal	動	偷；竊取	/stil/	70	2
stem	名	枝幹；莖；柄	/stɛm/	152	4
stemmed	形	（常用於複合名詞）有…莖或梗的	/stɛmd/	152	4
step	名	措施；步驟	/stɛp/	108	1
still	副	仍舊；還是	/stɪl/	18	1
stock	名	股票	/stɑk/	179	5
stomach	名	胃；腹部	/ˈstʌmək/	81	2
stop	動	停止；暫停	/stɑp/	17	1
store	動	儲存；貯存；保存；保管	/stor/	94	1
storm	名動	暴風雨；暴風雨強擊；猛攻	/storm/	104	2
story	名	所描述的現況；虛構的故事	/ˈstorɪ/	40	1
strategy	名	策略；計策	/ˈstrætədʒɪ/	107	3
strawberry	名	草莓	/ˈstrɔbɛrɪ/	45	2
stray	名	流浪；迷途者	/stre/	108	5
stream	名	小河；溪	/strim/	91	2
street	名	街道	/strit/	177	1
stress	名	壓力；緊張	/strɛs/	200	2
stressful	形	壓力重的；緊張的	/ˈstrɛsfəl/	179	2
stricken	形	受困的；受災的	/ˈstrɪkən/	59	★
student	名	學生	/ˈstjudn̩t/	102	1
subject	形	容易受…的；隸屬於…的	/ˈsʌbdʒɪkt/	70	2
subway	名	地下鐵	/ˈsʌbˌwe/	57	2
succeed	動	成功；有作為；有成就	/səkˈsid/	139	2
success	名	成功；成功的人事物	/səkˈsɛs/	147	2
successful	形	成功的	/səkˈsɛsfəl/	218	2
such	形	（強調語氣）如此…的；這樣的…	/sʌtʃ/	22	1
suddenly	副	意外地；忽然	/ˈsʌdn̩lɪ/	56	2
sugar	名	糖；糖分	/ˈʃugɚ/	134	1
suggest	動	建議；提議	/səˈdʒɛst/	129	3
suggestion	名	建議；提議	/səˈdʒɛstʃən/	112	4
suit	動	適合	/sut/	115	2
suitable	形	合適的；適宜的	/ˈsutəbl̩/	135	3
sum	名	金額；款項	/sʌm/	227	3

單字	詞性	意義	音標	頁碼	級數
summer	名	夏天	/ˈsʌmə/	90	1
sun	名	太陽;陽光	/sʌn/	74	1
super	形	超級的;特級的	/ˈsupə/	173	1
superstitiously	副	迷信地	/ˌsupəˈstɪʃəslɪ/	143	6
support	動	支撐;支持	/səˈport/	80	2
supporter	名	支持者;擁護者	/səˈportə/	138	2
supposedly	副	據信;據傳	/səˈpozdlɪ/	191	3
surface	名	表面;外表	/ˈsɝfɪs/	83	2
surgery	名	外科手術	/ˈsɝdʒərɪ/	155	4
surgical	形	外科用的;外科手術的	/ˈsɝdʒɪkl/	140	★
surprising	形	令人吃驚的;出人意料的	/səˈpraɪzɪŋ/	143	1
survey	名	民意調查;民意測驗	/səˈve/	177	3
survivor	名	生還者;倖存者	/səˈvaɪvə/	59	3
susceptible	形	易受感染的;易受影響的	/səˈsɛptəbl/	135	★
suspect	名	嫌疑犯;可疑分子	/səˈspɛkt/	195	3
sweep	動	席捲;橫掃	/swip/	165	2
swimming	名	游泳	/ˈswɪmɪŋ/	124	1
switch	動	改用;轉換	/swɪtʃ/	126	3
system	名	系統	/ˈsɪstəm/	117	3

T

單字	詞性	意義	音標	頁碼	級數
take	動	拿取;搭乘(交通工具)	/tek/	29	1
talent	名	人才;天才;天資;天賦	/ˈtælənt/	175	2
tape	名	磁帶	/tep/	47	2
tax	名	稅;賦稅	/tæks/	100	3
teacher	名	教師	/ˈtitʃə/	61	1
technologically	副	技術上	/ˌtɛknəˈlɑdʒɪklɪ/	204	4
technology	名	技術;工程技術	/tɛkˈnɑlədʒɪ/	138	3

單字	詞性	意義	音標	頁碼	級數
television	名	電視	/ˈtɛləˌvɪʒən/	65	2
tell	動	說;告知;識別;分辨	/tɛl/	119	1
temblor	名	(美式新聞用語)地震	/tɛmˈblɔr/	75	★
temper	名	脾氣;易怒的性情	/ˈtɛmpə/	168	3
temperature	名	溫度;氣溫	/ˈtɛmprətʃə/	177	3
temptation	名	誘惑	/tɛmpˈteʃən/	201	5
ten	名	十個	/tɛn/	132	1
tend	動	往往會;傾向	/tɛnd/	27	3
tennis	名	網球	/ˈtɛnɪs/	170	2
term	名	期限;詞語;術語;措辭	/tɝm/	88	3
terrible	形	拙劣的;糟糕的	/ˈtɛrəbl/	52	2
terrify	動	使害怕;使恐怖	/ˈtɛrəˌfaɪ/	86	4
terrifying	形	恐怖的;令人害怕的	/ˈtɛrəˌfaɪɪŋ/	85	4
that	副	(用以強調程度)那麼地	/ðæt/	141	1
themselves	代	他們自己	/ðəmˈsɛlvz/	110	1
theory	名	理論;學說	/ˈθiərɪ/	130	3
thick	形	能見度低的;不透氣的;濃的	/θɪk/	61	2
think	動	想;認為	/θɪŋk/	75	1
thoroughly	副	完全地,徹底地	/ˈθɝolɪ/	127	4
though	連	雖然;儘管	/ðo/	90	1
thousand	名	一千	/ˈθaʊzn̩d/	18	1
through	動	貫穿;通過	/θru/	91	1
throughout	介	各處;遍及	/θruˈaut/	21	2
thus	副	(常見於正式場合)因此;從而;所以	/ðʌs/	77	1
tight	形	拮据的;不寬裕的;吃緊的	/taɪt/	50	3

單字	詞性	意義	音標	頁碼	級數
time	名	時間	/taɪm/	88	1
timid	形	膽怯的；缺乏勇氣的	/ˈtɪmɪd/	199	4
tinted	形	上色的	/ˈtɪntɪd/	206	★
tiny	形	微小的	/ˈtaɪnɪ/	94	1
tire	動	疲倦；厭倦	/taɪr/	194	1
title	名	名稱；標題	/ˈtaɪtl̩/	217	2
today	名	今天	/təˈde/	77	1
tomorrow	名	明天	/təˈmɔro/	32	1
tooth	名	牙齒（複數為 teeth）	/tuθ/	154	2
toothpaste	名	牙膏	/ˈtuθˌpest/	154	2
top	名	頂部；尖端	/tɑp/	24	1
topic	名	主題；話題	/ˈtɑpɪk/	127	2
tornado	名	龍捲風；旋風	/tɔrˈnedo/	37	6
touch	動	觸摸；碰觸	/tʌtʃ/	99	1
tourist	名	觀光客；遊客	/ˈturɪst/	84	3
tournament	名	聯賽；錦標賽；巡迴賽	/ˈtɝnəmənt/	64	5
toward	介	向；朝；關於；有助於；為了；朝向	/təˈword/	27	1
town	名	鎮；市鎮	/taʊn/	212	1
toy	名	玩具	/tɔɪ/	119	1
track	名	足跡；踪跡；比賽跑道；徑賽運動	/træk/	50	2
trade	名	貿易	/tred/	67	1
trading	名	貿易；交易	/ˈtredɪŋ/	206	2
traditional	形	傳統的；習俗的；慣例的	/trəˈdɪʃənl̩/	108	2
traffic	名	交通；運輸	/ˈtræfɪk/	117	2
trail	名	（散步用）鄉間小徑	/trel/	184	3
train	名	火車	/tren/	95	1
transit	動	運送	/ˈtrænsɪt/	117	6
translate	動	翻譯	/trænsˈlet/	222	4
transplant	名	移植（器官、皮膚等）	/ˈtrænsˌplænt/	155	6
transplant	動	移植（器官、皮膚等）	/ˌtrænsˈplænt/	154	6
transplantation	名	移植；移植法	/ˌtrænsplænˈteʃən/	160	6
transport	動	運輸；運送	/trænsˈport/	114	3
transportation	名	交通運輸系統；交通工具	/ˌtrænspɚˈteʃən/	29	4
trapped	形	受困的；受到限制的	/træpt/	61	2
trash	名	垃圾	/træʃ/	118	3
travel	動名	旅行（尤指出國旅行）	/ˈtrævl̩/	161	2
treat	動	治療；醫治	/trit/	139	2
treatable	形	可治療的	/ˈtritəbl̩/	155	2
treatment	名	治療；療法；對待	/ˈtritmənt/	141	2
tremendously	副	極好地；極大地	/trɪˈmɛndəslɪ/	219	4
trend	名	趨勢；潮流	/trɛnd/	21	3
trend	動	傾向於；趨向於	/trɛnd/	91	3
trial	名	試煉；考驗	/ˈtraɪəl/	209	2
trip	名	（為了娛樂而前往的）旅行；行程	/trɪp/	165	1
trouble	名	麻煩的事；困境	/ˈtrʌbl̩/	87	1
troubling	形	令人困擾的	/ˈtrʌblɪŋ/	168	1
truly	副	（強調）實在；十分；真的	/ˈtrulɪ/	84	1
try	動	嘗試	/traɪ/	104	1
tsunami	名	海嘯	/tsuˈnɑmi/	58	★
tumor	名	腫瘤	/ˈtjumɚ/	169	6
turn	動	轉動；轉向	/tɝn/	115	1
tutor	名	家庭教師；私人教師	/ˈtjutɚ/	88	3

單字	詞性	意義	音標	頁碼	級數
twice	副	兩倍	/ twaɪs /	192	1
type	名	類型；樣式	/ˈtaɪp /	110	2
typhoid	名	傷寒	/ˈtaɪfɔɪd /	154	★
typhoon	名	颱風	/ taɪˈfun /	29	2
typical	形	典型的；具代表性的	/ˈtɪpɪkḷ /	90	3
Tyrannosaurus Rex	名	暴龍	/ taɪˌrænəˈsɔrəs ˈrɛks /	75	★

U

單字	詞性	意義	音標	頁碼	級數
umbilical	形	臍的；臍狀的	/ ʌmˈbɪlɪkḷ /	150	★
umbilical cord	名	臍帶	/ ʌmˈbɪlɪkḷ kɔrd /	148	★4
unable	形	不能勝任的；沒有辦法的	/ ʌnˈebḷ /	29	1
uncertainty	名	猶豫；遲疑	/ ʌnˈsɚtṇtɪ /	92	6
uncle	名	舅；叔；伯；姑丈；姨父	/ˈʌŋkḷ /	132	1
unclear	形	不確定的；難以掌握的	/ ʌnˈklɪr /	196	1
underneath	介	在…底下	/ˌʌndɚˈniθ /	81	5
understand	動	理解	/ˌʌndɚˈstænd /	48	1
undisclosed	形	未披露的；未公開的	/ˌʌndɪsˈklozd /	227	6
unemployment	名	失業；失業人數	/ˌʌnɪmˈplɔɪmənt /	38	6
unexpected	形	出乎意料的；始料不及的	/ˌʌnɪkˈspɛktɪd /	77	2
unfortunately	副	不幸地；遺憾地	/ ʌnˈfɔrtʃənɪtlɪ /	155	4
unicycle	名	單輪腳踏車	/ˈjunɪˌsaɪkḷ /	156	★
uninsured	形	未投保的；無保險的	/ˌʌnɪnˈʃurd /	139	5
unique	形	獨一無二的；獨特的	/ juˈnik /	129	4
university	名	大學	/ˌjunəˈvɚsətɪ /	98	4

單字	詞性	意義	音標	頁碼	級數
unleash	動	突然釋放；爆發	/ ʌnˈliʃ /	54	★
unlike	介	（用於對比）與…不同	/ ʌnˈlaɪk /	156	3
unnecessary	形	不必要的；多餘的	/ ʌnˈnɛsəˌsɛrɪ /	104	2
unplug	動	拔掉插頭；使不插電	/ˌʌnˈplʌg /	115	3
unsafe	形	不安全的；危險的	/ ʌnˈsef /	53	2
unstable	形	不穩定的；易變的	/ ʌnˈstebḷ /	53	3
unsure	形	無把握的；不確定的	/ˌʌnˈʃur /	143	1
untested	形	未經試驗的；未經考驗的	/ ʌnˈtɛstɪd /	144	1
until	介	直到…時；到…為止	/ ənˈtɪl /	69	1
upward	副	上升；上漲	/ˈʌpwɚd /	91	5
urban	形	都會的；城市的	/ˈɚbən /	24	4
urge	動	敦促；力勸	/ ɝdʒ /	55	4
use	名	使用	/ jus /	104	1
use	動	用；使用	/ juz /	114	1
used	形	舊的；用舊了的	/ˈjust /	139	2
usefulness	名	有用；有益；有效	/ˈjusfəlnɪs /	159	1
useless	形	無用的；無效的	/ˈjuslɪs /	107	1
usual	形	通常的；尋常的	/ˈjuʒʊəl /	124	2
usually	副	通常地	/ˈjuʒʊəlɪ /	28	2
utilize	動	使用；利用；運用	/ˈjutḷˌaɪz /	116	6

V

單字	詞性	意義	音標	頁碼	級數
vacation	名	假期；休假	/ veˈkeʃən /	188	2
vaccine	名	疫苗	/ˈvæksin /	137	6
Valentine	名	情人	/ˈvæləntaɪn /	152	★
valley	名	山谷；溪谷	/ˈvælɪ /	104	2

單字	詞性	意義	音標	頁碼	級數
valuable	形	值錢的；貴重的；珍貴的	/ˈvæljuəbḷ/	19	3
variety	名	不同種類；多樣的；綜藝（包括歌舞；雜耍等舞台演出）	/vəˈraɪətɪ/	27	3
various	形	各式各樣；各種不同的	/ˈvɛrɪəs/	89	3
vegetable	名	蔬菜	/ˈvɛdʒətəbḷ/	120	1
vegetarian	名	素食者	/ˌvɛdʒəˈtɛrɪən/	114	4
vend	動	出售；販賣	/vɛnd/	148	6
vet	名	獸醫	/vɛt/	51	6
via	介	透過；憑藉	/ˈvaɪə/	93	5
victim	名	受害者	/ˈvɪktɪm/	69	3
video	名	錄影機；錄影帶	/ˈvɪdɪ‚o/	45	2
view	名	觀看	/vju/	45	1
viewer	名	電視觀眾；觀看者	/ˈvjuɚ/	177	3
village	名	村莊	/ˈvɪlɪdʒ/	56	2
violent	形	暴力的	/ˈvaɪələnt/	215	3
violently	副	強烈地；激烈地	/ˈvaɪələntlɪ/	83	3
virus	名	病毒	/ˈvaɪrəs/	135	4
visit	動	拜訪；探望	/ˈvɪzɪt/	74	1
volunteer	名	義務工作者；志願者	/ˌvɑlənˈtɪr/	174	4

W

單字	詞性	意義	音標	頁碼	級數
wait	動	等待；等候	/wet/	185	4
wake	動	醒來；醒著	/wek/	195	2
want	動	想要	/wɑnt/	40	1
war	名	戰爭	/wɔr/	110	1
warm	形	溫暖的	/ˈwɔrm/	102	1
warming	名	加溫；變暖	/ˈwɔrmɪŋ/	89	1
water	名	水	/ˈwɔtɚ/	111	1

單字	詞性	意義	音標	頁碼	級數
way	副	非常、很	/we/	119	1
weak	形	弱的；虛弱的；衰弱的；軟弱的	/wik/	135	1
wear	動	穿；穿戴	/wɛr/	117	1
weather	名	天氣	/ˈwɛðɚ/	32	1
website	名	網站	/ˈwɛb‚saɪt/	189	4
week	名	週；一星期	/wik/	20	1
weekend	名	週末	/ˈwik‚ɛnd/	18	1
welfare	名	福利；社會救濟	/ˈwɛl‚fɛr/	108	4
well-known	形	知名的；眾所皆知的	/ˈwɛl ˈnon/	191	11
Western	形	西方的；歐美的	/ˈwɛstɚn/	22	2
whenever	連	每當；無論何時	/hwɛnˈɛvɚ/	202	2
while	名	一陣子；一段時間	/hwaɪl/	211	1
while	連	（語氣轉折）然而；當…的時候	/hwaɪl/	82	1
whiskey	名	威士忌酒	/ˈhwɪskɪ/	103	5
whiten	動	使變白，變得更白	/ˈhwaɪtn̩/	154	11
wide	形	廣泛的；廣闊的	/waɪd/	27	1
widely	副	普遍地；廣泛地	/ˈwaɪdlɪ/	219	1
widespread	形	分佈廣的；普遍的；廣泛的	/ˈwaɪd‚sprɛd/	101	5
wife	名	妻子	/waɪf/	152	1
wildly	副	粗暴地；野生地	/ˈwaɪldlɪ/	206	2
wind	名	風	/wɪnd/	75	1
window	名	商店櫥窗	/ˈwɪndo/	47	1
winner	名	優勝者；得獎者	/ˈwɪnɚ/	98	2
winter	名	冬天	/ˈwɪntɚ/	91	1
wireless	形	無線電的	/ˈwaɪrlɪs/	93	2
within	介	在…範圍內	/wɪˈðɪn/	45	2

單字	詞性	意義	音標	頁碼	級數
without	介	沒有	/wɪˋðaut/	87	1
woman	名	女人	/ˋwumən/	36	1
wonder	動	好奇;想弄明白;想知道	/ˋwʌndɚ/	82	2
word	名	字;單字	/wɝd/	88	1
work	名	工作;勞動	/wɝk/	36	1
work	動	奏效;產生預期的結果;努力取得	/wɝk/	27	1
world	名	世界	/wɝld/	21	1
worried	形	擔心的	/ˋwɝɪd/	37	1
worry	動	擔心;擔憂	/ˋwɝɪ/	32	1
worst	形	最壞的;最差的;最不利的	/wɝst/	54	1
worth	名	值…的程度;有…價值的	/wɝθ/	55	2
would	動	將;會;能夠	/wud/	44	1
wow	感	（表示極大的驚奇;欽佩）哇;呀	/wau/	225	1
writer	名	作者;作家	/ˋraɪtɚ/	31	1
writing	名	著作;文章;書寫;寫作	/ˋraɪtɪŋ/	48	1
wrong	形	錯誤的	/rɔŋ/	49	1

Y

單字	詞性	意義	音標	頁碼	級數
year	名	年	/jɪr/	16	1
yellow	名	黃色	/ˋjɛlo/	154	1
yesterday	名	昨天	/ˋjɛstɚde/	122	1
yet	副	還沒;尚未	/jɛt/	159	1
yoga	名	瑜伽術	/ˋjogə/	50	5
young	形	年輕的	/jʌŋ/	40	1
youth	名	年輕;青春	/juθ/	42	2

● 片語

片語	意義	音標	頁碼
a lack of...	缺乏;不足	/ə læk av/	211
a number of...	一些的;部分的	/ə ˋnʌmbɚ av/	147
a wide variety of...	廣泛多樣的…	/ə waɪd vəˋraɪətɪ av/	27
abound in...	大量存在;有許多	/əˋbaund ɪn/	152
according to	根據	/əˋkɔrdɪŋ tu/	32
act up	表現不好;搗亂;做頑皮的事	/ækt ʌp/	169
add a note	加註	/æd ə not/	97
air conditioner	空調設備	/ɛr kənˋdɪʃənɚ/	200
all ages	各種年齡層;所有年齡	/ɔl edʒz/	135
all walks of life	各行各業	/ɔl wɔks av laɪf/	64
along with...	與…一起	/əˋlɔŋ wɪð/	150
any longer	更久一點	/ˋɛnɪ lɔŋɚ/	43
any time	在任何時候;隨時	/ˋɛnɪ taɪm/	70
appear to...	看來;似乎;好像	/əˋpɪr tu/	148
around the corner	即將來臨;在附近	/əˋraund ðə ˋkɔrnɚ/	200
as a basis of	作為…的基準或根據	/æz ə ˋbesɪs av/	35
as a result	因此;結果;由於;導因於…	/æz ə rɪˋzʌlt/	29
as long as...	只要	/æz lɔŋ æz/	139
as yet	尚未;還沒	/æz jɛt/	100
at least	至少	/æt list/	55
at the other end of...	在…的另一端	/æt ðɪ ˋʌðɚ ɛnd av/	26
be adapted to...	適應於;適合於	/bi əˋdæptɪd tu/	130
be caused by	因為…所導致	/bi kɔzd baɪ/	121

片語	意義	音標	頁碼
be conducive to...	有利於；促成	/bi kən`djusɪv tu/	127
be connected with	與…相關；有關於…	/bi kə`nɛktɪd wɪð/	27
be crowded with...	擠滿；塞滿	/bi `kraʊdɪd wɪð/	142
be designed to be	有…樣的設計	/bi dɪ`zaɪnd tu bi/	73
be exposed to...	暴露於…之下	/bi ɪk`spozd tu/	141
be injured	…受傷（會以被動方式表示）	/bi `ɪndʒəd/	78
be killed	被殺；因意外而死亡	/bi kɪld/	78
be looking to...	考慮；計畫	/bi `lʊkɪŋ tu/	17
be prohibitively expensive	價格昂貴到令人卻步；貴到承擔不起	/bi pro`hɪbɪtɪvlɪ ɪk`spɛnsɪv/	161
be rife with...	充斥、充滿（壞事）	/bi raɪf wɪð/	209
be set in one's ways	沿襲舊習；積習難改	/bi sɛt ɪn wʌns wez/	68
be similar to	相似；類似	/bi `sɪmələ tu/	35
be subject to...	遭受…	/bi `sʌbdʒɪkt tu/	70
be suitable for	適合於…	/bi `sutəbl̩ fɔr/	135
be taken to	遭移至；被帶到	/bi `tekən tu/	195
be terrified of...	對…害怕、恐懼	/bi `tɛrə‚faɪd av/	86
be thought	被認為	/bi θɔt/	75
be unsure of	不確定…	/bi ʌn`ʃʊr av/	143
be used to...	習慣於	/bi `just tu/	187
before long	不久以後	/bɪ`fɔr lɔŋ/	17
believe in...	相信；信仰；信任	/bɪ`liv ɪn/	144

片語	意義	音標	頁碼
bereft of...	（常見於正式場合）完全沒有；喪失	/bɪ`rɛft av/	56
bone marrow	骨髓	/bon `mæro/	155
by contrast	相較之下	/baɪ `kɑn‚træst/	68
by far	最為；大大地；…得多（常用於修飾最高級，以加強語氣）	/baɪ fɑr/	216
by way of...	藉由、透過	/baɪ we av/	34
capitalize on	充份利用；從…中獲得更多的好處	/`kæpətḷ‚aɪz an/	189
check into	在某場所登記、報到	/tʃɛk `ɪntu/	195
check out...	查看；審視	/tʃɛk aʊt/	19
combine with...	結合；加上；綜合	/kəm`baɪn wɪð/	219
consist of...	由…組成；包含	/kən`sɪst av/	182
contact lens	隱形眼鏡	/`kɑntækt lɛnz/	206
cope with...	（成功地）應付；（妥善地）處理	/kop wɪð/	201
creative energy	豐富的創造力	/krɪ`etɪv `ɛnədʒɪ/	54
cut down on...	削減；減少	/kʌt daʊn an/	26
deal with	處理；應付	/dil wɪð/	69
dear friend	摯友	/dɪr frɛnd/	56
different from...	異於；不同於	/`dɪfərənt frɑm/	186
domain name	網域名稱	/do`men nem/	226
drug use	濫用藥物；藥物使用不當	/drʌg juz/	104
due to...	由於；因為	/dju tu/	47
earn...from...	由…賺得；透過…得到	/ɝn frɑm/	220
ease of ...	方便；便利	/iz av/	31

片語	意義	音標	頁碼
either... or...	不是…，就是…	/ˋìðɚ ɔr/	21
elimination of ...	排除；根除	/ˌɪlɪməˋneʃən ɑv/	94
entertainment industry	娛樂圈；演藝圈	/ˌɛntɚˋtenmənt ˋɪndəstrɪ/	196
even greater	甚至更多；更棒；更偉大	/ˋivən ˋgretɚ/	220
face up to	敢於面對；勇於正視（困難；不快之事）	/fes ʌp tu/	104
fail to...	未能；忘記；忽視	/fel tu/	166
fall asleep	睡著	/fɔl əˋslip/	76
fall behind	落後於	/fɔl bɪˋhaɪnd/	41
feel like...	覺得…	/fil laɪk/	55
figure out...	想出；找出；弄清楚	/ˋfɪgjɚ aut/	136
figure skating	花式溜冰	/ˋfɪgjɚ ˋsketɪŋ/	180
find out	找出；查明某事	/faɪnd aut/	78
for a while	暫時；一陣子	/fɔr ə hwaɪl/	211
for the most part	多半；通常	/fɔr ðə most part/	208
free from...	免於；沒有（不愉快之事）	/fri frɑm/	122
game show	（電視）遊戲表演；競賽節目	/gem ʃo/	179
gas price	油價	/gæs praɪs/	111
gay marriage	同性婚姻	/ge ˋmærɪdʒ/	167
get back into	重返；重回	/gɛt bæk ˋɪntu/	215
get in trouble	惹上麻煩；陷入困境	/gɛt ɪn ˋtrʌbḷ/	202
get one's hands on...	取得；拿到；擁有	/gɛt wʌns hændz an/	225

片語	意義	音標	頁碼
get tired of	厭倦；厭煩…	/gɛt taɪrd ɑv/	194
give a good reason for...	對…提出合理的解釋	/gɪv ə gud ˋrizn̩ fɔr/	60
give rise to	導致；引起	/gɪv raɪz tu/	37
grow up	成長；長大	/gro ʌp/	125
have (has) yet to...	尚未；還沒	/hæv (hæz) jɛt tu/	60
hot topic	熱門話題	/hɑt ˋtɑpɪk/	89
immune system	免疫系統	/ɪˋmjun ˋsɪstəm/	153
in a panic	驚恐地；驚慌地	/ɪn ə ˋpænɪk/	84
in addition to...	除…之外（還…）	/ɪn əˋdɪʃən tu/	96
in case	以免…；萬一	/ɪn kes/	53
in combination with...	與…結合	/ɪn ˌkɑmbəˋneʃən wɪð/	130
in history	歷史上；有史以來	/ɪn ˋhɪstərɪ/	73
in jail	入獄；坐牢	/ɪn dʒel/	157
in one's opinion	依某人看來；按照某人看法	/ɪn wʌns əˋpɪnjən/	220
in private	私下	/ɪn ˋpraɪvɪt/	198
in shape	身體處於良好狀態	/ɪn ʃep/	50
in spite of...	儘管；雖然…	/ɪn spaɪt ɑv/	119
in years	多年來；近年來	/ɪn jɪrz/	217
insider trading	內線交易	/ˋɪnˋsaɪdɚ ˋtredɪŋ/	206
interest rate	利率	/ˋɪntrəst ret/	189
it is highly likely that...	極有可能的	/ɪt ɪz ˋhaɪlɪ ˋlaɪklɪ ðæt/	200
keep track of...	記錄；了解…的動態	/kip træk ɑv/	50
lead a... life	過著…樣的生活	/lid ə laɪf/	202

片語	意義	音標	頁碼
look for	尋覓…；希望得到…	/luk fɔr/	175
luxury shop	精品店	/ˈlʌkʃərɪ ʃɑp/	47
make a house payment	繳納房屋貸款	/mek ə haus ˈpemənt/	122
make an effort to...	努力於	/mek æn ˈɛfət tu/	116
make it	完成某事	/mekɪt/	77
media outlets	傳播媒體	/ˈmidɪə ˈautˌlɛts/	166
medical attention	醫藥治療	/ˈmɛdɪkḷ əˈtɛnʃən/	143
minor leagues	（職業球隊）小聯盟	/ˈmaɪnə ligz/	163
more than...	超過；多於；勝過	/mor ðæn/	220
movie industry	電影業；電影界	/ˈmuvɪ ˈɪndəstrɪ/	204
MRT station	捷運站	/ɛm ar ti ˈsteʃən/	49
no matter if...	無論；不管	/no ˈmætə ɪf/	169
not much of	稱不上是好的	/nɑt mʌtʃ ɑv/	205
not only..., but...	不僅…也…；不但…而且…	/nɑt ˈonlɪ bʌt/	178
nutritional balance	營養均衡	/njuˈtrɪʃənḷ ˈbæləns/	131
on average	平均而言；通常	/ɑn ˈævərɪdʒ/	36
on welfare	（失業；身障人士等）領福利救濟金	/ɑn ˈwɛlˌfɛr/	219
one's personal life	某人的私生活	/wʌns ˈpɜsnḷ laɪf/	168
out of the public eye	被世人遺忘；不在公眾場合露面	/aut ɑv ðə ˈpʌblɪk aɪ/	188
pay attention to...	關心；注意	/pe əˈtɛnʃən tu/	131
plane crash	空難；墜機	/plen kræʃ/	59
power outage	供電中斷；停電（的一段時間）	/ˈpauə ˈautɪdʒ/	77
public figure	公眾人物	/ˈpʌblɪk ˈfɪgjə/	202
public relations	公共關係	/ˈpʌblɪk rɪˈleʃənz/	67
public television station	公共電視台	/ˈpʌblɪk ˈtɛləˌvɪʒən ˈsteʃən/	65
range from ...to...	處於…的幅度；範圍	/rendʒ frɑm tu/	90
refer to...	指的是；歸類為；涉及	/rɪˈfɜ tu/	122
reports on	報導有關於…	/rɪˈports ɑn/	166
result in	導致；造成	/rɪˈzʌlt ɪn/	103
revelations of	揭露…情事	/rɛvḷˈeʃənz ɑv/	190
role model	楷模；行為榜樣	/rol ˈmɑdḷ/	194
rush out of...	衝出；急忙離開	/rʌʃ aut ɑv/	84
scare...away	嚇跑…	/skɛr əˈwe/	199
sell for...	賣得…的價錢；以…的價錢出售	/sɛl fɔr/	95
serve as	充當…；作為…	/sɜv æz/	195
set a goal of..	以…為目標；立定…的目標	/sɛt ə gol ɑv/	174
set an example	樹立…榜樣	/sɛt æn ɪgˈzæmpḷ/	203
shut down	工廠；商店等關閉；機器停止運轉	/ʃʌt daun/	143
side effect	副作用	/saɪd ɪˈfɛkt/	156
sign up	報名；註冊	/saɪn ʌp/	50
so far	到目前為止	/so fɑr/	136
stand for...	代表；象徵	/stænd fɔr/	46
stand in line	排隊	/stænd ɪn laɪn/	225

片語	意義	音標	頁碼
starting pitcher	先發投手	/ˈstɑrtɪŋ ˈpɪtʃɚ/	165
stay out	待在戶外；（晚上）不回家	/ste aʊt/	187
stay up	深夜不睡；熬夜	/ste ʌp/	225
stock price	股價	/stɑk praɪs/	195
take a class	修一門課	/tek ə klæs/	124
take care of	照顧；處理	/tek kɛr ɑv/	41
take home	帶回家	/tek hom/	51
take measures	採取措施；制定方針	/tek ˈmɛʒɚ/	108
take notice of...	注意到；關注；理會	/tek ˈnotɪs ɑv/	175
take on...	承擔；承受	/tek ɑn/	210
take one's place	取代；代替…的位置	/tek wʌns ples/	199
take part in	參與；參加	/tek pɑrt ɪn/	64
thanks to...	多虧；歸功於	/θæŋks tu/	88
the newest	最新的	/ðə njuɪst/	224
the rights to...	…的權利	/ðə raɪts tu/	226
the world has ever seen	舉世首見；有史以來	/ðə wɜld hæz ˈɛvɚ sin/	58
there is no doubt...	毫無疑問；無庸置疑	/ðɛr ɪz no daʊt/	158
these days	如今；而今（尤其用於拿現在和過去相比較時）	/ðiz dez/	191
throngs of...	成群結隊的（人）；大群的（人）	/θrɔŋz ɑv/	223
throw away...	丟棄；扔掉	/θro əˈwe/	49
thrust... into...	推入；推向	/θrʌst ˈɪntu/	179
to one's horror	使某人非常震驚；恐懼	/tu wʌns ˈhɔrɚ/	164
trade deficit	貿易赤字；貿易逆差	/tred ˈdɛfɪsɪt/	219

片語	意義	音標	頁碼
translate ... into...	譯為；翻成	/trænsˈlet ˈɪntu/	222
treatment center	治療中心	/ˈtritmənt ˈsɛntɚ/	195
turn off	關閉…的電源	/tɜn ɔf/	107
turn on	啟動（電器）	/tɜn ɑn/	200
turn to	轉變成為	/tɜn tu/	193
under construction	施工中；建造中	/ˈʌndɚ kənˈstrʌkʃən/	19
up for...	打算進行（銷售）；將展開（銷售）	/ʌp fɔr/	19
used to	（過去持續；經常發生的事）曾經；習慣於	/ˈjust tu/	96
wait for...	等候；等待	/wet fɔr/	185
wake up call	警示；警訊	/wek ʌp kɔl/	195
without thinking	不假思索地；未經思考地	/wɪˈðaʊt ˈθɪŋkɪŋ/	87
work force	勞動力；受雇用的人	/wɜk fors/	36

檸檬樹出版社
Lemon Tree Publishing House

檸檬樹網站・日檢線上測驗平台 http://www.lemon-tree.com.tw

Fly 飛系列 06

讀英語，學英單：

以熟練 7000 單字為目標，從「低出生率、購屋趨勢、選秀節目、王建民⋯」等
生活熱門話題學單字【附 全文＋單字朗讀 快・慢速度 MP3】

初版一刷　2012 年 8 月 16 日

作者	檸檬樹英語教學團隊
英語譯文	郝凱揚（NICHOLAS B. HAWKINS）
封面設計	陳文德
版型設計	陳文德・洪素貞・檸檬樹
責任編輯	蔡依婷
協力編輯	鄭伊婷・方靖淳

發行人	江媛珍
社長・總編輯	何聖心
出版者	檸檬樹國際書版有限公司 檸檬樹出版社
	E-mail：lemontree@booknews.com.tw
	地址：新北市235中和區中安街80號3樓
	電話・傳真：02-29271121・02-29272336
會計・客服	方靖淳
法律顧問	第一國際法律事務所 余淑杏律師

全球總經銷・印務代理	知遠文化事業有限公司
網路書城	http://www.booknews.com.tw 博訊書網
	電話：02-26648800　傳真：02-26648801
	地址：新北市222深坑區北深路三段155巷25號5樓

港澳地區經銷	和平圖書有限公司
	電話：852-28046687　傳真：850-28046409
	地址：香港柴灣嘉業街12號百樂門大廈17樓

定價	台幣340元／港幣113元
劃撥帳號	戶名：19726702・檸檬樹國際書版有限公司
	・單次購書金額未達300元，請另付40元郵資
	・信用卡・劃撥購書需7-10個工作天

讀英語，學英單 / 檸檬樹英語教學團隊著.
-- 初版. -- 新北市：檸檬樹，2012.08
面；　公分. --（Fly 飛系列；6）
ISBN 978-986-6703-57-7（平裝附光碟片）

1. 英語　2. 讀本　3. 詞彙

805.18　　　　　　　　　　　　101011902

檸檬樹出版

檸檬樹出版